102 學年度全國高中英文單字比賽實施計畫摘要

壹、依據

一、行政院研考會「提升國人英語能力建設計畫」暨本部「各級學校英語文教育行動方案」。

二、教育部 100 年 6 月 16 日部授教中(二)字第 1000511558 號函--「提升高中職學生英語文教學成效實施計畫」。

三、教育部 102 年 8 月 30 日臺教授國字第 1020080856 號函辦理。

貳、目的

一、藉由競賽活動的舉辦，增進全體高中學生英語文基礎能力。

二、提升全體高中學生英文單字基礎能力，建立邁向國際化的良好語言基礎。

参、辦理單位

一、主辦單位：教育部國民及學前教育署

二、總承辦單位：國立新竹女子高級中學

三、分區承辦單位：新北市立新莊高級中學
國立臺中女子高級中學
國立臺南女子高級中學

肆、參加對象

一、全國高級中學普通科之在學學生。

二、綜合高中一年級及二、三年級學術學程之在學學生。

伍、辦理方式

一、比賽日期、地點及參加學校：分「初賽」、「區域複賽」與「決賽」三階段。

(一) 初賽：

1. 各校自行辦理，於 102 年 10 月中旬前舉辦完畢，全校學生一律參加。題目及成績等相關資料留校備查。

2. 各校參考區域複賽測驗模式辦理初賽，以符合該年級程度，自行命題施測，各校初賽績優學生得代表學校報名參加區域複賽。

(二) 區域複賽：分北區、中區、南區三區辦理。

2. 各校班級數以普通科班級、綜合高中一年級班級及學術學程二、三年級之班級總數計算。
3. 報名日期：自102年10月14日(一)起，至102年10月18日(五)止。
4. 報名方式：一律以網路報名，請至102學年度全國高中英文單字比賽專屬網站報名，完成報名程序後，請各校務必下載報考學生名冊並核章，於102年10月23日(三)前傳真送總承辦單位，以供檢核。
   傳真號碼：03-5426620，連絡電話：03-5456611#203。
5. 比賽日期、地點及參加學校：
   (1) 北區：參加學校：花蓮縣、宜蘭縣、基隆市、臺北市、新北市、桃園縣、金門縣、連江縣等境內高級中學。
   比賽日期、時間：102年11月2日(六)上午10時。
   比賽地點：新北市立新莊高級中學。
   (2) 中區：參加學校：新竹市、新竹縣、苗栗縣、臺中市、南投縣、彰化縣、雲林縣等境內高級中學。
   比賽日期、時間：102年11月2日(六)上午10時。
   比賽地點：國立臺中女子高級中學。
   (3) 南區：參加學校：嘉義市、嘉義縣、臺南市、高雄市、屏東縣、臺東縣、澎湖縣等境內高級中學。
   比賽日期、時間：102年11月2日(六)上午10時。
   比賽地點：國立臺南女子高級中學。

(三) 全國決賽：
1. 決賽名額：各區參加決賽名額，以參加區域複賽學生人數的30%計算，並依成績高低排序擇優參加。
2. 決賽地點：國立新竹女子高級中學（新竹市中華路二段270號）。
3. 決賽名單：進入決賽之名單，102年11月20日(三)前公布於102學年度全國高中英文單字比賽專屬網站。
4. 決賽日期、時間：102年11月30日(六)下午1時30分。

二、比賽方式：

(一) 初賽：
1. 競賽題目命題內容：高中常用4,500詞（可參考大考中心高中英文參考詞彙表第一至四級）。

2. 測驗時間、方式、內容、成績計算等由各校自行決定。

(二) 複賽：

1. 競賽題目命題內容：高中常用7,000詞（可參考大考中心高中英文參考詞彙表第一至六級）。

2. 測驗內容：

(1) 測驗一：「聽英選中」100題，每題1分，滿分100分。

■ 聽英文，選出正確的中文字義；測聽力及英—中的連結能力。

(2) 測驗二：「看中選英」100題，每題1分，滿分100分。

■ 看中文，選出正確的英文；測中—英的連結能力。

(3) 測驗三：「看英選中」100題，每題1分，滿分100分。

■ 看英文，選出正確的中文字義；測英—中的連結能力。

3. 測驗時間及程序：

請自行於測驗開始前10分鐘完成進場。測驗開始後，不得進場。

測驗說明　10:00-10:10（10分鐘）

測驗　　　10:10~10:50（40分鐘）

4. 評比方式：複賽時以測驗總分（滿分300分）為評比依據；若總分相同，則並列相同名次。

(三) 決賽：

1. 競賽題目命題內容：高中常用7,000詞（可參考大考中心高中英文參考詞彙表第一至六級）。

2. 測驗內容:「聽英拼寫」，每題1分，滿分300分。

■ 聽英文，寫出正確的英文；測英文單字的拼寫能力。

3. 作答時以印刷體書寫，若有字體太過潦草時，將由閱卷人員鑑別判斷。

4. 測驗時間及程序：

測驗說明　13:30-13:40（10分鐘）

測驗　　　13:40~14:30（50分鐘）

陸、獎勵

一、參加區域複賽成績優異學生，北區、中區、南區各依成績高低擇優60人，分列區域複賽一等獎、二等獎及三等獎（各等第分配人數，得由主辦單位依成績分布情形酌予調整），由主辦單位頒發獎狀一紙，說明如下：

(一) 區域複賽一等獎：以10人為原則。

(二) 區域複賽二等獎：以 20 人為原則。

(三) 區域複賽三等獎：以 30 人為原則。

二、參加全國決賽成績優異學生依成績高低擇優 100 人，分列一等獎、二等獎及三等獎（各等第分配人數，得由主辦單位依成績分布情形酌予調整），由主辦單位頒發禮券及獎狀 1 紙，說明如下：

(一) 一等獎：以 20 人為原則，每人頒發禮券 1,500 元。

(二) 二等獎：以 30 人為原則，每人頒發禮券 1,000 元。

(三) 三等獎：以 50 人為原則，每人頒發禮券 800 元。

三、參加全國決賽榮獲一等獎學生之指導老師記功 1 次，獲二等獎學生之指導老師記嘉獎 2 次、獲三等獎學生之指導老師記嘉獎 1 次。

柒、注意事項

一、參賽學生作弊者，一律取消比賽資格，並通知就讀學校依各校學生獎懲規定議處。

二、參賽學生若現場發生急症，致中斷比賽，該生成績不納入評比，並視為自動棄權、不得重新比賽。

三、複賽、決賽之競賽地點若因不可抗拒因素而更改，將另行公告於 102 學年度全國高中英文單字比賽活動網站，請參賽者及指導老師自行上網查閱，不另行通知。如遇天災或不可抗力因素，經發布停止上課時，另訂比賽日期，亦將公告於 102 學年度全國高中英文單字比賽活動網站，不另行通知。

四、複賽、決賽當日，請各校指派 1 名帶隊老師，並請各校給予公差假；參賽學生及帶隊老師交通及膳宿費用依各校相關規定核銷。

五、承辦學校、聯絡人、電話：

(一) 總承辦單位：國立新竹女子高級中學
聯絡人：實驗研究組長 黃吉慶 03-5456611 分機 203
專屬網頁：http://service.hgsh.hc.edu.tw/vocabulary

(二) 北區承辦單位：新北市立新莊高級中學
聯絡人：教學組長 呂傑瀚 02-29912391 分機 210

(三) 中區承辦單位：國立臺中女子高級中學
聯絡人：教學組長 曾鈴惠 04-2220-5108 分機 122

(四) 南區承辦單位：國立臺南女子高級中學
聯絡人：試務組長 郭俊欽 06-2131928 分機 130

【考前先背「一口氣背 7000 字 ①」】

TEST 1

測驗一： 「聽英選中」100 題，聽英文，選出正確的中文字義。

1. (A) 駕駛人 (B) 外星人 (C) 敵人 (D) 名人
2. (A) 峽谷 (B) 大砲 (C) 運河 (D) 巷子
3. (A) 約會 (B) 代表大會 (C) 展覽會 (D) 音樂會
4. (A) 形成 (B) 完成 (C) 變成 (D) 成功
5. (A) 追趕 (B) 小心 (C) 意外 (D) 停止

6. (A) 道歉 (B) 指揮 (C) 祝賀 (D) 安慰
7. (A) 抱怨 (B) 困惑 (C) 憤怒 (D) 同情
8. (A) 目的地 (B) 棲息地 (C) 殖民地 (D) 地址
9. (A) 螞蟻 (B) 公牛 (C) 鳥 (D) 蜜蜂
10. (A) 行爲 (B) 魅力 (C) 勸告 (D) 事實

11. (A) 吸引 (B) 觀念 (C) 僞裝 (D) 陰謀
12. (A) 方便 (B) 原因 (C) 處置 (D) 結盟
13. (A) 洲 (B) 上下文 (C) 替代物 (D) 羽毛球
14. (A) 討價還價 (B) 週年紀念 (C) 賓果遊戲 (D) 行爲舉止
15. (A) 管理 (B) 管理者 (C) 消耗 (D) 消費者

16. (A) 容器 (B) 合約 (C) 帳户 (D) 電話簿
17. (A) 栗子 (B) 形容詞 (C) 餅乾 (D) 副詞
18. (A) 對比 (B) 搖晃 (C) 控制 (D) 分配
19. (A) 傳染性的 (B) 致命的 (C) 焦慮的 (D) 兇猛的
20. (A) 廣告 (B) 頻道 (C) 電影 (D) 喜劇

21. (A) 抗體 (B) 細胞 (C) 細菌 (D) 跳蚤
22. (A) 鞠躬 (B) 責備 (C) 接受 (D) 束縛
23. (A) 剝奪 (B) 影響 (C) 代表 (D) 能夠
24. (A) 理髮師 (B) 導師 (C) 工程師 (D) 建築師
25. (A) 地區 (B) 校園 (C) 灌木叢 (D) 海灣

26. (A) 肚子 (B) 屁股 (C) 額頭 (D) 腳跟
27. (A) 埋葬 (B) 遞送 (C) 囚禁 (D) 達到
28. (A) 專欄 (B) 證書 (C) 自傳 (D) 畢業證書
29. (A) 目錄 (B) 口音 (C) 章 (D) 流利
30. (A) 電路 (B) 數字 (C) 圖表 (D) 代數

31. (A) 分析 (B) 通知 (C) 期待 (D) 宣佈
32. (A) 絕對的 (B) 合作的 (C) 連續的 (D) 例外的
33. (A) 慶祝 (B) 確信 (C) 相信 (D) 敬畏
34. (A) 聽覺的 (B) 吸引人的 (C) 輔助的 (D) 適當的
35. (A) 嘉年華會 (B) 機會 (C) 集會 (D) 文選

36. (A) 車庫 (B) 車資 (C) 救護車 (D) 汽車
37. (A) 爭論 (B) 討論 (C) 評論 (D) 下結論
38. (A) 樂隊 (B) 軍隊 (C) 艦隊 (D) 騎兵
39. (A) 藝術家 (B) 評論作家 (C) 經濟學家 (D) 專欄作家
40. (A) 創造力 (B) 重力 (C) 吸引力 (D) 智力

41. (A) 喜劇演員 (B) 臨時褓姆 (C) 冠軍資格 (D) 健康檢查
42. (A) 設計師 (B) 收藏家 (C) 候選人 (D) 單身漢
43. (A) 等待 (B) 收集 (C) 結合 (D) 通勤
44. (A) 巧合 (B) 相撞 (C) 醒來 (D) 編輯
45. (A) 外交的 (B) 自動的 (C) 爭議性的 (D) 眞正的

46. (A) 細胞 (B) 附屬品 (C) 細菌 (D) 複製的生物
47. (A) 注意力 (B) 想像力 (C) 魅力 (D) 能力
48. (A) 計算機 (B) 參加人數 (C) 著作權 (D) 涵蓋的範圍
49. (A) 覆蓋 (B) 彎曲 (C) 貪污 (D) 鼓掌
50. (A) 四月 (B) 十月 (C) 一月 (D) 三月

51. (A) 創造 (B) 算術 (C) 殘忍 (D) 爬行
52. (A) 暗示 (B) 粉碎 (C) 評估 (D) 批評
53. (A) 搖籃 (B) 脊椎 (C) 洋娃娃 (D) 博士
54. (A) 九月 (B) 五月 (C) 十二月 (D) 八月
55. (A) 授權 (B) 打敗 (C) 離開 (D) 破壞

56. (A) 明顯的 (B) 眞正的 (C) 強調的 (D) 巨大的
57. (A) 代表團 (B) 定義 (C) 背景 (D) 部門
58. (A) 鑽石 (B) 背包 (C) 尿布 (D) 椅子
59. (A) 起司 (B) 巧克力 (C) 芹菜 (D) 培根
60. (A) 保證 (B) 平衡 (C) 累積 (D) 打破

61. (A) 和弦 (B) 雜事 (C) 作業 (D) 支票簿
62. (A) 選擇 (B) 聯想 (C) 教化 (D) 分類
63. (A) 在乎 (B) 投擲 (C) 迎合 (D) 到達
64. (A) 分析的 (B) 輔助的 (C) 雕刻的 (D) 攜帶的
65. (A) 徽章 (B) 浴室 (C) 臉盆 (D) 縮寫

66. (A) 使能夠 (B) 使心煩 (C) 使疏遠 (D) 使氣餒
67. (A) 禮服 (B) 手套 (C) 圍裙 (D) 盔甲
68. (A) 充滿 (B) 聯合抵制 (C) 寬度 (D) 圍攻
69. (A) 權威 (B) 大禮堂 (C) 暗殺 (D) 假定
70. (A) 指導 (B) 保證 (C) 累積 (D) 打破

71. (A) 女演員 (B) 女性 (C) 專欄作家 (D) 仙女
72. (A) 包含 (B) 加寬 (C) 管理 (D) 總共
73. (A) 濫用 (B) 合作 (C) 接觸 (D) 轉換
74. (A) 傳達 (B) 宣佈 (C) 爭奪 (D) 輕視
75. (A) 建設 (B) 連接 (C) 想像 (D) 驚訝

76. (A) 南極的 (B) 原始的 (C) 基本的 (D) 光著腳的
77. (A) 燦爛的 (B) 準確的 (C) 輕快的 (D) 明亮的
78. (A) 考慮 (B) 補償 (C) 感激 (D) 貢獻
79. (A) 含糊的 (B) 電的 (C) 商業的 (D) 舒適的
80. (A) 實驗的 (B) 獨家的 (C) 簡短的 (D) 值得讚賞的

81. (A) 高湯 (B) 古董 (C) 赤道 (D) 公事包
82. (A) 抱負 (B) 在乎 (C) 慷慨 (D) 障礙
83. (A) 賄賂 (B) 分析 (C) 期待 (D) 通知
84. (A) 接觸 (B) 濃縮 (C) 計算 (D) 增加
85. (A) 出現 (B) 複雜 (C) 請教 (D) 同意

86. (A) 進行 (B) 讓步 (C) 控告 (D) 招認
87. (A) 抗體 (B) 角度 (C) 文明 (D) 勇氣
88. (A) 出現 (B) 實驗 (C) 災難 (D) 行為
89. (A) 高度 (B) 閃光燈 (C) 樹枝 (D) 水桶
90. (A) 比較 (B) 競爭 (C) 承諾 (D) 贊成

91. (A) 帶來 (B) 安排 (C) 強迫 (D) 故障
92. (A) 動物 (B) 人們 (C) 蟑螂 (D) 公雞
93. (A) 磚頭 (B) 副詞 (C) 形容詞 (D) 刷子
94. (A) 肚子 (B) 辮子 (C) 腳踝 (D) 額頭
95. (A) 承認 (B) 不信 (C) 失望 (D) 贊成

96. (A) 詢問 (B) 預感 (C) 通知 (D) 調整
97. (A) 稱讚 (B) 組成 (C) 申請 (D) 理解
98. (A) 通信記者 (B) 激進主義份子 (C) 兄弟關係 (D) 人道主義者
99. (A) 敘述的 (B) 棕色的 (C) 相等的 (D) 活耀的
100. (A) 老生常談 (B) 接近或使用權 (C) 雙筒望遠鏡 (D) 個人隨身物品

測驗二：「看中選英」100 題，看中文，選出正確的英文。

1. 明顯的
(A) defensive (B) convenient (C) apparent (D) bald
2. 協會
(A) association (B) exhibition (C) faction (D) collision
3. 逮捕
(A) employ (B) arrest (C) grasp (D) browse
4. 知道的
(A) controversy (B) decision (C) fierce (D) aware
5. 大禮堂
(A) folklore (B) dawn (C) auditorium (D) contest
6. 人造的
(A) defensive (B) artificial (C) contrary (D) formidable

7. 自大的
(A) fortunate (B) countable (C) democratic (D) arrogant
8. 食慾
(A) flaw (B) define (C) appetite (D) cordial
9. 吸引人的
(A) attractive (B) corrupt (C) diplomatic (D) gifted
10. 主張
(A) flee (B) courtesy (C) descend (D) assert
11. 領養
(A) adopt (B) correspond (C) detain (D) fate
12. 改變
(A) covet (B) foster (C) alter (D) gather
13. 一致
(A) format (B) accord (C) cover (D) extend
14. 農業的
(A) crooked (B) glad (C) elementary (D) agricultural
15. 前進
(A) flick (B) advance (C) cram (D) falter
16. 青春期
(A) fort (B) cripple (C) adolescence (D) daffodil
17. 學術的
(A) cunning (B) academic (C) fragrant (D) feasible
18. 自治
(A) autonomy (B) dialect (C) case (D) facility
19. 附加的
(A) dreadful (B) additional (C) emphatic (D) gradual
20. 密閉的
(A) extinct (B) cruel (C) airtight (D) flat
21. 適用的
(A) fabulous (B) applicable (C) crispy (D) furious
22. 同意
(A) agree (B) credit (C) fade (D) found

23. 鋁
(A) fiber (B) crane (C) dignity (D) aluminum
24. 達到
(A) crumb (B) achieve (C) famine (D) fraud
25. 可接受的
(A) frail (B) faithful (C) crucial (D) acceptable
26. 加速
(A) accelerate (B) besiege (C) endure (D) bury
27. 容納
(A) communicative (B) commemorate (C) accommodate (D) dilemma
28. （毒）癮
(A) bulge (B) fertile (C) bit (D) addiction
29. 值得讚賞的
(A) arrogant (B) eligible (C) admirable (D) disgusting
30. 管理的
(A) administrative (B) executive (C) expressive (D) detective
31. 優點
(A) brain (B) fossil (C) cello (D) advantage
32. 登廣告
(A) donate (B) advertise (C) broadcast (D) bait
33. 事情
(A) affair (B) budget (C) federal (D) dissuade
34. 代辦處
(A) beforehand (B) exit (C) dim (D) agency
35. 航空公司
(A) airlines (B) bakery (C) fragment (D) dissolve
36. 討厭的人或物
(A) cabbage (B) fare (C) bulk (D) annoyance
37. 實際的
(A) actual (B) classical (C) disposal (D) digital
38. 摯愛的
(A) deteriorate (B) fantasy (C) affectionate (D) freight

39. 冷氣機
(A) fridge (B) closet (C) balcony (D) air conditioner
40. 承認
(A) clarity (B) acknowledge (C) facility (D) distance
41. 祖先
(A) dictator (B) ginger (C) ancestor (D) banner
42. 分開地
(A) fund (B) diary (C) byte (D) apart
43. 業餘的
(A) fling (B) amateur (C) barrel (D) canyon
44. 道歉
(A) apologize (B) bankrupt (C) collapse (D) farewell
45. 向～保證
(A) dismantle (B) comment (C) gratitude (D) assure
46. 附屬品
(A) bead (B) attachment (C) era (D) fair
47. 秋天
(A) broadcast (B) drought (C) autumn (D) gamble
48. 動脈
(A) artery (B) former (C) entry (D) canary
49. 競技場
(A) dough (B) arena (C) gene (D) bass
50. 性向
(A) devour (B) equip (C) aptitude (D) capture
51. 評估
(A) descent (B) assess (C) flourish (D) carefree
52. 觀眾
(A) audience (B) civil (C) beggar (D) boy
53. 頒發
(A) frank (B) bond (C) bizarre (D) award
54. 文章
(A) article (B) bruise (C) emergency (D) dust

55. 假定
(A) bout (B) assumption (C) diabetes (D) brew
56. 攻擊
(A) attack (B) ban (C) divide (D) enact
57. 態度
(A) branch (B) fulfill (C) belief (D) attitude
58. 原始的
(A) deliberate (B) aboriginal (C) desperate (D) geographical
59. 墮胎
(A) boredom (B) foundation (C) development (D) abortion
60. 缺席的
(A) absent (B) chubby (C) facial (D) barefoot
61. 會計師
(A) fireman (B) blacksmith (C) accountant (D) emigrant
62. 行動
(A) bounce (B) fluency (C) abstraction (D) action
63. 陪伴
(A) destiny (B) accompany (C) editorial (D) fertility
64. 抽象的
(A) definite (B) classify (C) abstract (D) fabulous
65. 適應
(A) chick (B) devotion (C) defense (D) adaptation
66. 救護車
(A) dimension (B) formation (C) ambulance (D) destination
67. 文選
(A) analects (B) cholesterol (C) canal (D) closure
68. 短吻鱷
(A) calf (B) canary (C) bull (D) alligator
69. 含酒精的
(A) alcoholic (B) dialogue (C) briefcase (D) coin
70. 反義字
(A) braid (B) devil (C) elegant (D) antonym

71. 圍裙
(A) glassware (B) apron (C) check (D) fireplace

72. 拱門
(A) finance (B) cathedral (C) arch (D) enterprise

73. 氣喘
(A) asthma (B) column (C) bulletin (D) candle

74. 暗殺
(A) furthermore (B) assassinate (C) fragrant (D) disturb

75. 作者
(A) author (B) founder (C) banker (D) barber

76. 喚醒
(A) cherish (B) flavor (C) burst (D) awaken

77. 閣樓
(A) foe (B) drift (C) attic (D) citizen

78. 箭
(A) chew (B) arrow (C) drain (D) fuss

79. 運動員般的
(A) dramatic (B) electronic (C) athletic (D) frantic

80. 企圖
(A) extend (B) attempt (C) divert (D) dodge

81. 豐富
(A) civilization (B) equipment (C) generation (D) abundance

82. 心不在焉的
(A) absentminded (B) competitive (C) contagious (D) cooperative

83. 配件
(A) gathering (B) fortune (C) accessory (D) diversity

84. 演員
(A) actor (B) factor (C) career (D) designer

85. 非常喜愛
(A) dose (B) adore (C) dominate (D) diaper

86. 因此
(A) accordingly (B) barely (C) fairly (D) chilly

87. 刊登廣告者
(A) freezer (B) advertiser (C) chamber (D) engineer
88. 機場
(A) barn (B) farm (C) dam (D) airport
89. 有攻擊性的
(A) electrical (B) aggressive (C) glorious (D) continuous
90. 一年的
(A) annual (B) ballot (C) formulate (D) channel
91. 猿
(A) foe (B) carp (C) ape (D) fur
92. 家電用品
(A) chain (B) chore (C) drama (D) appliance
93. 允許
(A) carve (B) allow (C) cast (D) earn
94. 使疏遠
(A) devalue (B) erect (C) choke (D) alienate
95. 分析
(A) analysis (B) fracture (C) bend (D) follow
96. 急性的
(A) enormous (B) educational (C) acute (D) eventual
97. 議程
(A) dress (B) boycott (C) fable (D) agenda
98. 可怕的
(A) portable (B) awful (C) gorgeous (D) cheerful
99. 天使
(A) angle (B) folk (C) angel (D) display
100. 片刻
(A) awhile (B) forth (C) fabric (D) beneath

測驗三：「看英選中」100題，看英文，選出正確的中文字義。

1. agent
(A) 代理人 (B) 經濟學家 (C) 孔子 (D) 經理

2. culture
(A) 生物學 (B) 電子學 (C) 名聲 (D) 文化
3. aggression
(A) 清晰 (B) 侵略 (C) 譴責 (D) 節省
4. alternate
(A) 使輪流 (B) 使厭惡 (C) 使能夠 (D) 使失去能力
5. allowance
(A) 雞尾酒 (B) 古董 (C) 零用錢 (D) 堡壘
6. achievement
(A) 取代 (B) 勸阻 (C) 溶解 (D) 成就
7. ambitious
(A) 有抱負的 (B) 精緻的 (C) 主要的 (D) 口語的
8. anxiety
(A) 吸收 (B) 焦慮 (C) 消失 (D) 啓蒙
9. alike
(A) 相像的 (B) 圖解的 (C) 正確的 (D) 未經加工的
10. allergic
(A) 脆弱的 (B) 攝氏的 (C) 粗糙的 (D) 過敏的
11. appropriate
(A) 自大的 (B) 實際的 (C) 外部的 (D) 適當的
12. alongside
(A) 向…招手 (B) 將…命名爲 (C) 在…旁邊 (D) 以…爲特色
13. airmail
(A) 航空郵件 (B) 公司 (C) 森林 (D) 農舍
14. alive
(A) 兇猛的 (B) 整個的 (C) 敘述的 (D) 活的
15. advise
(A) 呼吸 (B) 勸告 (C) 聊天 (D) 喘氣
16. antenna
(A) 觸角 (B) 麵粉 (C) 小圓麵包 (D) 辮子
17. absurd
(A) 輔助的 (B) 相等的 (C) 防火的 (D) 荒謬的

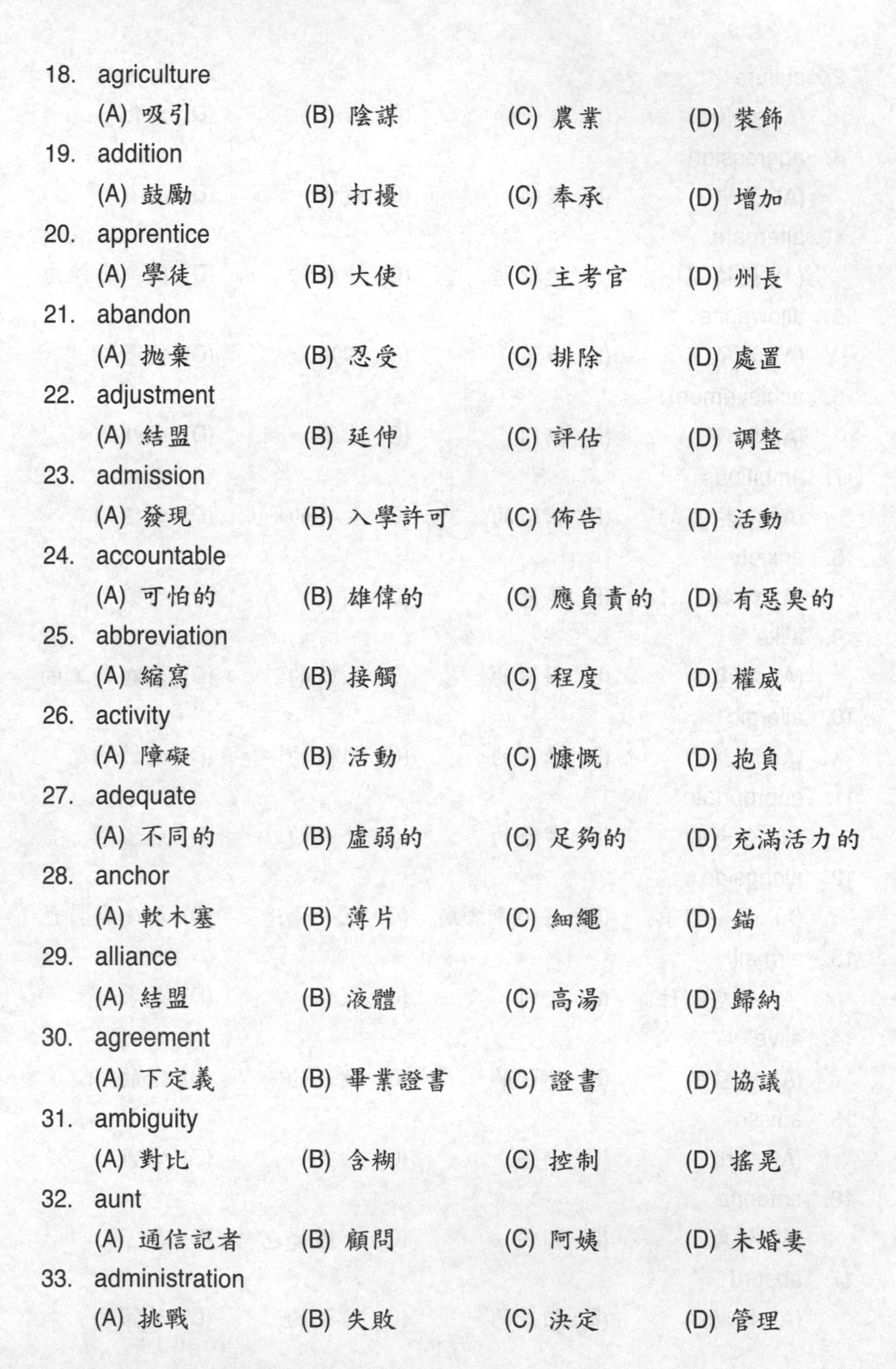

18. agriculture
(A) 吸引 (B) 陰謀 (C) 農業 (D) 裝飾

19. addition
(A) 鼓勵 (B) 打擾 (C) 奉承 (D) 增加

20. apprentice
(A) 學徒 (B) 大使 (C) 主考官 (D) 州長

21. abandon
(A) 拋棄 (B) 忍受 (C) 排除 (D) 處置

22. adjustment
(A) 結盟 (B) 延伸 (C) 評估 (D) 調整

23. admission
(A) 發現 (B) 入學許可 (C) 佈告 (D) 活動

24. accountable
(A) 可怕的 (B) 雄偉的 (C) 應負責的 (D) 有惡臭的

25. abbreviation
(A) 縮寫 (B) 接觸 (C) 程度 (D) 權威

26. activity
(A) 障礙 (B) 活動 (C) 慷慨 (D) 抱負

27. adequate
(A) 不同的 (B) 虛弱的 (C) 足夠的 (D) 充滿活力的

28. anchor
(A) 軟木塞 (B) 薄片 (C) 細繩 (D) 錨

29. alliance
(A) 結盟 (B) 液體 (C) 高湯 (D) 歸納

30. agreement
(A) 下定義 (B) 畢業證書 (C) 證書 (D) 協議

31. ambiguity
(A) 對比 (B) 含糊 (C) 控制 (D) 搖晃

32. aunt
(A) 通信記者 (B) 顧問 (C) 阿姨 (D) 未婚妻

33. administration
(A) 挑戰 (B) 失敗 (C) 決定 (D) 管理

34. accordance
(A) 一致 (B) 診斷 (C) 獨裁 (D) 忠實
35. airplane
(A) 玉米 (B) 頭皮屑 (C) 肥料 (D) 飛機
36. advanced
(A) 被束縛的 (B) 先進的 (C) 最後的 (D) 非正式的
37. accomplishment
(A) 赤道 (B) 百科全書 (C) 文選 (D) 成就
38. academy
(A) 公司 (B) 學院 (C) 田野 (D) 庭院
39. admire
(A) 轉換 (B) 傾倒 (C) 欽佩 (D) 侵蝕
40. aborigine
(A) 原住民 (B) 資本家 (C) 群眾 (D) 人們
41. acknowledgement
(A) 覆蓋 (B) 傳達 (C) 承認 (D) 聚集
42. abstraction
(A) 長沙發 (B) 派遣 (C) 課程 (D) 抽象
43. afford
(A) 關上 (B) 負擔得起 (C) 粉碎 (D) 清楚地說明
44. accounting
(A) 生物學 (B) 電子學 (C) 會計 (D) 管理
45. accidental
(A) 意外的 (B) 鈍的 (C) 致命的 (D) 古怪的
46. addict
(A) 使便利 (B) 使上癮 (C) 使不高興 (D) 使輪流
47. absence
(A) 閃爍不定 (B) 洩漏 (C) 缺席 (D) 定罪
48. administrator
(A) 冠軍 (B) 化學家 (C) 名人 (D) 管理者
49. accuracy
(A) 準確 (B) 穿衣 (C) 巡航 (D) 爬

50. abundant
(A) 狡猾的 (B) 合作的 (C) 豐富的 (D) 殘忍的
51. accept
(A) 接受 (B) 砍 (C) 珍惜 (D) 嚼
52. affirm
(A) 循環 (B) 斷言 (C) 修剪 (D) 開始
53. acceleration
(A) 認爲 (B) 倒場 (C) 與…戰鬥 (D) 加速
54. advertisement
(A) 方程式 (B) 廣告 (C) 皇冠 (D) 碗櫥
55. accustom
(A) 使失去能力 (B) 使厭惡 (C) 使習慣於 (D) 使能夠
56. affection
(A) 官僚作風 (B) 關係 (C) 格式 (D) 感情
57. adapt
(A) 適應 (B) 腐爛 (C) 欺騙 (D) 躲避
58. accommodations
(A) 櫥櫃 (B) 酒吧 (C) 住宿設備 (D) 嘉年華會
59. accuse
(A) 保衛 (B) 預測 (C) 閃爍 (D) 控告
60. absorb
(A) 爬行 (B) 吸收 (C) 暗示 (D) 記得
61. accessible
(A) 連續的 (B) 熱誠的 (C) 容易接近的 (D) 禿頭的
62. accumulation
(A) 實現 (B) 拋棄 (C) 培養 (D) 累積
63. adviser
(A) 建議 (B) 導師 (C) 建築 (D) 建築師
64. agreeable
(A) 令人愉快的 (B) 彎曲的 (C) 好奇的 (D) 可數的
65. assume
(A) 可信度 (B) 期滿 (C) 捲曲 (D) 假定

66. artistic
(A) 即將出現的 (B) 平的 (C) 藝術的 (D) 圓的
67. alert
(A) 逐漸的 (B) 機警的 (C) 舒適的 (D) 骨瘦如柴的
68. album
(A) 專輯 (B) 羽毛 (C) 罪 (D) 櫃台
69. author
(A) 銀行家 (B) 死傷（者） (C) 作者 (D) 出納員
70. alcoholic
(A) 酒鬼 (B) 大災難 (C) 野蠻人 (D) 理髮師
71. anecdote
(A) 可信度 (B) 軼事 (C) 危機 (D) 說閒話
72. ancient
(A) 爭議性的 (B) 合作的 (C) 古代的 (D) 傳染性的
73. ambassador
(A) 大使 (B) 聯邦政府 (C) 承包商 (D) 仙女
74. allergy
(A) 手勢 (B) 過敏症 (C) 起重機 (D) 逗點
75. announcement
(A) 光榮 (B) 抽筋 (C) 豐富 (D) 宣佈
76. anticipate
(A) 預期 (B) 損害 (C) 困惑 (D) 憤怒
77. appearance
(A) 櫻桃 (B) 合弦 (C) 外表 (D) 尺寸
78. appoint
(A) 不贊成 (B) 指派 (C) 賄賂 (D) 無聊
79. animate
(A) 使模糊不清 (B) 使驚嚇 (C) 使窒息 (D) 使有活力
80. anthem
(A) 搖籃 (B) 定義 (C) 頌歌 (D) 流利
81. analyst
(A) 分析者 (B) 牛仔 (C) 子孫 (D) 候選人

82. antibiotic
(A) 蠟筆 (B) 盛宴 (C) 容量 (D) 抗生素
83. application
(A) 瑕疵 (B) 忍受 (C) 申請 (D) 污染
84. authority
(A) 墜毀 (B) 連接 (C) 權威 (D) (毒)癮
85. appreciate
(A) 打 (B) 欣賞 (C) 美化 (D) 綁
86. approval
(A) 防衛 (B) 雕刻 (C) 囚禁 (D) 贊成
87. athlete
(A) 運動員 (B) 初學者 (C) 鐵匠 (D) 新郎
88. architecture
(A) 公式 (B) 選票 (C) 建築 (D) 甲板
89. argument
(A) 分手 (B) 爭論 (C) 補充 (D) 攜帶
90. ATM
(A) 自動提款機 (B) 麵包店 (C) 理髮店 (D) 市集
91. asset
(A) 服裝 (B) 會議 (C) 資產 (D) 包心菜
92. attendant
(A) 服務員 (B) 竊賊 (C) 乞丐 (D) 藝術家
93. attach
(A) 計算 (B) 不足 (C) 爆破 (D) 附上
94. assault
(A) 貢獻 (B) 襲擊 (C) 登記 (D) 迎合
95. articulate
(A) 正式的 (B) 可實行的 (C) 可信的 (D) 口齒清晰的
96. auction
(A) 拍賣 (B) 強化 (C) 節省 (D) 偏見
97. autograph
(A) 生意 (B) 比賽 (C) 官僚作風 (D) 親筆簽名

98. awesome
(A) 絕種的 (B) 令人畏懼的 (C) 數位的 (D) 外交的
99. approach
(A) 接近 (B) 失敗 (C) 溝通 (D) 比較
100. artifact
(A) 餅乾 (B) 小木屋 (C) 文化遺物 (D) 汽油

【測驗一解答】

1. (B) alien	21. (A) antibody	41. (B) baby-sitter	61. (C) assignment
2. (D) alley	22. (C) acceptance	42. (D) bachelor	62. (B) associate
3. (A) appointment	23. (B) affect	43. (A) await	63. (D) arrive
4. (B) accomplish	24. (D) architect	44. (C) awake	64. (B) auxiliary
5. (C) accident	25. (A) area	45. (B) automatic	65. (D) abbreviate
6. (A) apology	26. (B) ass	46. (C) bacteria	66. (B) annoy
7. (C) anger	27. (D) attain	47. (A) attention	67. (D) armour
8. (D) address	28. (C) autobiography	48. (B) attendance	68. (A) abound
9. (A) ant	29. (B) accent	49. (D) applause	69. (B) auditorium
10. (C) advice	30. (D) algebra	50. (A) April	70. (C) accumulate
11. (A) appeal	31. (C) anticipation	51. (B) arithmetic	71. (A) actress
12. (D) ally	32. (A) absolute	52. (C) assessment	72. (D) altogether
13. (C) alternative	33. (D) awe	53. (B) backbone	73. (A) abuse
14. (B) anniversary	34. (A) audio	54. (D) August	74. (B) announce
15. (A) administer	35. (C) assembly	55. (A) authorize	75. (D) amazement
16. (C) account	36. (D) auto	56. (B) authentic	76. (A) Antarctic
17. (B) adjective	37. (A) argue	57. (C) background	77. (B) accurate
18. (D) allocate	38. (B) army	58. (B) backpack	78. (C) appreciation
19. (C) anxious	39. (A) artist	59. (D) bacon	79. (A) ambiguous
20. (A) ad	40. (C) attraction	60. (A) assurance	80. (D) admirable

81. (B) antique	86. (C) accusation	91. (B) arrange	96. (D) adjust
82. (A) ambition	87. (B) angle	92. (A) animal	97. (C) apply
83. (B) analyze	88. (D) act	93. (B) adverb	98. (B) activist
84. (D) add	89. (A) altitude	94. (C) ankle	99. (D) active
85. (A) appear	90. (D) approve	95. (A) admit	100. (B) access

【測驗二解答】

1. (C)	11. (A)	21. (B)	31. (D)	41. (C)	51. (B)	61. (C)	71. (B)	81. (D)	91. (C)
2. (A)	12. (C)	22. (A)	32. (B)	42. (D)	52. (A)	62. (D)	72. (C)	82. (A)	92. (D)
3. (B)	13. (B)	23. (D)	33. (A)	43. (B)	53. (D)	63. (B)	73. (A)	83. (C)	93. (B)
4. (D)	14. (D)	24. (B)	34. (D)	44. (A)	54. (A)	64. (C)	74. (B)	84. (A)	94. (D)
5. (C)	15. (B)	25. (D)	35. (A)	45. (D)	55. (B)	65. (D)	75. (A)	85. (B)	95. (A)
6. (B)	16. (C)	26. (A)	36. (D)	46. (B)	56. (A)	66. (C)	76. (D)	86. (A)	96. (C)
7. (D)	17. (B)	27. (C)	37. (A)	47. (C)	57. (D)	67. (A)	77. (C)	87. (B)	97. (D)
8. (C)	18. (A)	28. (D)	38. (C)	48. (A)	58. (B)	68. (D)	78. (B)	88. (D)	98. (B)
9. (A)	19. (B)	29. (C)	39. (D)	49. (B)	59. (D)	69. (A)	79. (C)	89. (B)	99. (C)
10. (D)	20. (C)	30. (A)	40. (B)	50. (C)	60. (A)	70. (D)	80. (B)	90. (A)	100. (A)

【測驗三解答】

1. (A)	11. (D)	21. (A)	31. (B)	41. (C)	51. (A)	61. (C)	71. (B)	81. (A)	91. (C)
2. (D)	12. (C)	22. (D)	32. (C)	42. (D)	52. (B)	62. (D)	72. (C)	82. (D)	92. (A)
3. (B)	13. (A)	23. (B)	33. (D)	43. (B)	53. (D)	63. (B)	73. (A)	83. (C)	93. (D)
4. (A)	14. (D)	24. (C)	34. (A)	44. (C)	54. (B)	64. (A)	74. (B)	84. (C)	94. (B)
5. (C)	15. (B)	25. (A)	35. (D)	45. (A)	55. (C)	65. (D)	75. (D)	85. (B)	95. (D)
6. (D)	16. (A)	26. (B)	36. (B)	46. (B)	56. (D)	66. (C)	76. (A)	86. (D)	96. (A)
7. (A)	17. (D)	27. (C)	37. (D)	47. (C)	57. (A)	67. (B)	77. (C)	87. (A)	97. (D)
8. (B)	18. (C)	28. (D)	38. (B)	48. (D)	58. (C)	68. (A)	78. (B)	88. (C)	98. (B)
9. (A)	19. (D)	29. (A)	39. (C)	49. (A)	59. (D)	69. (C)	79. (D)	89. (B)	99. (A)
10. (D)	20. (A)	30. (D)	40. (A)	50. (C)	60. (B)	70. (A)	80. (C)	90. (A)	100. (C)

TEST 2

測驗一： 「聽英選中」100題，聽英文，選出正確的中文字義。

1. (A) 猿 (B) 大猩猩 (C) 鯉魚 (D) 河馬
2. (A) 候選人 (B) 小丑 (C) 主席 (D) 上校
3. (A) 卡通 (B) 喜劇 (C) 憲法 (D) 陰謀
4. (A) 縣 (B) 鄉間 (C) 國家 (D) 首都
5. (A) 能夠的 (B) 當代的 (C) 滿足的 (D) 大陸的

6. (A) 消耗 (B) 污染 (C) 沉思 (D) 攜帶
7. (A) 恐龍 (B) 牛仔 (C) 薑 (D) 牛
8. (A) 比賽 (B) 職業 (C) 洲 (D) 合約
9. (A) 連續 (B) 爭奪 (C) 取消 (D) 控制
10. (A) 無憂無慮的 (B) 相反的 (C) 連續的 (D) 爭議性的

11. (A) 設計師 (B) 出納員 (C) 管理者 (D) 消費者
12. (A) 參賽者 (B) 承包商 (C) 木匠 (D) 通信記者
13. (A) 帆布 (B) 鋁 (C) 上下文 (D) 銅
14. (A) 角落 (B) 大教堂 (C) 公司 (D) 部隊
15. (A) 輕視 (B) 爭論 (C) 滿足 (D) 容量

16. (A) 服裝 (B) 手推車 (C) 表（堂）兄弟姊妹 (D) 折價卷
17. (A) 嘉年華會 (B) 課程 (C) 海關 (D) 代表團
18. (A) 對話 (B) 現金 (C) 容器 (D) 餅乾
19. (A) 化學家 (B) 公民 (C) 俘虜 (D) 清潔工
20. (A) 母牛 (B) 公牛 (C) 芽 (D) 青蛙

21. (A) 細繩 (B) 珊瑚 (C) 燈泡 (D) 軟布塞
22. (A) 農夫 (B) 竊賊 (C) 創立者 (D) 冠軍
23. (A) 合作 (B) 貢獻 (C) 方便 (D) 負擔
24. (A) 議會 (B) 生意 (C) 勸告 (D) 勇氣
25. (A) 蝴蝶 (B) 蜻蜓 (C) 龍 (D) 神

26. (A) 禮貌 (B) 轉換 (C) 位元組 (D) 涵蓋的範圍
27. (A) 櫥櫃 (B) 火山口 (C) 穿越處 (D) 目的地
28. (A) 庭院 (B) 自助餐廳 (C) 法院 (D) 學校
29. (A) 花 (B) 黃水仙 (C) 竹子 (D) 仙人掌
30. (A) 影印 (B) 做菜 (C) 計算 (D) 與…矛盾

31. (A) 小鴨 (B) 小牛 (C) 螃蟹 (D) 驢子
32. (A) 著作權 (B) 玉米 (C) 卡路里 (D) 貪污
33. (A) 露營 (B) 暗示 (C) 培養 (D) 治療
34. (A) 鱷魚 (B) 幼獸 (C) 短吻鱷 (D) 駱駝
35. (A) 獨木舟 (B) 俱樂部 (C) 資產 (D) 大禮堂

36. (A) 學徒 (B) 天使 (C) 動物 (D) 金絲雀
37. (A) 立方體 (B) 杯子 (C) 樹枝 (D) 碗櫥
38. (A) 定罪 (B) 好奇心 (C) 煞車 (D) 詛咒
39. (A) 黃銅 (B) 貨幣 (C) 墊子 (D) 窗簾
40. (A) 死亡 (B) 危險 (C) 分手 (D) 決定

41. (A) 宣佈 (B) 拒絕 (C) 裝飾 (D) 呼吸
42. (A) 額頭 (B) 胸部 (C) 骨架 (D) 屁股
43. (A) 新娘 (B) 顧問 (C) 女演員 (D) 相對應的人或物
44. (A) 尿布 (B) 頭皮屑 (C) 公事包 (D) 裝置
45. (A) 傳染性的 (B) 燦爛的 (C) 方便的 (D) 傳統的

46. (A) 細節 (B) 邊緣 (C) 曲線 (D) 診斷
47. (A) 配件 (B) 恐龍 (C) 日記 (D) 掃帚
48. (A) 高湯 (B) 尺寸 (C) 清潔劑 (D) (人行道旁的)邊石
49. (A) 下定義 (B) 診斷 (C) 數 (D) 瀏覽
50. (A) 甲板 (B) 水桶 (C) 櫃台 (D) 水壩

51. (A) 咖哩 (B) 黃瓜 (C) 芽 (D) 薑
52. (A) 生物學的 (B) 合作的 (C) 熱誠的 (D) 貪污的
53. (A) 正確的 (B) 法人的 (C) 苦的 (D) 昂貴的
54. (A) 可數的 (B) 空白的 (C) 勇敢的 (D) 有禮貌的
55. (A) 糖尿病 (B) 對話 (C) 火焰 (D) 方言

56. (A) 水泡 (B) 鑽石 (C) 一角硬幣 (D) 裝備
57. (A) 觸角 (B) 零用錢 (C) 錨 (D) 血
58. (A) 困境 (B) 消化 (C) 污漬 (D) 尊嚴
59. (A) 墮胎 (B) 臉紅 (C) 缺席 (D) 增加
60. (A) 關係 (B) 矛盾 (C) 對比 (D) 晚餐

61. (A) 獎金 (B) 廣告 (C) 形容詞 (D) 副詞
62. (A) 使協調 (B) 使無聊 (C) 使相信 (D) 使破裂
63. (A) 冷氣機 (B) 航空郵件 (C) 瓶子 (D) 專輯
64. (A) 反彈 (B) 拖 (C) 畫 (D) 鼓掌
65. (A) 肚子 (B) 動脈 (C) 腳踝 (D) 腸

66. (A) 期待 (B) 聯合抵制 (C) 連接 (D) 負擔得起
67. (A) 海灘 (B) 競技場 (C) 學院 (D) 部門
68. (A) 吸收 (B) 毒（癮） (C) 縮寫 (D) 光線
69. (A) 剝奪 (B) 依賴 (C) 忍受 (D) 離開
70. (A) 下降 (B) 美化 (C) 強迫 (D) 描述

71. (A) 絕望 (B) 形式 (C) 嗶嗶聲 (D) 能力
72. (A) 向…招手 (B) 在…旁邊 (C) 將…命名爲 (D) 以…爲特色
73. (A) 輕視 (B) 乞求 (C) 破壞 (D) 設計
74. (A) 指定 (B) 探查 (C) 居留 (D) 開始
75. (A) 代表 (B) 外交 (C) 裝飾 (D) 不足

76. (A) 決定 (B) 保衛 (C) 相信 (D) 阻止
77. (A) 箭 (B) 棉 (C) 電 (D) 鐘
78. (A) 親愛的 (B) 瘋狂的 (C) 有創造力的 (D) 可信的
79. (A) 秋天 (B) 手套 (C) 長椅 (D) 赤道
80. (A) 麵包 (B) 蘋果 (C) 漿果 (D) 甜甜圈

81. (A) 挖 (B) 沾 (C) 用餐 (D) 出賣
82. (A) 腳踏車 (B) 文選 (C) 汽車 (D) 飛機
83. (A) 抗體 (B) 參加人數 (C) 文化遺物 (D) 帳單
84. (A) 中堅份子 (B) 騎兵 (C) 賓果遊戲 (D) 自動提款機
85. (A) 盔甲 (B) 樂隊 (C) 軍隊 (D) 圍裙

86.	(A) 嘉年華會	(B) 議會	(C) 宴會	(D) 音樂會
87.	(A) 頌歌	(B) 電池	(C) 古董	(D) 文章
88.	(A) 批評的	(B) 酥脆的	(C) 基本的	(D) 彎曲的
89.	(A) 討價還價	(B) 打敗	(C) 惡化	(D) 發展
90.	(A) 實驗	(B) 平衡	(C) 定義	(D) 瑕疵
91.	(A) 代表大會	(B) 畫廊	(C) 拱門	(D) 麵包店
92.	(A) 神	(B) 人們	(C) 野蠻人	(D) 未婚夫
93.	(A) 原始的	(B) 豐富的	(C) 缺席的	(D) 光著腳的
94.	(A) 殖民地	(B) 地址	(C) 基地	(D) 目的地
95.	(A) 一批	(B) 一回合	(C) 一桶	(D) 一對男女
96.	(A) 家電用品	(B) 手臂	(C) 繃帶	(D) 附屬品
97.	(A) 貧瘠的	(B) 殘忍的	(C) 未經加工的	(D) 關鍵性的
98.	(A) 管理的	(B) 學術的	(C) 準確的	(D) 禿頭的
99.	(A) 羽毛球	(B) 籃球	(C) 高爾夫球	(D) 棒球
100.	(A) 花	(B) 竹子	(C) 黃水仙	(D) 大蒜

測驗二：「看中選英」100題，看中文，選出正確的英文。

1. 徽章
(A) apple (B) agenda (C) air (D) badge

2. 烘烤
(A) convey (B) bake (C) cook (D) convict

3. 餌
(A) ant (B) cube (C) bait (D) ape

4. 陽台
(A) apartment (B) context (C) balcony (D) continent

5. 芭蕾舞
(A) ballet (B) corn (C) cookie (D) apple

6. 禁止
(A) copy (B) ban (C) cram (D) contact

7. 銀行家
   (A) banker (B) consumer (C) container (D) controller
8. 酒吧
   (A) countryside (B) country (C) county (D) bar
9. 理髮店
   (A) courtyard (B) barbershop (C) court (D) crowd
10. 赤裸的
   (A) bare (B) contagious (C) cruel (D) controversial
11. 障礙
   (A) barrier (B) counterpart (C) couple (D) courage
12. 地下室
   (A) basement (B) contentment (C) department (D) development
13. 低音的
   (A) courteous (B) dead (C) bass (D) deaf
14. 球棒
   (A) curb (B) dad (C) cup (D) bat
15. 市集
   (A) contest (B) bazaar (C) council (D) customer
16. 海灣
   (A) day (B) deck (C) bay (D) dare
17. 洗澡
   (A) contrast (B) dash (C) death (D) bath
18. 可信的
   (A) believable (B) continental (C) continual (D) continuous
19. 肚子
   (A) delight (B) danger (C) curtain (D) belly
20. 個人隨身物品
   (A) creature (B) curve (C) belongings (D) cushion
21. 彎曲
   (A) contribute (B) bend (C) correspond (D) damage
22. 有益的
   (A) corporate (B) credible (C) beneficial (D) crooked

23. 圍攻
(A) besiege (B) contradict (C) control (D) convert
24. 聖經
(A) Bible (B) controversy (C) costume (D) crown
25. 出（價）
(A) dart (B) bid (C) dawn (D) daybreak
26. 有孔的小珠
(A) cottage (B) cotton (C) couch (D) bead
27. 乞丐
(A) contestant (B) counselor (C) counter (D) beggar
28. 行爲
(A) contempt (B) courtesy (C) behavior (D) counsel
29. 在…之前
(A) coverage (B) before (C) denounce (D) democrat
30. 美麗的
(A) beautiful (B) countable (C) crispy (D) delicate
31. 鳥嘴
(A) beak (B) cousin (C) crayon (D) cradle
32. 啤酒
(A) coupon (B) cracker (C) beer (D) deliver
33. 牛肉
(A) cow (B) beef (C) cowboy (D) crab
34. 生物學
(A) course (B) critic (C) customs (D) biology
35. 黑板
(A) descend (B) devil (C) blackboard (D) device
36. 毯子
(A) diaper (B) blanket (C) diamond (D) diary
37. 開花
(A) bloom (B) cost (C) count (D) cover
38. 刀鋒
(A) design (B) dialect (C) blade (D) dialogue

39. 暴風雪
(A) cramp (B) crane (C) blizzard (D) daffodil
40. 大錯誤
(A) demand (B) blunder (C) diabetes (D) dictation
41. 束縛
(A) covet (B) crack (C) bondage (D) crash
42. 被束縛的
(A) delay (B) destroy (C) differ (D) bound
43. 拳擊手
(A) contractor (B) boxer (C) cooker (D) crater
44. 釀造
(A) brew (B) converse (C) convince (D) crawl
45. 碗
(A) crow (B) custom (C) dime (D) bowl
46. 骨瘦如柴的
(A) contrary (B) diplomatic (C) bony (D) alongside
47. 黑的
(A) despair (B) black (C) green (D) pink
48. 品牌
(A) brand (B) crisis (C) dandruff (D) alley
49. 突破
(A) abbreviate (B) breakthrough (C) annoy (D) destination
50. 棕色的
(A) crude (B) curious (C) brown (D) current
51. 帶來
(A) criticize (B) bring (C) crossing (D) cunning
52. 小溪
(A) agenda (B) brook (C) cruiser (D) anchor
53. 寬度
(A) continuity (B) diploma (C) deadline (D) breadth
54. 橋
(A) ad (B) ape (C) bridge (D) ant

55. 賄賂
(A) create (B) dazzle (C) bribe (D) annual

56. 辮子
(A) cripple (B) braid (C) alter (D) alert

57. 胸罩
(A) brassiére (B) accent (C) analects (D) algebra

58. 寬的
(A) content (B) deceive (C) airtight (D) broad

59. 呼吸
(A) admit (B) absorb (C) amateur (D) breath

60. 播送
(A) broadcast (B) diminish (C) dip (D) appeal

61. 早午餐
(A) criticism (B) brunch (C) approach (D) allow

62. 泡泡
(A) crumble (B) applicable (C) bubble (D) air

63. 水牛
(A) buffalo (B) calf (C) bee (D) chick

64. 一串
(A) access (B) bunch (C) antenna (D) anxiety

65. 子彈
(A) bullet (B) ankle (C) animal (D) antarctic

66. 燃燒
(A) crouch (B) cross (C) burn (D) cue

67. 日曆
(A) calendar (B) ambassador (C) ancestor (D) actor

68. 大部分
(A) accord (B) agent (C) adopt (D) bulk

69. 咖啡店
(A) cub (B) cafe (C) curl (D) acute

70. 奶油
(A) adore (B) adjust (C) anthem (D) butter

71. 計算
(A) consumption (B) contemplation (C) calculation (D) contradiction

72. 活動
(A) campaign (B) contract (C) copyright (D) academic

73. 發出嗡嗡聲
(A) corrupt (B) buzz (C) detect (D) hiss

74. 漢堡
(A) cucumber (B) ass (C) burger (D) area

75. 鼓起
(A) consume (B) damn (C) detain (D) bulge

76. 自助餐
(A) apron (B) audio (C) appetite (D) buffet

77. 籠子
(A) copper (B) cord (C) cage (D) crime

78. 書法
(A) contemporary (B) calligraphy (C) culture (D) detergent

79. 運河
(A) canal (B) corner (C) corps (D) detail

80. 埋
(A) cultivate (B) bury (C) deteriorate (D) deter

81. 局
(A) army (B) arrival (C) attain (D) bureau

82. 癌症
(A) cancer (B) curse (C) auction (D) assign

83. 峽谷
(A) canyon (B) dam (C) artery (D) assault

84. 資本主義
(A) auditorium (B) curriculum (C) capitalism (D) bacon

85. 囚禁
(A) asset (B) captivity (C) curry (D) autonomy

86. 碳
(A) attic (B) arrow (C) auxiliary (D) carbon

87. 小心的
(A) customary (B) careful (C) awful (D) artificial

88. 迎合
(A) crook (B) athlete (C) cater (D) auction

89. 目錄
(A) cupboard (B) catalogue (C) curiosity (D) currency

90. 卡式錄音帶
(A) cassette (B) decade (C) arithmetic (D) applause

91. 地毯
(A) cork (B) carpet (C) auto (D) arch

92. 貨物
(A) cargo (B) assure (C) arena (D) assert

93. 蠟燭
(A) cruise (B) crumb (C) crust (D) candle

94. 抓住
(A) contain (B) contend (C) cure (D) capture

95. 厚紙板
(A) coral (B) cardboard (C) attempt (D) arrogant

96. 大災難
(A) authority (B) bacteria (C) catastrophe (D) attitude

97. 城堡
(A) castle (B) armour (C) artistic (D) article

98. 死傷（者）
(A) cordial (B) crocodile (C) casualty (D) cruelty

99. 紙盒
(A) decay (B) carton (C) bachelor (D) authorize

100. 類別
(A) category (B) cruelty (C) apparent (D) backpack

測驗三：「看英選中」100題，看英文，選出正確的中文字義。

1. carve
(A) 雕刻 (B) 治療 (C) 捲曲 (D) 粉碎

2. case
(A) 殘忍 (B) 巡航 (C) 情況 (D) 地殼
3. cast
(A) 投擲 (B) 越過 (C) 蹲下 (D) 批評
4. casual
(A) 文化的 (B) 狡猾的 (C) 非正式的 (D) 好奇的
5. caterpillar
(A) 公雞 (B) 龍 (C) 蟑螂 (D) 毛毛蟲
6. capable
(A) 現在的 (B) 習慣的 (C) 危險的 (D) 能夠的
7. carbohydrate
(A) 罪 (B) 危機 (C) 碳水化合物 (D) 搖籃
8. capitalist
(A) 藝術家 (B) 資本家 (C) 經濟學家 (D) 科學家
9. cannon
(A) 蠟筆 (B) 大砲 (C) 起重機 (D) 貪污
10. bulletin
(A) 通信 (B) 烹飪器具 (C) 佈告 (D) 抽筋
11. bulky
(A) 龐大的 (B) 死的 (C) 致命的 (D) 聾的
12. bureaucracy
(A) 畢業證書 (B) 官僚作風 (C) 聽寫 (D) 診斷
13. burial
(A) 撥(號) (B) 區別 (C) 埋葬 (D) 不同
14. burst
(A) 減少 (B) 消化 (C) 挖 (D) 爆破
15. bush
(A) 細菌 (B) 觀眾 (C) 灌木叢 (D) 作者
16. button
(A) 飛鏢 (B) 按鈕 (C) 大提琴 (D) 頻道
17. campus
(A) 校園 (B) 作業 (C) 協會 (D) 吸引力

18. calcium
    (A) 筷子 (B) 化學物質 (C) 鈣 (D) 蛀牙
19. calculator
    (A) 角度 (B) 代數 (C) 電腦 (D) 計算機
20. cable
    (A) 章 (B) 水泥 (C) 電纜 (D) 房間
21. caffeine
    (A) 辣椒 (B) 咖啡因 (C) 酒 (D) 巧克力
22. cabbage
    (A) 木炭 (B) 包心菜 (C) 碎屑 (D) 雷射唱片
23. cabin
    (A) 小木屋 (B) 農舍 (C) 代辦處 (D) 自動提款機
24. bright
    (A) 決定性的 (B) 防禦的 (C) 明亮的 (D) 明確的
25. brief
    (A) 令人高興的 (B) 美味的 (C) 細緻的 (D) 簡短的
26. brick
    (A) 地窖 (B) 天花板 (C) 磚頭 (D) 小牢房
27. bread
    (A) 起司 (B) 麵包 (C) 培根 (D) 芹菜
28. breakdown
    (A) 故障 (B) 損失 (C) 詛咒 (D) 跳舞
29. bridegroom
    (A) 外交官 (B) 犯罪者 (C) 新郎 (D) 獨裁者
30. biography
    (A) 習俗 (B) 傳記 (C) 文化 (D) 文選
31. blacksmith
    (A) 偵探 (B) 魔鬼 (C) 鐵匠 (D) 子孫
32. blame
    (A) 意外 (B) 示威 (C) 遞送 (D) 責備
33. blink
    (A) 狼吞虎嚥 (B) 創造 (C) 眨眼 (D) 彎曲

34. blur
(A) 使模糊不清 (B) 使目眩 (C) 使沮喪 (D) 使貶值
35. bowling
(A) 保齡球 (B) 羽毛球 (C) 高爾夫球 (D) 曲棍球
36. bow
(A) 建立 (B) 鞠躬 (C) 貪圖 (D) 花費
37. bother
(A) 裝飾 (B) 延遲 (C) 代表 (D) 打擾
38. booth
(A) 零用錢 (B) 攤位 (C) 閣樓 (D) 化合物
39. bone
(A) 討厭的人或物 (B) 親筆簽名 (C) 骨頭 (D) 自傳
40. bit
(A) 尺寸 (B) 一串 (C) 加侖 (D) 一點點
41. bizarre
(A) 故意的 (B) 奇怪的 (C) 民主的 (D) 可靠的
42. bloody
(A) 血腥的 (B) 依賴的 (C) 敘述的 (D) 絕望的
43. blossom
(A) 厚塊 (B) 合唱團 (C) 群眾 (D) (樹上的)花
44. blunt
(A) 摯愛的 (B) 鈍的 (C) 足夠的 (D) 值得欣賞的
45. box
(A) 支票簿 (B) 替代物 (C) 箱子 (D) 西洋棋
46. boyhood
(A) 可信度 (B) 少年時代 (C) 決心 (D) 發展
47. bout
(A) 一對男女 (B) 一桶 (C) 一批 (D) 一回合
48. boundary
(A) 邊界 (B) 優點 (C) 感情 (D) 事情
49. bottom
(A) 底部 (B) 高度 (C) 抱負 (D) 洞穴

50. boredom
(A) 高興 (B) 無聊 (C) 沮喪 (D) 命運
51. boot
(A) 香煙 (B) 雜事 (C) 靴子 (D) 雪茄
52. behave
(A) 填塞 (B) 行爲舉止 (C) 墜毀 (D) 爬行
53. beginner
(A) 初學者 (B) 專欄作家 (C) 教練 (D) 外國人
54. beforehand
(A) 事先 (B) 宣言 (C) 黎明 (D) 青春期
55. beetle
(A) 鳥 (B) 甲蟲 (C) 烏鴉 (D) 鴨子
56. bee
(A) 蜜蜂 (B) 狐狸 (C) 跳蚤 (D) 小蟲
57. beard
(A) 外表 (B) 鬍子 (C) 背面 (D) 腳跟
58. beast
(A) 狐狸 (B) 公牛 (C) 駱駝 (D) 野獸
59. bean
(A) 雞尾酒 (B) 豆子 (C) 櫻桃 (D) 栗子
60. bracelet
(A) 手鐲 (B) 觸角 (C) 皇冠 (D) 古董
61. brain
(A) 抗體 (B) 過敏症 (C) 頭腦 (D) 創造力
62. brace
(A) 使致力於 (B) 使振作 (C) 使習慣於 (D) 使上癮
63. brisk
(A) 輕快的 (B) 注定的 (C) 破壞性的 (D) 不同的
64. broaden
(A) 欺騙 (B) 腐爛 (C) 使聾 (D) 加寬
65. brood
(A) 談話 (B) 改變 (C) 傳達 (D) 沉思

66. brotherhood
(A) 畢業證書 (B) 兄弟關係 (C) 賓果遊戲 (D) 最後期限
67. brow
(A) 眉毛 (B) 腳踝 (C) 手臂 (D) 屁股
68. bruise
(A) 十年 (B) 瘀傷 (C) 天 (D) 破曉
69. buckle
(A) 電路 (B) 背包 (C) 扣環 (D) 夾具
70. budget
(A) 軼事 (B) 協議 (C) 議程 (D) 預算
71. bun
(A) 食慾 (B) 小圓麵包 (C) 螞蟻 (D) 臨時褓姆
72. bundle
(A) 一大堆 (B) 一點點 (C) 一角硬幣 (D) 一串
73. belief
(A) 批評 (B) 致力 (C) 相信 (D) 困難
74. belt
(A) 原因 (B) 背景 (C) 單身漢 (D) 皮帶
75. beneath
(A) 後面 (B) 在…旁邊 (C) 前面 (D) 在…之下
76. bias
(A) 偏見 (B) 頒獎 (C) 合作 (D) 使相信
77. bind
(A) 拖 (B) 綁 (C) 砍 (D) 接
78. bet
(A) 打賭 (B) 覆蓋 (C) 通信 (D) 要求
79. belong
(A) 猛衝 (B) 設計 (C) 屬於 (D) 使目眩
80. binoculars
(A) 家電用品 (B) 周年紀念 (C) 住宿設備 (D) 雙筒望遠鏡
81. beat
(A) 沾 (B) 打 (C) 畫 (D) 敢

82. benefit
(A) 利益 (B) 縮寫 (C) 成就 (D) 反義字
83. billion
(A) 約會 (B) 帳户 (C) 十億 (D) 頌歌
84. balloon
(A) 世紀 (B) 分 (C) 球 (D) 氣球
85. bandit
(A) 舞者 (B) 爸爸 (C) 強盜 (D) 民主主義者
86. bankrupt
(A) 破產的 (B) 困難的 (C) 數位的 (D) 昏暗的
87. banner
(A) 旗幟 (B) 圍裙 (C) 證書 (D) 粉筆
88. barber
(A) 工程師 (B) 設計師 (C) 理髮師 (D) 導師
89. barely
(A) 分開地 (B) 非常地 (C) 公平地 (D) 幾乎不
90. bark
(A) 吠叫 (B) 拋棄 (C) 大叫 (D) 接受
91. barn
(A) 地區 (B) 穀倉 (C) 拱門 (D) 中心
92. barrel
(A) 一對男女 (B) 一回合 (C) 一桶 (D) 一批
93. basis
(A) 基礎 (B) 方法 (C) 道歉 (D) 鼓掌
94. basin
(A) 物品 (B) 獎 (C) 片刻 (D) 臉盆
95. basket
(A) 生物 (B) 長沙發 (C) 籃子 (D) 抗生素
96. bathroom
(A) 碗櫥 (B) 浴室 (C) 公寓 (D) 大禮堂
97. batter
(A) 分類 (B) 消耗 (C) 管理 (D) 打擊手

98. basketball

(A) 籃球 (B) 曲棍球 (C) 羽毛球 (D) 高爾夫球

99. ball

(A) 氣球 (B) 球 (C) 棉 (D) 章

100. bank

(A) 巡航艦 (B) 海關 (C) 學院 (D) 銀行

【測驗一解答】

1. (C) carp	21. (C) bulb	41. (D) breathe	61. (A) bonus
2. (A) candidate	22. (B) burglar	42. (B) breast	62. (B) bore
3. (A) cartoon	23. (D) burden	43. (A) bride	63. (C) bottle
4. (D) capital	24. (B) business	44. (C) briefcase	64. (A) bounce
5. (A) capable	25. (A) butterfly	45. (B) brilliant	65. (D) bowel
6. (D) carry	26. (C) byte	46. (B) brink	66. (B) boycott
7. (D) cattle	27. (A) cabinet	47. (D) broom	67. (A) beach
8. (B) career	28. (B) cafeteria	48. (A) broth	68. (D) beam
9. (C) cancel	29. (D) cactus	49. (D) browse	69. (C) bear
10. (A) carefree	30. (C) calculate	50. (B) bucket	70. (B) beautify
11. (B) cashier	31. (B) calf	51. (C) bud	71. (C) beep
12. (C) carpenter	32. (C) calorie	52. (A) biological	72. (A) beckon
13. (A) canvas	33. (A) camp	53. (C) bitter	73. (B) beg
14. (B) cathedral	34. (D) camel	54. (B) blank	74. (D) begin
15. (D) capacity	35. (A) canoe	55. (C) blaze	75. (A) behalf
16. (B) cart	36. (D) canary	56. (A) blister	76. (C) believe
17. (A) carnival	37. (C) branch	57. (D) blood	77. (D) bell
18. (B) cash	38. (C) brake	58. (C) blot	78. (A) beloved
19. (C) captive	39. (A) brass	59. (B) blush	79. (C) bench
20. (B) bull	40. (C) breakup	60. (A) bond	80. (C) berry

81. (D) betray
82. (A) bicycle
83. (D) bill
84. (C) bingo
85. (B) band
86. (C) banquet
87. (B) battery
88. (C) basic
89. (A) bargain
90. (B) balance
91. (D) bakery
92. (C) barbarian
93. (D) barefoot
94. (C) base
95. (A) batch
96. (C) bandage
97. (A) barren
98. (D) bald
99. (A) badminton
100. (B) bamboo

【測驗二解答】

1. (D) 11. (A) 21. (B) 31. (A) 41. (C) 51. (B) 61. (B) 71. (C) 81. (D) 91. (B)

2. (B) 12. (A) 22. (C) 32. (C) 42. (D) 52. (B) 62. (C) 72. (A) 82. (A) 92. (A)

3. (C) 13. (C) 23. (A) 33. (B) 43. (B) 53. (D) 63. (A) 73. (B) 83. (A) 93. (D)

4. (C) 14. (D) 24. (A) 34. (D) 44. (A) 54. (C) 64. (B) 74. (C) 84. (C) 94. (D)

5. (A) 15. (B) 25. (B) 35. (C) 45. (D) 55. (C) 65. (A) 75. (D) 85. (B) 95. (B)

6. (B) 16. (C) 26. (D) 36. (B) 46. (C) 56. (B) 66. (C) 76. (D) 86. (D) 96. (C)

7. (A) 17. (D) 27. (D) 37. (A) 47. (B) 57. (A) 67. (A) 77. (C) 87. (B) 97. (A)

8. (D) 18. (A) 28. (C) 38. (C) 48. (A) 58. (D) 68. (D) 78. (B) 88. (C) 98. (C)

9. (B) 19. (D) 29. (B) 39. (C) 49. (B) 59. (D) 69. (B) 79. (A) 89. (B) 99. (B)

10. (A) 20. (C) 30. (A) 40. (B) 50. (C) 60. (A) 70. (D) 80. (B) 90. (A) 100. (A)

【測驗三解答】

1. (A) 11. (A) 21. (B) 31. (C) 41. (B) 51. (C) 61. (C) 71. (B) 81. (B) 91. (B)

2. (C) 12. (B) 22. (B) 32. (D) 42. (A) 52. (B) 62. (B) 72. (A) 82. (A) 92. (C)

3. (A) 13. (C) 23. (A) 33. (C) 43. (D) 53. (A) 63. (A) 73. (C) 83. (C) 93. (A)

4. (C) 14. (D) 24. (C) 34. (A) 44. (B) 54. (A) 64. (D) 74. (D) 84. (D) 94. (D)

5. (D) 15. (C) 25. (D) 35. (A) 45. (C) 55. (B) 65. (D) 75. (D) 85. (C) 95. (C)

6. (D) 16. (B) 26. (C) 36. (B) 46. (B) 56. (A) 66. (B) 76. (A) 86. (A) 96. (B)

7. (C) 17. (A) 27. (B) 37. (D) 47. (D) 57. (B) 67. (A) 77. (B) 87. (A) 97. (D)

8. (B) 18. (C) 28. (A) 38. (B) 48. (A) 58. (D) 68. (B) 78. (A) 88. (C) 98. (A)

9. (B) 19. (D) 29. (C) 39. (C) 49. (A) 59. (B) 69. (C) 79. (C) 89. (D) 99. (B)

10. (C) 20. (C) 30. (B) 40. (D) 50. (B) 60. (A) 70. (D) 80. (D) 90. (A) 100. (D)

【考前先背「一口氣背 7000 字 ③」】

TEST 3

測驗一： 「聽英選中」100 題，聽英文，選出正確的中文字義。

1. (A) 拳擊 (B) 原因 (C) 平衡 (D) 選票
2. (A) 椅子 (B) 芭蕾舞 (C) 氣球 (D) 竹子
3. (A) 甲蟲 (B) 細菌 (C) 細胞 (D) 牛肉
4. (A) 改變 (B) 禁止 (C) 烘烤 (D) 吠叫
5. (A) 公分 (B) 分 (C) 尺寸 (D) 加侖

6. (A) 忍受 (B) 打 (C) 聊天 (D) 重擊
7. (A) 檢查 (B) 基礎 (C) 障礙 (D) 戰役
8. (A) 發 (B) 釀造 (C) 選擇 (D) 聯合抵制
9. (A) 球 (B) 箱子 (C) 繃帶 (D) 時鐘
10. (A) 賄賂 (B) 下結論 (C) 呼吸 (D) 打破

11. (A) 增加 (B) 向…招手 (C) 欽佩 (D) 認爲
12. (A) 分手 (B) 商量 (C) 寬度 (D) 美
13. (A) 調整 (B) 管理 (C) 承認 (D) 節省
14. (A) 化學物質 (B) 少年時代 (C) 保齡球 (D) 腸
15. (A) 籃子 (B) 臉盆 (C) 圓圈 (D) 徽章

16. (A) 登廣告 (B) 採用 (C) 勸告 (D) 想像
17. (A) 完成 (B) 競爭 (C) 控告 (D) 累積
18. (A) 墮胎 (B) 缺席 (C) 抱怨 (D) 吸收
19. (A) 適應 (B) 承認 (C) 帶來 (D) 理解
20. (A) 沉思 (B) 播送 (C) 構成 (D) 加寬

21. (A) 使模糊不清 (B) 使無聊 (C) 使困惑 (D) 使振作
22. (A) 口音 (B) 雪茄 (C) 球棒 (D) 配件
23. (A) 蜜蜂 (B) 野獸 (C) 小雞 (D) 鳥嘴
24. (A) 地下室 (B) 陽台 (C) 酒吧 (D) 天花板
25. (A) 圖表 (B) 品牌 (C) 旗幟 (D) 呼吸

26. (A) 麵包店 (B) 穀倉 (C) 理髮店 (D) 墓地
27. (A) 污漬 (B) 證書 (C) 碗 (D) （樹上的）花
28. (A) 邊緣 (B) 美化 (C) 通勤 (D) 小溪
29. (A) 餌 (B) 辣椒 (C) 啤酒 (D) 豆子
30. (A) 溶解 (B) 手鐲 (C) 黃銅 (D) 膽固醇

31. (A) 宴會 (B) 橋 (C) 木炭 (D) 磚頭
32. (A) 扣環 (B) 麵包 (C) 水桶 (D) 起司
33. (A) 平民 (B) 會計師 (C) 原住民 (D) 管理者
34. (A) 芽 (B) 雞尾酒 (C) 掃帚 (D) 泡泡
35. (A) 剎車 (B) 線索 (C) 故障 (D) 突破

36. (A) 電池 (B) 市集 (C) 雲 (D) 海灣
37. (A) 樂隊 (B) 班級 (C) 軍隊 (D) 銀行
38. (A) 修剪 (B) 加速 (C) 虐待 (D) 洗澡
39. (A) 砍 (B) 爬 (C) 畫 (D) 拖
40. (A) 公民的 (B) 禿頭的 (C) 不好的 (D) 破產的

41. (A) 水牛 (B) 預算 (C) 清晰 (D) 光線
42. (A) 小圓麵包 (B) 衣服 (C) 子彈 (D) 佈告
43. (A) 使電腦化 (B) 使上癮 (C) 使習慣於 (D) 使疏遠
44. (A) 燃燒 (B) 埋 (C) 比較 (D) 爆破
45. (A) 叫 (B) 露營 (C) 計算 (D) 溝通

46. (A) 照相機 (B) 活動 (C) 友誼 (D) 校園
47. (A) 抓住 (B) 取消 (C) 彎曲 (D) 編輯
48. (A) 破產的 (B) 小型的 (C) 赤裸的 (D) 光著腳的
49. (A) 音樂會 (B) 議會 (C) 海灘 (D) 代表大會
50. (A) 眉毛 (B) 兄弟關係 (C) 硬幣 (D) 有孔的小珠

51. (A) 來 (B) 猛砍 (C) 去 (D) 出現
52. (A) 負擔的起 (B) 瀏覽 (C) 收集 (D) 斷定
53. (A) 有條理的 (B) 基本的 (C) 貧瘠的 (D) 低音的
54. (A) 侵略 (B) 同意 (C) 犯（罪） (D) 協議
55. (A) 早午餐 (B) 利益 (C) 瘀傷 (D) 顏色

56. (A) 漫畫 (B) 高湯 (C) 刷子 (D) 兄弟
57. (A) 向…保證 (B) 在…之前 (C) 與…戰鬥 (D) 在…之下
58. (A) 佣金 (B) 鐘 (C) 長椅 (D) 皮帶
59. (A) 飛機 (B) 議程 (C) 逗點 (D) 專輯
60. (A) 屬於 (B) 行爲舉止 (C) 相信 (D) 倒塌

61. (A) 理髮師 (B) 強盜 (C) 銀行家 (D) 評論家
62. (A) 連接詞 (B) 黑板 (C) 大錯誤 (D) 個人隨身物品
63. (A) 贊成 (B) 具體的 (C) 接近 (D) 道歉
64. (A) 農業 (B) 文化 (C) 後果 (D) 文化遺物
65. (A) 傳記 (B) 偏見 (C) 十億 (D) 陰謀

66. (A) 有益的 (B) 親愛的 (C) 可信的 (D) 機密的
67. (A) 出(價) (B) 出賣 (C) 顧問 (D) 打賭
68. (A) 稱讚 (B) 綁 (C) 發 (D) 圍攻
69. (A) 附屬品 (B) 小心 (C) 食慾 (D) 圍裙
70. (A) 骨頭 (B) 攤位 (C) 獎金 (D) 洞穴

71. (A) 辮子 (B) 頭腦 (C) 樹枝 (D) 雷射唱片
72. (A) 授權 (B) 開始 (C) 停止 (D) 主張
73. (A) 慶祝 (B) 聯想 (C) 乞求 (D) 爭論
74. (A) 笛子 (B) 口琴 (C) 小提琴 (D) 大提琴
75. (A) 靴子 (B) 粉筆 (C) 拍賣 (D) 箭

76. (A) 底部 (B) 邊界 (C) 瓶子 (D) 頻道
77. (A) 集會 (B) 協會 (C) 慈善機構 (D) 電
78. (A) 目的地 (B) 殖民地 (C) 地區 (D) 基地
79. (A) 衣領 (B) 胸罩 (C) 手鐲 (D) 赤道
80. (A) 汽車 (B) 阿姨 (C) 螞蟻 (D) 可口可樂

81. (A) 野蠻人 (B) 鐵匠 (C) 喜劇演員 (D) 拳擊手
82. (A) 鞠躬 (B) 打擾 (C) 反彈 (D) 開始
83. (A) 常見的 (B) 被束縛的 (C) 生物學的 (D) 簡短的
84. (A) 帳單 (B) 賓果遊戲 (C) 冠軍資格 (D) 雙筒望遠鏡
85. (A) 補償 (B) 改變 (C) 驚訝 (D) 允許

86. (A) 腳踏車 (B) 黑板 (C) 聖經 (D) 羅盤
87. (A) 血 (B) 火焰 (C) 水泡 (D) 膚色
88. (A) 自傳 (B) 公司 (C) 拱門 (D) 建築
89. (A) 毯子 (B) 暴風雪 (C) 化合物 (D) 刀鋒
90. (A) 專心 (B) 責備 (C) 爆炸 (D) 眨眼

91. (A) 藝術家 (B) 議會 (C) 閣樓 (D) 達到
92. (A) 總共 (B) 憤怒 (C) 軼事 (D) 指揮
93. (A) 周年紀念 (B) 宣佈 (C) 良心 (D) 分析
94. (A) 一致的 (B) 鈍的 (C) 血腥的 (D) 骨瘦如柴的
95. (A) 喚醒 (B) 建設 (C) 嬰兒 (D) 背面

96. (A) 自治 (B) 招認 (C) 臉紅 (D) 開花
97. (A) 大廳堂 (B) 浴室 (C) 房間 (D) 競技場
98. (A) 感激 (B) 機會 (C) 方面 (D) 行爲
99. (A) 黑的 (B) 古怪的 (C) 中央的 (D) 空白的
100. (A) 無聊 (B) 束縛 (C) 關係 (D) 特性

測驗二：「看中選英」100題，看中文，選出正確的英文。

1. 小心的
(A) cautious (B) fabulous (C) enormous (D) ambitious
2. 騎兵
(A) bandit (B) cavalry (C) barbarian (D) barber
3. 地窖
(A) cellar (B) banner (C) bar (D) banker
4. 慶祝
(A) exhibition (B) faction (C) celebration (D) foundation
5. 水泥
(A) comment (B) cement (C) fragment (D) development
6. 攝氏的
(A) centigrade (B) cent (C) gallon (D) centimeter

7. 世紀
(A) bandage (B) bakery (C) century (D) ballot
8. 確信
(A) certainty (B) beard (C) belly (D) battery
9. 主席
(A) beloved (B) blacksmith (C) chairman (D) boxer
10. 香檳
(A) boyhood (B) bridegroom (C) briefcase (D) champagne
11. 可改變的
(A) gamble (B) eligible (C) changeable (D) fable
12. 喋喋不休
(A) call (B) cactus (C) calf (D) chatter
13. 兩輪戰車
(A) calculator (B) blizzard (C) chariot (D) blister
14. 經典的
(A) classic (B) electronic (C) attic (D) dramatic
15. 乾淨的
(A) blank (B) bulky (C) clean (D) carefree
16. 教化
(A) bear (B) bulge (C) blame (D) civilize
17. 清楚地說明
(A) classify (B) beautify (C) clarify (D) berry
18. 順時針方向地
(A) colony (B) counterclockwise (C) clothes (D) clockwise
19. 穿衣
(A) clothe (B) clone (C) closure (D) cloth
20. 多雲的
(A) drizzle (B) cease (C) cloudy (D) gravity
21. 三葉草
(A) coverage (B) bull (C) bulb (D) clover
22. 教練
(A) burglar (B) coach (C) candidate (D) capitalist

23. 蟑螂
(A) cat (B) carbon (C) carp (D) cockroach
24. 懸崖
(A) cliff (B) alter (C) affirm (D) agenda
25. 高潮
(A) bury (B) endure (C) grasp (D) climax
26. 多采多姿的
(A) dreadful (B) colorful (C) beautiful (D) awful
27. 專欄作家
(A) designer (B) detective (C) columnist (D) dictator
28. 收集
(A) dust (B) emergency (C) brain (D) collection
29. 相撞
(A) adjective (B) accompany (C) collision (D) animal
30. 與…同時發生
(A) coincide (B) employ (C) admit (D) bring
31. 棺材
(A) fossil (B) coffin (C) cello (D) arrow
32. 彗星
(A) beforehand (B) budget (C) asset (D) comet
33. 結合
(A) antibody (B) federal (C) combination (D) distance
34. 命令
(A) browse (B) command (C) disturb (D) flourish
35. 評論
(A) commentary (B) fund (C) diary (D) byte
36. 承諾
(A) fertile (B) cabbage (C) bulk (D) commitment
37. 通勤者
(A) descendant (B) bride (C) commuter (D) beast
38. 溝通
(A) communication (B) adverb (C) farewell (D) anger

39. 同伴
(A) bruise (B) companion (C) exit (D) era
40. 比較
(A) comparison (B) assign (C) facility (D) aluminum
41. 強迫
(A) fling (B) compel (C) dilemma (D) freight
42. 能幹的
(A) competent (B) clam (C) civil (D) arrogant
43. 補償
(A) administration (B) advantage (C) compensation (D) acceleration
44. 關於
(A) ad (B) ally (C) announcement (D) concerning
45. 觀念
(A) dismantle (B) collapse (C) conception (D) gratitude
46. 電腦
(A) affair (B) computer (C) former (D) fair
47. 理解力
(A) broadcast (B) drought (C) comprehension (D) academy
48. 複雜
(A) complication (B) abortion (C) accomplishment (D) canvas
49. 抱怨
(A) devotion (B) entry (C) capture (D) complaint
50. 結論
(A) achievement (B) antenna (C) conclusion (D) accusation
51. 濃縮
(A) algebra (B) adjustment (C) condense (D) appearance
52. 會議
(A) conference (B) aggression (C) ambiguity (D) adequate
53. 信心
(A) gene (B) confidence (C) career (D) diaper
54. 困惑
(A) dimension (B) destination (C) formation (D) confusion

55. 關聯
(A) bounce (B) diabetes (C) anticipation (D) connection

56. 顧問
(A) alien (B) actor (C) consultant (D) founder

57. 憲法
(A) constitution (B) accord (C) abstract (D) cholesterol

58. 體貼的
(A) deteriorate (B) considerate (C) desperate (D) fluent

59. 安慰
(A) consolation (B) ass (C) apology (D) anniversary

60. 接著發生的
(A) geographical (B) alternative (C) expressive (D) consequent

61. 保守的
(A) executive (B) conservative (C) defensive (D) cooperative

62. 支票簿
(A) checkbook (B) ginger (C) dough (D) auditorium

63. 愉快的
(A) fantasy (B) destiny (C) frank (D) cheerful

64. 化學
(A) braid (B) fertility (C) chemistry (D) devil

65. 嚼
(A) chew (B) devour (C) deliberate (D) equip

66. 雛
(A) canary (B) chick (C) chicken (D) ape

67. 寒冷的
(A) fulfill (B) dim (C) elegant (D) chilly

68. 公民
(A) citizen (B) canal (C) ant (D) emigrant

69. 電路
(A) dialogue (B) factor (C) circuit (D) coin

70. 慢性的
(A) airtight (B) chronic (C) communicative (D) editorial

71. 香菸
(A) cigarette (B) column (C) art (D) chamber

72. 合唱團
(A) glassware (B) chorus (C) chore (D) band

73. 巧克力
(A) fireman (B) foe (C) chocolate (D) beak

74. 由…組成
(A) cherish (B) gathering (C) abundant (D) consist

75. 有良心的
(A) contagious (B) conscientious (C) chubby (D) fragrant

76. 情況
(A) bamboo (B) barrier (C) condition (D) basement

77. 招認
(A) dodge (B) drift (C) earn (D) confess

78. 恭喜
(A) congratulations (B) application (C) civilization (D) generation

79. 建設
(A) attraction (B) battle (C) construction (D) attainment

80. 同情
(A) background (B) architecture (C) abstraction (D) compassion

81. 妥協
(A) follow (B) extend (C) compromise (D) drain

82. 複雜
(A) assessment (B) complexity (C) auction (D) audience

83. 讓步
(A) attention (B) association (C) arrangement (D) concession

84. 競爭的
(A) competitive (B) gorgeous (C) doom (D) continuous

85. 子句
(A) earnings (B) belief (C) clause (D) accounting

86. 笨拙的
(A) facial (B) clumsy (C) diversity (D) glorious

87. 夾具
(A) clamp (B) beach (C) fare (D) barn
88. 衣櫥
(A) dose (B) equipment (C) fuss (D) closet
89. 性格
(A) character (B) flavor (C) finance (D) basin
90. 循環
(A) fortune (B) circulation (C) formulate (D) channel
91. 大學
(A) college (B) cathedral (C) forth (D) fur
92. 可樂
(A) drama (B) fireplace (C) cola (D) chain
93. 結合
(A) far (B) combine (C) dominate (D) divert
94. 舒適
(A) display (B) abuse (C) comfort (D) erect
95. 商業的
(A) commercial (B) additional (C) disposal (D) educational
96. 上校
(A) ancestor (B) father (C) folk (D) colonel
97. 老生常談
(A) fracture (B) beneath (C) commonplace (D) address
98. 指揮
(A) conductor (B) engineer (C) freezer (D) enterprise
99. 同意
(A) boycott (B) bend (C) consent (D) absolute
100. 蛀牙
(A) apron (B) dress (C) fabric (D) cavity

測驗三：「看英選中」100題，看英文，選出正確的中文字義。

1. celery
(A) 麵包店 (B) 芹菜 (C) 理髮店 (D) 餅乾

2. celebrity
(A) 新郎 (B) 新娘 (C) 兄弟 (D) 名人
3. centimeter
(A) 分 (B) 加侖 (C) 公分 (D) 尺寸
4. certain
(A) 忙碌的 (B) 確定的 (C) 能夠的 (D) 小心的
5. chain
(A) 鏈子 (B) 電纜 (C) 籠子 (D) 仙人掌
6. challenge
(A) 投擲 (B) 雕刻 (C) 挑戰 (D) 在乎
7. champion
(A) 死傷（者） (B) 竊賊 (C) 出納員 (D) 冠軍
8. chant
(A) 反覆地說 (B) 卡式錄音帶 (C) 官僚作風 (D) 大災難
9. chapter
(A) 埋葬 (B) 負擔 (C) 章 (D) 目錄
10. characteristic
(A) 毛毛蟲 (B) 特性 (C) 類別 (D) 生意
11. chase
(A) 洗澡 (B) 追趕 (C) 綁 (D) 迎合
12. charitable
(A) 無憂無慮的 (B) 苦的 (C) 慈善的 (D) 美麗的
13. charge
(A) 收費 (B) 宣佈 (C) 預期 (D) 暗殺
14. cheat
(A) 指派 (B) 欺騙 (C) 醒來 (D) 保證
15. check-in
(A) 臨時褓姆 (B) 親筆簽名 (C) 家電用品 (D) 登記住宿
16. cheer
(A) 使心煩 (B) 使輪流 (C) 使振作 (D) 使驚訝
17. chemist
(A) 藝術家 (B) 代理人 (C) 外星人 (D) 化學家

18. cherish
(A) 爭論 (B) 出（價） (C) 吸引 (D) 珍惜
19. chestnut
(A) 自助餐廳 (B) 栗子 (C) 漢堡 (D) 包心菜
20. chess
(A) 位元組 (B) 美 (C) 計算機 (D) 西洋棋
21. chief
(A) 燦爛的 (B) 輕快的 (C) 明亮的 (D) 主要的
22. childhood
(A) 童年 (B) 相信 (C) 生物學 (D) 日曆
23. chill
(A) 準確 (B) 一致 (C) 寒冷 (D) 態度
24. choke
(A) 使有活力 (B) 使窒息 (C) 使破裂 (D) 使相信
25. chore
(A) 雜事 (B) 肚子 (C) 公事包 (D) 一串
26. cinema
(A) 電影 (B) 按鈕 (C) 書法 (D) 卡路里
27. chuckle
(A) 吠叫 (B) 嗥叫 (C) 發出嗡嗡聲 (D) 咯咯地笑
28. church
(A) 獨木舟 (B) 運河 (C) 教堂 (D) 駱駝
29. Christmas
(A) 咖啡店 (B) 聖誕節 (C) 櫥櫃 (D) 公車
30. circular
(A) 圓的 (B) 棕色的 (C) 寬的 (D) 龐大的
31. circus
(A) 馬戲團 (B) 灌木叢 (C) 浴室 (D) 小木屋
32. city
(A) 癌症 (B) 蠟燭 (C) 都市 (D) 首都
33. civilization
(A) 金絲雀 (B) 文明 (C) 一大堆 (D) 小牛

34. clam
(A) 縮寫 (B) 漿果 (C) 碳 (D) 蛤蜊
35. clap
(A) （毒）癮 (B) 鼓掌 (C) 欽佩 (D) 行爲
36. classical
(A) 非正式的 (B) 自動的 (C) 可怕的 (D) 古典的
37. cleaner
(A) 候選人 (B) 清潔工 (C) 乞丐 (D) 初學者
38. climate
(A) 大砲 (B) 峽谷 (C) 氣候 (D) 帆布
39. clinic
(A) 診所 (B) 一回合 (C) 性向 (D) 糖果
40. click
(A) 貨物 (B) 職業 (C) 喀答聲 (D) 現金
41. clone
(A) 碳水化合物 (B) 嘉年華會 (C) 資本主義 (D) 複製的生物
42. closure
(A) 情況 (B) 豐富 (C) 關閉 (D) 抽象
43. cloth
(A) 帳户 (B) 布 (C) 地毯 (D) 紙盒
44. club
(A) 大教堂 (B) 囚禁 (C) 城堡 (D) 俱樂部
45. clown
(A) 小丑 (B) 鯉魚 (C) 卡通 (D) 會計
46. cluster
(A) 攜帶 (B) 抓住 (C) 聚集 (D) 拋棄
47. coal
(A) 煤 (B) 活動 (C) 銅 (D) 優點
48. coastline
(A) 手推車 (B) 一批 (C) 卡片 (D) 海岸線
49. coincide
(A) 安排 (B) 意外 (C) 達到 (D) 與…同時發生

50. code
(A) 密碼 (B) 容量 (C) 厚紙板 (D) 汽車
51. collector
(A) 木匠 (B) 收藏家 (C) 俘虜 (D) 資本家
52. collide
(A) 濫用 (B) 接受 (C) 相撞 (D) 陪伴
53. colloquial
(A) 輔助的 (B) 聽覺的 (C) 吸引人的 (D) 口語的
54. comedy
(A) 住宿設備 (B) 作者 (C) 喜劇 (D) 觀眾
55. comfortable
(A) 明顯的 (B) 舒適的 (C) 自大的 (D) 藝術的
56. commander
(A) 男孩 (B) 拳擊手 (C) 指揮官 (D) 單身漢
57. commemorate
(A) 結盟 (B) 欣賞 (C) 焦慮 (D) 紀念
58. committee
(A) 委員會 (B) 代表大會 (C) 局 (D) 協會
59. commodity
(A) 大部分 (B) 頌歌 (C) 商品 (D) 公寓
60. communicative
(A) 口齒清晰的 (B) 人造的 (C) 溝通的 (D) 古代的
61. comparative
(A) 比較的 (B) 適用的 (C) 南極的 (D) 有抱負的
62. competence
(A) 零用錢 (B) 事情 (C) 巷子 (D) 能力
63. complement
(A) 評估 (B) 食慾 (C) 補充 (D) 秋天
64. complicate
(A) 使複雜 (B) 使目眩 (C) 使貶值 (D) 使協調
65. comprehensive
(A) 令人愉快的 (B) 農業的 (C) 全面的 (D) 過敏的

66. comprise
(A) 組成 (B) 聽寫 (C) 偵查 (D) 阻止

67. concept
(A) 細節 (B) 清潔劑 (C) 決心 (D) 觀念

68. concern
(A) 關心 (B) 困難 (C) 尊嚴 (D) 發展

69. Confucius
(A) 外交官 (B) 魔鬼 (C) 恐龍 (D) 孔子

70. connect
(A) 診斷 (B) 致力 (C) 連接 (D) 設計

71. confirm
(A) 證實 (B) 撥(號) (C) 消化 (D) 挖

72. confident
(A) 適當的 (B) 有信心的 (C) 活的 (D) 相像的

73. condemn
(A) 離開 (B) 防衛 (C) 譴責 (D) 絕望

74. concise
(A) 簡明的 (B) 生氣的 (C) 機警的 (D) 業餘的

75. conscious
(A) 有良心的 (B) 知道的 (C) 焦慮的 (D) 真正的

76. conservation
(A) 輕視 (B) 節省 (C) 代表 (D) 遞送

77. considerable
(A) 相當大的 (B) 原始的 (C) 豐富的 (D) 缺席的

78. console
(A) 譴責 (B) 破壞 (C) 示威 (D) 安慰

79. constitutional
(A) 附加的 (B) 憲法的 (C) 心不在焉的 (D) 荒謬的

80. consult
(A) 請教 (B) 沮喪 (C) 剝奪 (D) 描述

81. center
(A) 定義 (B) 命運 (C) 不足 (D) 中心

82. checkup
(A) 一角硬幣 (B) 民主政治 (C) 健康檢查 (D) 畢業證書
83. cherry
(A) 奶油 (B) 櫻桃 (C) 一點點 (D) 自助餐
84. chest
(A) 眉毛 (B) 胸部 (C) 手臂 (D) 額頭
85. child
(A) 小孩 (B) 獨裁者 (C) 偵探 (D) 子孫
86. chop
(A) 拖 (B) 砍 (C) 抓住 (D) 敢
87. chord
(A) 飛鏢 (B) 咖啡因 (C) 和弦 (D) 甲板
88. chubby
(A) 圓胖的 (B) 可接受的 (C) 抽象的 (D) 絶對的
89. chunk
(A) 貨幣 (B) 墊子 (C) 厚塊 (D) 裝飾
90. childish
(A) 容易接近的 (B) 幼稚的 (C) 學術的 (D) 意外的
91. chopsticks
(A) 立方體 (B) 筷子 (C) 杯子 (D) 地殼
92. circulate
(A) 循環 (B) 暗示 (C) 培養 (D) 批評
93. claim
(A) 鼓起 (B) 宣稱 (C) 粉碎 (D) 創造
94. classify
(A) 彎曲 (B) 越過 (C) 分類 (D) 巡航
95. cling
(A) 抽筋 (B) 拒絶 (C) 黎明 (D) 黏住
96. close
(A) 欺騙 (B) 治療 (C) 關上 (D) 詛咒
97. clutch
(A) 緊抓 (B) 跳舞 (C) 損害 (D) 猛衝

98. coarse

(A) 實際的 (B) 急性的 (C) 粗糙的 (D) 準確的

99. coat

(A) 燈泡 (B) 黃水仙 (C) 窗簾 (D) 外套

100. cock

(A) 小蟲 (B) 蝴蝶 (C) 公雞 (D) 公牛

【測驗一解答】

1. (B) cause	21. (C) confuse	41. (C) clarity	61. (D) commentator
2. (A) chair	22. (B) cigar	42. (B) clothes	62. (A) conjunction
3. (C) cell	23. (C) chick	43. (A) computerize	63. (B) concrete
4. (A) change	24. (D) ceiling	44. (C) compare	64. (C) consequence
5. (B) cent	25. (A) chart	45. (D) communicate	65. (D) conspiracy
6. (C) chat	26. (D) cemetery	46. (C) companionship	66. (D) confidential
7. (A) check	27. (B) certificate	47. (D) compile	67. (C) consultant
8. (C) choice	28. (C) commute	48. (B) compact	68. (A) compliment
9. (D) clock	29. (B) chili	49. (A) concert	69. (B) caution
10. (B) conclude	30. (D) cholesterol	50. (C) coin	70. (D) cave
11. (D) consider	31. (C) charcoal	51. (A) come	71. (D) CD
12. (B) confer	32. (D) cheese	52. (C) collect	72. (C) cease
13. (D) conserve	33. (A) civilian	53. (A) coherent	73. (A) celebrate
14. (A) chemical	34. (B) cocktail	54. (C) commit	74. (D) cello
15. (C) circle	35. (B) clue	55. (D) color	75. (B) chalk
16. (D) conceive	36. (C) cloud	56. (A) comic	76. (D) channel
17. (B) compete	37. (B) class	57. (C) combat	77. (C) charity
18. (C) complain	38. (A) clip	58. (A) commission	78. (B) colony
19. (D) comprehend	39. (B) climb	59. (C) comma	79. (A) collar
20. (C) constitute	40. (A) civil	60. (D) collapse	80. (D) Coke

81. (C) comedian 86. (D) compass 91. (B) congress 96. (B) confession
82. (D) commence 87. (D) complexion 92. (D) conduct 97. (C) chamber
83. (A) common 88. (B) company 93. (C) conscience 98. (B) chance
84. (C) championship 89. (C) compound 94. (A) consistent 99. (C) central
85. (A) compensate 90. (A) concentration 95. (B) construct 100. (D) characteristic

【測驗二解答】

1. (A) 11. (C) 21. (D) 31. (B) 41. (B) 51. (C) 61. (B) 71. (A) 81. (C) 91. (A)
2. (B) 12. (D) 22. (B) 32. (D) 42. (A) 52. (A) 62. (A) 72. (B) 82. (B) 92. (C)
3. (A) 13. (C) 23. (D) 33. (C) 43. (C) 53. (B) 63. (D) 73. (C) 83. (D) 93. (B)
4. (C) 14. (A) 24. (A) 34. (B) 44. (D) 54. (D) 64. (C) 74. (D) 84. (A) 94. (C)
5. (B) 15. (C) 25. (D) 35. (A) 45. (C) 55. (D) 65. (A) 75. (B) 85. (C) 95. (A)
6. (A) 16. (D) 26. (B) 36. (D) 46. (B) 56. (C) 66. (C) 76. (C) 86. (B) 96. (D)
7. (C) 17. (C) 27. (C) 37. (C) 47. (C) 57. (A) 67. (D) 77. (D) 87. (A) 97. (C)
8. (A) 18. (D) 28. (D) 38. (A) 48. (A) 58. (B) 68. (A) 78. (A) 88. (D) 98. (A)
9. (C) 19. (A) 29. (C) 39. (B) 49. (D) 59. (A) 69. (C) 79. (C) 89. (A) 99. (C)
10. (D) 20. (C) 30. (A) 40. (A) 50. (C) 60. (D) 70. (B) 80. (D) 90. (B) 100. (D)

【測驗三解答】

1. (B) 11. (B) 21. (D) 31. (A) 41. (D) 51. (B) 61. (A) 71. (A) 81. (D) 91. (B)
2. (D) 12. (C) 22. (A) 32. (C) 42. (C) 52. (C) 62. (D) 72. (B) 82. (C) 92. (A)
3. (C) 13. (A) 23. (C) 33. (B) 43. (B) 53. (D) 63. (C) 73. (C) 83. (B) 93. (B)
4. (B) 14. (B) 24. (B) 34. (D) 44. (D) 54. (C) 64. (A) 74. (A) 84. (B) 94. (C)
5. (A) 15. (D) 25. (A) 35. (B) 45. (A) 55. (B) 65. (C) 75. (B) 85. (A) 95. (D)
6. (C) 16. (C) 26. (A) 36. (D) 46. (C) 56. (C) 66. (A) 76. (B) 86. (B) 96. (C)
7. (D) 17. (D) 27. (D) 37. (B) 47. (A) 57. (D) 67. (D) 77. (A) 87. (C) 97. (A)
8. (A) 18. (D) 28. (C) 38. (C) 48. (D) 58. (A) 68. (A) 78. (D) 88. (A) 98. (C)
9. (C) 19. (B) 29. (B) 39. (A) 49. (D) 59. (C) 69. (D) 79. (B) 89. (C) 99. (D)
10. (B) 20. (D) 30. (A) 40. (C) 50. (A) 60. (C) 70. (C) 80. (A) 90. (B) 100. (C)

【考前先背「一口氣背 7000 字 ④」】

TEST 4

測驗一： 「聽英選中」100題，聽英文，選出正確的中文字義。

	(A)	(B)	(C)	(D)
1.	偵查	捐贈	溶解	使失望
2.	喋喋不休	打擾	拘留	聊天
3.	烘烤	切斷	改變	惡化
4.	挑戰	確信	決心	禁止
5.	收費	追趕	選舉	發展
6.	惡魔	神	仙女	天才
7.	登記住宿	狼吞虎嚥	反覆地說	討價還價
8.	診斷	行為	選擇	戰役
9.	聖經	方言	水餃	皮帶
10.	日記	十億	註定	娛樂
11.	忍受	期待	聽寫	開花
12.	區別	不同意	綁	美化
13.	開始	挖	向…招手	討論
14.	雇用	屬於	消化	擦掉
15.	遺傳的	昏暗的	熱誠的	貪污的
16.	用餐	出賣	彎曲	嚼
17.	責備	打	圍攻	沾
18.	外交	束縛	爆炸	經濟
19.	反彈	減少	珍惜	鞠躬
20.	工程師	初學者	乞丐	獨裁者
21.	呼吸	打破	釀造	指定
22.	使尷尬	使沮喪	使振作	使厭惡
23.	明確的	優雅的	基本的	簡短的
24.	（隨函）覆寄	攜帶	投擲	遞送
25.	抓住	迎合	保衛	雕刻

26.	(A) 計算	(B) 譴責	(C) 囚禁	(D) 俘虜
27.	(A) 破壞	(B) 叫	(C) 燃燒	(D) 爆破
28.	(A) 埋	(B) 瀏覽	(C) 鼓起	(D) 剝奪
29.	(A) 加寬	(B) 沉思	(C) 離開	(D) 播送
30.	(A) 慶祝	(B) 打敗	(C) 漂流	(D) 在乎
31.	(A) 代表	(B) 賄賂	(C) 突破	(D) 發現
32.	(A) 潛水	(B) 下降	(C) 接觸	(D) 臉紅
33.	(A) 描述	(B) 責備	(C) 眨眼	(D) 打賭
34.	(A) 大規模的	(B) 舒適的	(C) 大陸的	(D) 民主的
35.	(A) 絕望	(B) 大叫	(C) 相信	(D) 行為舉止
36.	(A) 明亮的	(B) 令人高興的	(C) 優秀的	(D) 精確的
37.	(A) 細緻的	(B) 故意的	(C) 眞誠的	(D) 可靠的
38.	(A) 活力	(B) 檢查	(C) 依賴	(D) 欺騙
39.	(A) 停止	(B) 祝賀	(C) 連接	(D) 捲曲
40.	(A) 羅盤	(B) 水壩	(C) 陰謀	(D) 連接詞
41.	(A) 讓步	(B) 治療	(C) 指揮	(D) 觀念
42.	(A) 佣金	(B) 商品	(C) 貨幣	(D) 硬幣
43.	(A) 殖民地的	(B) 數位的	(C) 外交的	(D) 習慣的
44.	(A) 墊子	(B) 彗星	(C) 漫畫	(D) 殖民地
45.	(A) 緊抓	(B) 收集	(C) 猛衝	(D) 相撞
46.	(A) 危險	(B) 修剪	(C) 爬	(D) 黏住
47.	(A) 專欄	(B) 密碼	(C) 衣領	(D) 詛咒
48.	(A) 多雲的	(B) 粗糙的	(C) 聾的	(D) 笨拙的
49.	(A) 通勤	(B) 腐爛	(C) 強迫	(D) 編輯
50.	(A) 甲板	(B) 棺材	(C) 逗點	(D) 煤
51.	(A) 立即的	(B) 有利的	(C) 結冰的	(D) 決定性的
52.	(A) 舞者	(B) 教練	(C) 小丑	(D) 複製的生物
53.	(A) 蜻蜓	(B) 鳥	(C) 幼獸	(D) 公雞
54.	(A) 咖哩	(B) 三葉草	(C) 雲	(D) 俱樂部
55.	(A) 衣櫥	(B) 飛鏢	(C) 線索	(D) 外套

56. (A) 同情 (B) 循環 (C) 死亡 (D) 可怕
57. (A) 時代 (B) 傍晚 (C) 前夕 (D) 黎明
58. (A) 社區 (B) 曲線 (C) 承諾 (D) 同伴
59. (A) 好奇心 (B) 老生常談 (C) 共產主義 (D) 公司
60. (A) 音樂會 (B) 化合物 (C) 最後期限 (D) 憲法

61. (A) 關上 (B) 聚集 (C) 填塞 (D) 穿衣
62. (A) 敘述的 (B) 幼稚的 (C) 全面的 (D) 彎曲的
63. (A) 爬行 (B) 競爭 (C) 補償 (D) 抱怨
64. (A) 組成 (B) 拖 (C) 畫 (D) 創造
65. (A) 可信的 (B) 可實行的 (C) 圓胖的 (D) 絕種的

66. (A) 孔子 (B) 囚犯 (C) 罪犯 (D) 清潔工
67. (A) 評論家 (B) 博士 (C) 工程師 (D) 洋娃娃
68. (A) 貧瘠的 (B) 狡猾的 (C) 禿頭的 (D) 赤裸的
69. (A) 大教堂 (B) 議會 (C) 巡航艦 (D) 診所
70. (A) 人們 (B) 資本家 (C) 人類 (D) 群眾

71. (A) 入口 (B) 著作權 (C) 容量 (D) 能力
72. (A) 高興的 (B) 好笑的 (C) 熱誠的 (D) 憤怒的
73. (A) 強迫 (B) 通信 (C) 連接 (D) 出現
74. (A) 補充 (B) 稱讚 (C) 貪污 (D) 理解
75. (A) 部隊 (B) 厚塊 (C) 雪茄 (D) 電路

76. (A) 非正式的 (B) 有彈性的 (C) 慷慨的 (D) 昂貴的
77. (A) 夾具 (B) 赤道 (C) 農舍 (D) 電
78. (A) 使電腦化 (B) 使清潔 (C) 使複雜 (D) 使破裂
79. (A) 宣稱 (B) 貪圖 (C) 教化 (D) 鼓掌
80. (A) 法院 (B) 電影 (C) 教堂 (D) 教堂

81. (A) 縣 (B) 氣候 (C) 懸崖 (D) 馬戲團
82. (A) 被束縛的 (B) 可數的 (C) 無憂無慮的 (D) 正式的
83. (A) 一回合 (B) 一桶 (C) 一批 (D) 一對男女
84. (A) 平民 (B) 子句 (C) 折價券 (D) 都市
85. (A) 高潮 (B) 禮貌 (C) 分類 (D) 清晰

86. (A) 建築師 (B) 代理人 (C) 公民 (D) 消費者
87. (A) 命令 (B) 結合 (C) 爭論 (D) 與…同時發生
88. (A) 上下文 (B) 雜事 (C) 和弦 (D) 災難
89. (A) 創立者 (B) 承包商 (C) 紳士 (D) 獵人
90. (A) 不信 (B) 倒塌 (C) 合作 (D) 清晰

91. (A) 做菜 (B) 砍 (C) 巧克力 (D) 慶祝
92. (A) 同事 (B) 容器 (C) 筷子 (D) 顏色
93. (A) 紀念 (B) 開始 (C) 接觸 (D) 評論
94. (A) 關閉 (B) 珍惜 (C) 清楚地說明 (D) 連續
95. (A) 故意的 (B) 滿足的 (C) 骨瘦如柴的 (D) 最初的

96. (A) 合唱團 (B) 大學 (C) 代表大會 (D) 海岸線
97. (A) 失望 (B) 實驗 (C) 贊成 (D) 轉換
98. (A) 傳染性的 (B) 獨家的 (C) 實驗的 (D) 電的
99. (A) 名人 (B) 主席 (C) 參賽者 (D) 理髮師
100. (A) 以…爲特性 (B) 對比 (C) 與…戰鬥 (D) 使窒息

測驗二：「看中選英」100題，看中文，選出正確的英文。

1. 消耗
(A) consume (B) blast (C) chart (D) blink
2. 包含
(A) blizzard (B) contain (C) chant (D) brass
3. 談話
(A) brace (B) chase (C) converse (D) breast
4. 傳統的
(A) beneficial (B) conventional (C) biological (D) charcoal
5. 定罪
(A) convict (B) blur (C) commit (D) beckon
6. 比賽
(A) bible (B) banquet (C) contest (D) collar

7. 合約
(A) contract (B) commence (C) bandit (D) banner
8. 方便
(A) commonplace (B) bounce (C) balance (D) convenience
9. 輕視
(A) compete (B) concept (C) contempt (D) concrete
10. 管理者
(A) conductor (B) controller (C) competitor (D) computer
11. 相反的
(A) cemetery (B) commentary (C) contrary (D) cholesterol
12. 合作
(A) circulation (B) cooperation (C) collision (D) commission
13. 連續
(A) continue (B) coffin (C) bizarre (D) bowel
14. 大陸的
(A) cathedral (B) barrel (C) continental (D) commercial
15. 沉思
(A) contemplation (B) billion (C) combination (D) compassion
16. 消耗
(A) conception (B) comprehension (C) complexion (D) consumption
17. 貢獻
(A) concentration (B) compensation (C) contribution (D) concession
18. 對話
(A) concerning (B) conversation (C) complication (D) complement
19. 與…矛盾
(A) contradict (B) ban (C) compact (D) bargain
20. 傳達
(A) compare (B) cater (C) cast (D) convey
21. 不同
(A) canal (B) consent (C) candle (D) difference
22. 鄉間
(A) cartoon (B) carp (C) countryside (D) carnival

23. 通信
(A) basin (B) complement (C) badge (D) correspondence
24. 公司
(A) calculation (B) corporation (C) bowling (D) blackboard
25. 服裝
(A) blanket (B) bloom (C) costume (D) chopsticks
26. 長沙發
(A) clap (B) couch (C) center (D) cell
27. 螃蟹
(A) certificate (B) cliff (C) climate (D) crab
28. 庭院
(A) cellar (B) chapter (C) courtyard (D) clamp
29. 勇氣
(A) classify (B) courage (C) clause (D) click
30. 貪污的
(A) circular (B) certain (C) corrupt (D) clinical
31. 軟木塞
(A) chorus (B) chess (C) cork (D) choice
32. 逆時針方向地
(A) clone (B) clockwise (C) colony (D) counterclockwise
33. 覆蓋的範圍
(A) closure (B) coverage (C) cloth (D) clover
34. 顧問
(A) civilian (B) cleaner (C) counselor (D) clown
35. 珊瑚
(A) chord (B) coral (C) chore (D) cavalry
36. 櫃台
(A) counter (B) cigar (C) clue (D) cloud
37. 課程
(A) climax (B) course (C) club (D) coal
38. 餅乾
(A) celery (B) coast (C) cockroach (D) cracker

39. 抽筋
(A) chew (B) choke (C) cramp (D) chop
40. 創造力
(A) classical (B) common (C) clumsy (D) creativity
41. 粉碎
(A) clip (B) crumble (C) chubby (D) clutch
42. 批評
(A) criticize (B) circulate (C) characterize (D) cleanse
43. 碗櫥
(A) comment (B) commodity (C) cupboard (D) company
44. 烏鴉
(A) battery (B) cavity (C) basin (D) crow
45. 殘忍的
(A) cruel (B) bare (C) barren (D) coarse
46. 地殼
(A) condition (B) constitution (C) battle (D) crust
47. 越過
(A) cherish (B) cross (C) cease (D) batter
48. 起重機
(A) crane (B) cock (C) colloquial (D) color
49. 火山口
(A) bay (B) crater (C) bazaar (D) bead
50. 信用
(A) cave (B) code (C) credit (D) cola
51. 創造
(A) create (B) comprise (C) conclude (D) commemorate
52. 巡航
(A) cluster (B) barn (C) cruise (D) cassette
53. 危機
(A) beam (B) crisis (C) case (D) bead
54. 文化
(A) conspiracy (B) category (C) culture (D) catalogue

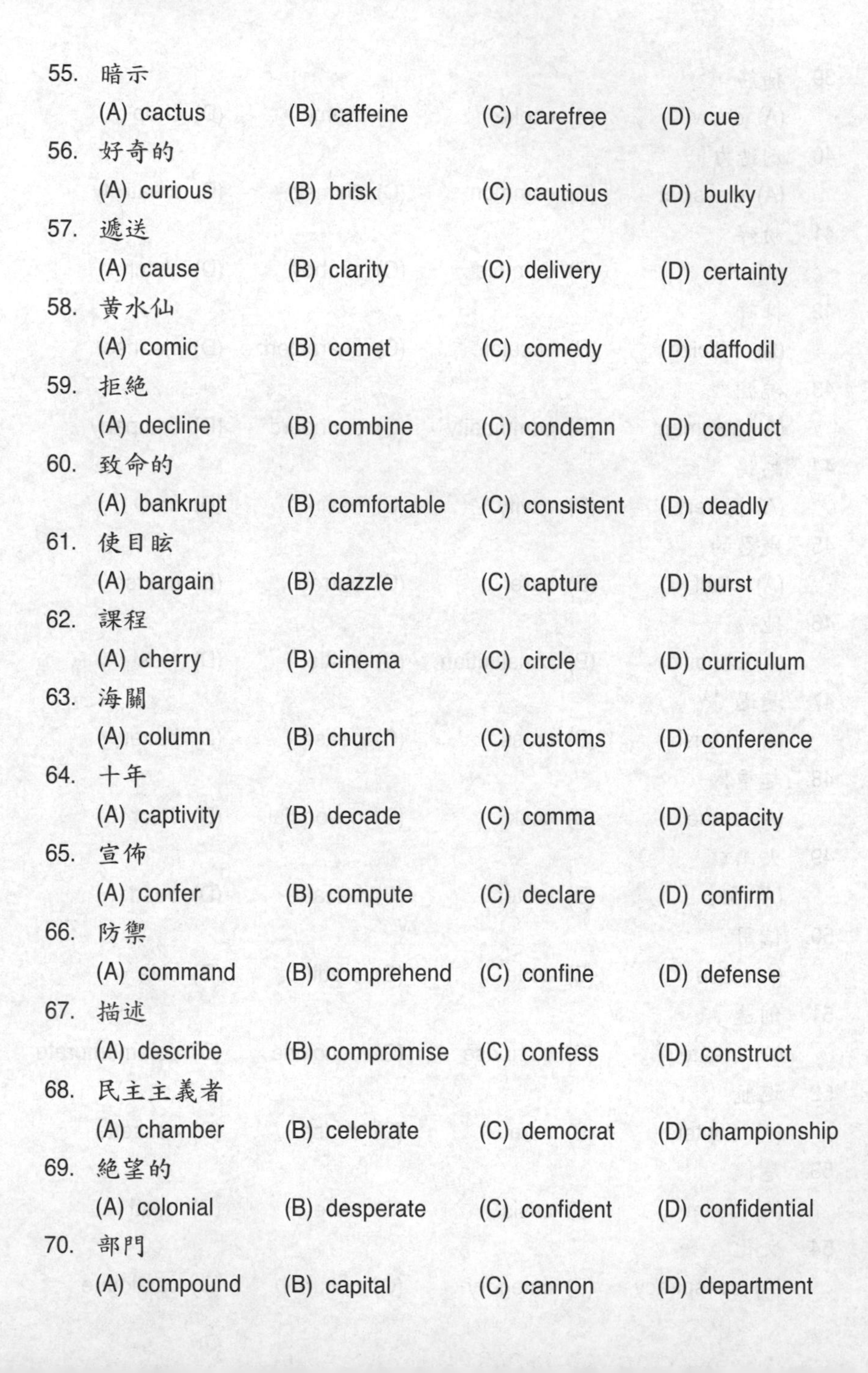

55. 暗示
(A) cactus (B) caffeine (C) carefree (D) cue

56. 好奇的
(A) curious (B) brisk (C) cautious (D) bulky

57. 遞送
(A) cause (B) clarity (C) delivery (D) certainty

58. 黃水仙
(A) comic (B) comet (C) comedy (D) daffodil

59. 拒絕
(A) decline (B) combine (C) condemn (D) conduct

60. 致命的
(A) bankrupt (B) comfortable (C) consistent (D) deadly

61. 使目眩
(A) bargain (B) dazzle (C) capture (D) burst

62. 課程
(A) cherry (B) cinema (C) circle (D) curriculum

63. 海關
(A) column (B) church (C) customs (D) conference

64. 十年
(A) captivity (B) decade (C) comma (D) capacity

65. 宣佈
(A) confer (B) compute (C) declare (D) confirm

66. 防禦
(A) command (B) comprehend (C) confine (D) defense

67. 描述
(A) describe (B) compromise (C) confess (D) construct

68. 民主主義者
(A) chamber (B) celebrate (C) democrat (D) championship

69. 絕望的
(A) colonial (B) desperate (C) confident (D) confidential

70. 部門
(A) compound (B) capital (C) cannon (D) department

71. 定義
(A) civilization (B) comparison (C) definition (D) confession

72. 示威
(A) commence (B) demonstration (C) confusion (D) consolation

73. 注定的
(A) complex (B) centigrade (C) commercial (D) destined

74. 設計
(A) design (B) chart (C) cheat (D) chill

75. 沮喪
(A) consist (B) depression (C) conscience (D) complement

76. 不足
(A) deficiency (B) clarify (C) chariot (D) consider

77. 延遲
(A) claim (B) delay (C) console (D) consider

78. 高興
(A) confuse (B) conserve (C) connect (D) delight

79. 美味的
(A) civil (B) delicious (C) chilly (D) considerate

80. （人行道旁的）邊石
(A) curb (B) cigarette (C) commentary (D) companion

81. 破壞
(A) collection (B) destruction (C) caution (D) coincidence

82. 依賴的
(A) chief (B) certain (C) cheerful (D) dependent

83. 偵探
(A) detective (B) celebrity (C) chairman (D) champion

84. 清潔劑
(A) childhood (B) circuit (C) detergent (D) circus

85. 困難
(A) calorie (B) calendar (C) calligraphy (D) difficulty

86. 設計
(A) compel (B) devise (C) conceive (D) complain

87. 一角硬幣
(A) dime (B) chalk (C) chain (D) chili
88. 鑽石
(A) champagne (B) cocktail (C) diamond (D) canvas
89. 畢業證書
(A) charity (B) chestnut (C) diploma (D) concert
90. 尊嚴
(A) calcium (B) barrier (C) canyon (D) dignity
91. 不同
(A) bald (B) bar (C) differ (D) calf
92. 細節
(A) cent (B) detail (C) consult (D) bakery
93. 致力
(A) coherent (B) compile (C) celebration (D) devotion
94. 糖尿病
(A) colleague (B) diabetes (C) candidate (D) ballot
95. 尿布
(A) diaper (B) cello (C) centimeter (D) cheese
96. 聽寫
(A) coincide (B) conclusion (C) dictation (D) consequence
97. 銅
(A) cash (B) casualty (C) castle (D) copper
98. 消化
(A) digestion (B) consultation (C) collapse (D) canary
99. 恐龍
(A) cement (B) dinosaur (C) balcony (D) bait
100. 外交的
(A) chilly (B) central (C) diplomatic (D) characteristic

測驗三：「看英選中」100題，看英文，選出正確的中文字義。

1. difficult
(A) 口語的 (B) 困難的 (C) 攝氏的 (D) 脆弱的

2. digital
(A) 數位的 (B) 粗糙的 (C) 主要的 (D) 精緻的
3. dilemma
(A) 消失 (B) 吸收 (C) 困境 (D) 啓蒙
4. dimension
(A) 公分 (B) 尺寸 (C) 加侖 (D) 程度
5. diplomatic
(A) 外交的 (B) 充滿活力的 (C) 虛弱的 (D) 不同的
6. dialogue
(A) 權威 (B) 對話 (C) 文選 (D) 陰謀
7. diagnosis
(A) 名聲 (B) 欺騙 (C) 診斷 (D) 優秀
8. dial
(A) 登記 (B) 擴大 (C) 擦掉 (D) 撥（號）
9. devote
(A) 使失去能力 (B) 使厭惡 (C) 使致力於 (D) 使能夠
10. development
(A) 發展 (B) 譴責 (C) 清晰 (D) 節省
11. devalue
(A) 使丟臉 (B) 使安靜 (C) 使貶值 (D) 使多樣化
12. determine
(A) 豎立 (B) 決定 (C) 爆發 (D) 評估
13. deter
(A) 障礙 (B) 抱負 (C) 慷慨 (D) 阻止
14. device
(A) 堡壘 (B) 方程式 (C) 裝置 (D) 古董
15. departure
(A) 呼吸 (B) 喘氣 (C) 聊天 (D) 離開
16. delegation
(A) 百科全書 (B) 赤道 (C) 代表團 (D) 電扶梯
17. descend
(A) 洩漏 (B) 下降 (C) 忍受 (D) 侵蝕

18. deliberate
(A) 故意的 (B) 敘述的 (C) 懷疑的 (D) 雄偉的
19. demand
(A) 鼓勵 (B) 要求 (C) 打擾 (D) 奉承
20. destiny
(A) 吸引 (B) 魅力 (C) 命運 (D) 傳達
21. demonstrate
(A) 結盟 (B) 示威 (C) 評估 (D) 處置
22. despise
(A) 輕視 (B) 延伸 (C) 排除 (D) 傾倒
23. destructive
(A) 相等的 (B) 兇猛的 (C) 破壞性的 (D) 最後的
24. descendant
(A) 州長 (B) 主考官 (C) 大使 (D) 子孫
25. dependable
(A) 整個的 (B) 可靠的 (C) 可怕的 (D) 有惡臭的
26. defensive
(A) 實際的 (B) 外部的 (C) 自大的 (D) 防禦的
27. democracy
(A) 民主政治 (B) 資本主義 (C) 官僚作風 (D) 過敏症
28. designer
(A) 未婚妻 (B) 設計師 (C) 出納員 (D) 工程師
29. delinquent
(A) 仙女 (B) 顧問 (C) 犯罪者 (D) 液體
30. define
(A) 溶解 (B) 下定義 (C) 取代 (D) 勸阻
31. destination
(A) 地址 (B) 棲息地 (C) 目的地 (D) 殖民地
32. continuous
(A) 經濟的 (B) 連續的 (C) 昏暗的 (D) 節省的
33. descriptive
(A) 殘忍的 (B) 圖解的 (C) 正確的 (D) 敘述的

34. deafen
(A) 使聾 (B) 使便利 (C) 使不高興 (D) 使輪流
35. curtain
(A) 咖哩 (B) 肥料 (C) 窗簾 (D) 裝飾
36. damage
(A) 損害 (B) 疾馳 (C) 討論 (D) 派遣
37. declaration
(A) 從事 (B) 宣言 (C) 發現 (D) 吃草
38. current
(A) 古怪的 (B) 致命的 (C) 現在的 (D) 鈍的
39. curse
(A) 詛咒 (B) 群眾 (C) 飛鏢 (D) 巡航
40. daybreak
(A) 庭院 (B) 節日 (C) 火焰 (D) 破曉
41. dandruff
(A) 長沙發 (B) 軟木塞 (C) 田野 (D) 頭皮屑
42. deceive
(A) 覆蓋 (B) 接觸 (C) 欺騙 (D) 聚集
43. decision
(A) 歸納 (B) 決定 (C) 薄片 (D) 傳達
44. dare
(A) 敢 (B) 拖 (C) 畫 (D) 砍
45. custom
(A) 性向 (B) 行爲 (C) 信念 (D) 習俗
46. crouch
(A) 取消 (B) 蹲下 (C) 失敗 (D) 定罪
47. crispy
(A) 有彈性的 (B) 被束縛的 (C) 非正式的 (D) 酥脆的
48. cultivate
(A) 培養 (B) 閃爍不定 (C) 轉換 (D) 粉碎
49. crucial
(A) 輔助的 (B) 人工的 (C) 關鍵性的 (D) 防火的

50. crayon
(A) 蠟筆 (B) 課程 (C) 糖果 (D) 墊子

51. crook
(A) 不足 (B) 彎曲 (C) 拋棄 (D) 閃爍

52. crash
(A) 墜毀 (B) 勸告 (C) 預測 (D) 挑戰

53. creator
(A) 導師 (B) 恐龍 (C) 人們 (D) 創造者

54. crude
(A) 狡猾的 (B) 未經加工的 (C) 光著腳的 (D) 更進一步的

55. counterpart
(A) 相對應的人或物 (B) 盛宴 (C) 酒吧 (D) 嘉年華會

56. critical
(A) 傳染性的 (B) 熱誠的 (C) 貪污的 (D) 批評的

57. cucumber
(A) 麵粉 (B) 栗子 (C) 黃瓜 (D) 小圓麵包

58. crossing
(A) 信念 (B) 漿果 (C) 農舍 (D) 穿越處

59. crown
(A) 皇冠 (B) 栗子 (C) 麵粉 (D) 龍

60. cruelty
(A) 爬行 (B) 殘忍 (C) 暗示 (D) 記得

61. crumb
(A) 碎屑 (B) 格式 (C) 服裝 (D) 危機

62. cube
(A) 差事 (B) 立方體 (C) 娛樂 (D) 說閒話

63. cultural
(A) 文化的 (B) 即將出現的 (C) 酥脆的 (D) 可數的

64. cripple
(A) 附寄物 (B) 護送者 (C) 跛子 (D) 聯邦政府

65. creative
(A) 眞正的 (B) 數位的 (C) 彎曲的 (D) 有創造力的

66. defect
(A) 診斷 (B) 瑕疵 (C) 忠實 (D) 獨裁
67. creativity
(A) 創造力 (B) 碗櫥 (C) 尺寸 (D) 大砲
68. crocodile
(A) 狐狸 (B) 鯉魚 (C) 鱷魚 (D) 貓
69. crime
(A) 會議 (B) 罪 (C) 森林 (D) 課程
70. cradle
(A) 起重機 (B) 公司 (C) 櫃台 (D) 搖籃
71. cord
(A) 櫻桃 (B) 合弦 (C) 細繩 (D) 羽毛
72. correspondent
(A) 竊賊 (B) 通訊記者 (C) 拳擊手 (D) 乞丐
73. corporate
(A) 大陸的 (B) 殖民地的 (C) 法人的 (D) 舒適的
74. cotton
(A) 手勢 (B) 逗點 (C) 補充 (D) 棉
75. courteous
(A) 有禮貌的 (B) 誠實的 (C) 害怕的 (D) 流利的
76. credibility
(A) 危險 (B) 保衛 (C) 可信度 (D) （火光）閃耀
77. coward
(A) 朋友 (B) 歹徒 (C) 出納員 (D) 懦夫
78. council
(A) 選票 (B) 議會 (C) 戰艦 (D) 比賽
79. counsel
(A) 抽筋 (B) 登記 (C) 勸告 (D) 墜毀
80. courageous
(A) 圓的 (B) 勇敢的 (C) 平的 (D) 骨瘦如柴的
81. cowboy
(A) 牛仔 (B) 候選人 (C) 子孫 (D) 承包商

82. contaminate
(A) 腐爛 (B) 光榮 (C) 污染 (D) 迎合
83. contend
(A) 向…招手 (B) 爭奪 (C) 忍受 (D) 爆發
84. contradiction
(A) 矛盾 (B) 連接 (C) 憤怒 (D) 困惑
85. convince
(A) 使窒息 (B) 使驚嚇 (C) 使相信 (D) 使振作
86. convert
(A) 改變 (B) 賄賂 (C) 節省 (D) 豐富
87. contribute
(A) 損害 (B) 貢獻 (C) 欺騙 (D) 實現
88. continent
(A) 包心菜 (B) 樂隊 (C) 洲 (D) 有孔的小珠
89. cooperative
(A) 可信的 (B) 合作的 (C) 可實行的 (D) 正式的
90. controversial
(A) 爭議性的 (B) 外交的 (C) 貧瘠的 (D) 禿頭的
91. contemplate
(A) 培養 (B) 提高 (C) 沉思 (D) 出現
92. contentment
(A) 滿足 (B) 排水溝 (C) 貢獻 (D) 強化
93. continual
(A) 圓胖的 (B) 幼稚的 (C) 連續的 (D) 絕種的
94. criticism
(A) 防衛 (B) 批評 (C) 流利 (D) 定義
95. coordinate
(A) 使不高興 (B) 使尷尬 (C) 使失望 (D) 使協調
96. contemporary
(A) 當代的 (B) 逐漸的 (C) 教育的 (D) 與電有關的
97. control
(A) 偏見 (B) 不贊成 (C) 控制 (D) 以…爲特色

98. corn

(A) 玉米　(B) 公式　(C) (毒)癮　(D) 甲板

99. decorate

(A) 餅乾　(B) 汽油　(C) 小木屋　(D) 裝飾

100. cover

(A) 失敗　(B) 覆蓋　(C) 比較　(D) 溝通

【測驗一解答】

1. (A) detect	21. (D) designate	41. (B) cure	61. (C) cram
2. (C) detain	22. (B) depress	42. (C) currency	62. (D) crooked
3. (D) deteriorate	23. (A) definite	43. (D) customary	63. (A) crawl
4. (C) determination	24. (D) deliver	44. (A) cushion	64. (D) creation
5. (D) develop	25. (C) defend	45. (C) dash	65. (A) credible
6. (A) devil	26. (B) denounce	46. (A) danger	66. (C) criminal
7. (B) devour	27. (A) destroy	47. (D) damn	67. (A) critic
8. (A) diagnose	28. (D) deprive	48. (C) deaf	68. (B) cunning
9. (B) dialect	29. (C) depart	49. (B) decay	69. (C) cruiser
10. (A) diary	30. (B) defeat	50. (A) deck	70. (D) crowd
11. (C) dictate	31. (A) delegate	51. (D) decisive	71. (B) copyright
12. (A) differentiate	32. (B) descent	52. (A) dancer	72. (C) cordial
13. (B) dig	33. (A) description	53. (C) cub	73. (B) correspond
14. (C) digest	34. (D) democratic	54. (A) curry	74. (C) corruption
15. (B) dim	35. (A) despair	55. (B) dart	75. (A) corps
16. (A) dine	36. (B) delightful	56. (C) death	76. (D) costly
17. (D) dip	37. (A) delicate	57. (D) dawn	77. (C) cottage
18. (A) diplomacy	38. (C) depend	58. (B) curve	78. (D) crack
19. (B) diminish	39. (D) curl	59. (A) curiosity	79. (B) covet
20. (D) dictator	40. (B) dam	60. (C) deadline	80. (A) court

81. (A) county	86. (D) consumer	91. (A) cook	96. (C) convention
82. (B) countable	87. (C) controversy	92. (B) container	97. (D) conversion
83. (D) couple	88. (A) context	93. (C) contact	98. (A) contagious
84. (C) coupon	89. (B) contractor	94. (D) continuity	99. (C) contestant
85. (B) courtesy	90. (C) cooperate	95. (B) content	100. (B) contrast

【測驗二解答】

1. (A)	11. (C)	21. (D)	31. (C)	41. (B)	51. (A)	61. (B)	71. (C)	81. (B)	91. (C)
2. (B)	12. (B)	22. (C)	32. (D)	42. (A)	52. (C)	62. (D)	72. (B)	82. (D)	92. (B)
3. (C)	13. (A)	23. (D)	33. (B)	43. (C)	53. (B)	63. (C)	73. (D)	83. (A)	93. (D)
4. (B)	14. (C)	24. (B)	34. (C)	44. (D)	54. (C)	64. (B)	74. (A)	84. (C)	94. (B)
5. (A)	15. (A)	25. (C)	35. (B)	45. (A)	55. (D)	65. (C)	75. (B)	85. (D)	95. (A)
6. (C)	16. (D)	26. (B)	36. (A)	46. (D)	56. (A)	66. (D)	76. (A)	86. (B)	96. (C)
7. (A)	17. (C)	27. (D)	37. (B)	47. (B)	57. (C)	67. (A)	77. (B)	87. (A)	97. (D)
8. (D)	18. (B)	28. (C)	38. (D)	48. (A)	58. (D)	68. (C)	78. (D)	88. (C)	98. (A)
9. (C)	19. (A)	29. (B)	39. (C)	49. (B)	59. (A)	69. (B)	79. (B)	89. (C)	99. (B)
10. (B)	20. (D)	30. (C)	40. (D)	50. (C)	60. (D)	70. (D)	80. (A)	90. (D)	100. (C)

【測驗三解答】

1. (B)	11. (C)	21. (B)	31. (C)	41. (D)	51. (B)	61. (A)	71. (C)	81. (A)	91. (C)
2. (A)	12. (B)	22. (A)	32. (B)	42. (C)	52. (A)	62. (B)	72. (B)	82. (C)	92. (A)
3. (C)	13. (D)	23. (C)	33. (D)	43. (B)	53. (D)	63. (A)	73. (C)	83. (B)	93. (C)
4. (B)	14. (C)	24. (D)	34. (A)	44. (A)	54. (B)	64. (C)	74. (D)	84. (A)	94. (B)
5. (A)	15. (D)	25. (B)	35. (C)	45. (D)	55. (A)	65. (D)	75. (A)	85. (C)	95. (D)
6. (B)	16. (C)	26. (D)	36. (A)	46. (B)	56. (D)	66. (B)	76. (C)	86. (A)	96. (A)
7. (C)	17. (B)	27. (A)	37. (B)	47. (D)	57. (C)	67. (A)	77. (D)	87. (B)	97. (C)
8. (D)	18. (A)	28. (B)	38. (C)	48. (A)	58. (D)	68. (C)	78. (B)	88. (C)	98. (A)
9. (C)	19. (B)	29. (C)	39. (A)	49. (C)	59. (A)	69. (B)	79. (C)	89. (B)	99. (D)
10. (A)	20. (C)	30. (B)	40. (D)	50. (A)	60. (B)	70. (D)	80. (B)	90. (A)	100. (B)

【考前先背「一口氣背 7000 字 ⑤」】

TEST 5

測驗一： 「聽英選中」100 題，聽英文，選出正確的中文字義。

	(A)	(B)	(C)	(D)
1.	承諾	使失望	消失	不同意
2.	捐贈	懷疑	切斷	打擾
3.	時代	事件	昏暗	密碼
4.	門階	窗框	椅子	厚塊
5.	選舉	圖表	主席	洞穴
6.	糖果	櫻桃	水餃	栗子
7.	工程師	化學家	設計師	公民
8.	慶祝活動	娛樂	冠軍	挑戰
9.	使窒息	追趕	擴大	宣稱
10.	例外	使興奮	考試	雇主
11.	商品	除此之外	專欄	期待
12.	喜劇	收藏	討論	紀念
13.	使豐富	使危險	使接近	使難過
14.	大使	衣櫥	員工	使尷尬
15.	市民	要素	雇用	指揮官
16.	吃掉	擦掉	組合	收集
17.	環境	建築	經濟	溝通
18.	註定	傍晚	黯淡	分手
19.	魚	刀	化合物	盤子
20.	關心	競爭	忍受	理解
21.	美味的	大使館	優雅的	候選人
22.	漂流	分送	同情	專心
23.	正確的	代表大會	合作	滿是灰塵的
24.	（隨函）附寄	貪污	定罪	任務
25.	法人的	彎曲的	可數的	優秀的

	(A)	(B)	(C)	(D)
26.	(A) 精確的	(B) 批評的	(C) 非常重要的	(D) 殘忍的
27.	(A) 執行	(B) 碎屑	(C) 出口	(D) 此外
28.	(A) 展覽會	(B) 創造力	(C) 可信度	(D) 罪犯
29.	(A) 穿越處	(B) 電梯	(C) 立方體	(D) 危機
30.	(A) 欺騙	(B) 暗示	(C) 溶解	(D) 治療
31.	(A) 決定	(B) 拒絕	(C) 發現	(D) 腐爛
32.	(A) 猛衝	(B) 潛水	(C) 挖	(D) 裝飾
33.	(A) 鴨子	(B) 保衛	(C) 示威	(D) 瑕疵
34.	(A) 部門	(B) 描述	(C) 活力	(D) 依賴
35.	(A) 宣稱	(B) 大叫	(C) 說服	(D) 剝奪
36.	(A) 災難	(B) 沮喪	(C) 偵探	(D) 指定
37.	(A) 偵查	(B) 劃分	(C) 清潔劑	(D) 裝置
38.	(A) 黎明	(B) 中午	(C) 半夜	(D) 黃昏
39.	(A) 恐龍	(B) 駕駛人	(C) 外交官	(D) 名人
40.	(A) 遭遇	(B) 改變	(C) 反對	(D) 挑戰
41.	(A) 平民	(B) 電扶梯	(C) 支票簿	(D) 西洋棋
42.	(A) 過度的	(B) 慢性的	(C) 圓胖的	(D) 多雲的
43.	(A) 考試	(B) 起司	(C) 例子	(D) 小孩
44.	(A) 班級	(B) 雪茄	(C) 圓圈	(D) 例外
45.	(A) 可以吃的	(B) 乾淨的	(C) 粗糙的	(D) 口語的
46.	(A) 民主的	(B) 共產主義的	(C) 商業的	(D) 國內的
47.	(A) 委員會	(B) 同事	(C) 醫生	(D) 喜劇演員
48.	(A) 設施	(B) 使失望	(C) 殖民地	(D) 佣金
49.	(A) 派遣	(B) 友誼	(C) 抱怨	(D) 複雜
50.	(A) 會議	(B) 電腦	(C) 光碟	(D) 音樂會
51.	(A) 捐贈者	(B) 分送	(C) 書桌	(D) 限制
52.	(A) 證書	(B) 戲劇	(C) 議會	(D) 憲法
53.	(A) 顧問	(B) 洋娃娃	(C) 博士	(D) 元
54.	(A) 相當大的	(B) 體貼的	(C) 可怕的	(D) 保守的
55.	(A) 後果	(B) 選舉	(C) 結論	(D) 電器

56. (A) 譴責 (B) 濃縮 (C) 進行 (D) 落下
57. (A) 邪惡的 (B) 小心的 (C) 確定的 (D) 有良心的
58. (A) 慈善的 (B) 整個的 (C) 娛樂的 (D) 鈍的
59. (A) 橡皮擦 (B) 粉筆 (C) 血 (D) 鏈子
60. (A) 反彈 (B) 甚至 (C) 無聊 (D) 最後的

61. (A) 碗 (B) 解釋 (C) 擴張 (D) 爆炸
62. (A) 建設性的 (B) 具體的 (C) 教育的 (D) 慢的
63. (A) 夢 (B) 胸罩 (C) 樹枝 (D) 可怕
64. (A) 蜻蜓 (B) 拖 (C) 畫 (D) 龍
65. (A) 直接 (B) 手鐲 (C) 導演 (D) 分手

66. (A) 切斷 (B) 打破 (C) 連接 (D) 賄賂
67. (A) 傑出的 (B) 使厭惡 (C) 局 (D) 官僚作風
68. (A) 本質 (B) 標題 (C) 文章 (D) 埋葬
69. (A) 負擔 (B) 能力 (C) 按鈕 (D) 赤道
70. (A) 執行 (B) 鞠躬 (C) 消耗 (D) 電纜

71. (A) 櫥櫃 (B) 容量 (C) 生意 (D) 無能力
72. (A) 計算 (B) 訴訟 (C) 解雇 (D) 取消
73. (A) 距離 (B) 帆布 (C) 俘虜 (D) 分別
74. (A) 拍賣 (B) 方便 (C) 收藏 (D) 懷疑
75. (A) 能夠的 (B) 戲劇的 (C) 大型的 (D) 龐大的

76. (A) 掉落 (B) 燃燒 (C) 競爭 (D) 滴下
77. (A) 家電 (B) 選舉人 (C) 電工 (D) 電
78. (A) 出現 (B) 緊急情況 (C) 移民 (D) 投擲
79. (A) 相等的 (B) 全面的 (C) 非正式的 (D) 困惑的
80. (A) 運河 (B) 墓地 (C) 確信 (D) 豎立

81. (A) 欺騙 (B) 追趕 (C) 在…探險 (D) 發現
82. (A) 砍 (B) 執行 (C) 鼓掌 (D) 教化
83. (A) 考試 (B) 文明 (C) 夾具 (D) 清晰
84. (A) 任務 (B) 古典的 (C) 臨床的 (D) 髒的
85. (A) 布 (B) 消除 (C) 疾病 (D) 安慰

86. (A) 煞車 (B) 進入 (C) 黃銅 (D) 入口
87. (A) 雇主 (B) 員工 (C) 顧問 (D) 騎兵
88. (A) 改變 (B) 建立 (C) 承諾 (D) 結合
89. (A) 殖民地 (B) 委員會 (C) 設備 (D) 專欄
90. (A) 實驗 (B) 專家 (C) 通勤 (D) 經驗

91. (A) 運動 (B) 關心 (C) 編輯 (D) 讓步
92. (A) 實驗的 (B) 例外的 (C) 獨家的 (D) 電的
93. (A) 競爭 (B) 組成 (C) 存在 (D) 贊成
94. (A) 出現 (B) 理解 (C) 建設 (D) 消失
95. (A) 不信 (B) 不舒服 (C) 失望 (D) 災難

96. (A) 不贊成 (B) 恭喜 (C) 請教 (D) 補充
97. (A) 毯子 (B) 學徒 (C) 教條 (D) 刀鋒
98. (A) 熱情 (B) 強調 (C) 情況 (D) 信心
99. (A) 活力 (B) 執行 (C) 安慰 (D) 訂婚
100. (A) 有異國風味的 (B) 接著發生的 (C) 困惑的 (D) 簡明的

測驗二：「看中選英」100題，看中文，選出正確的英文。

1. 直接的
 (A) enclose (B) dreary (C) elegant (D) direct
2. 海豚
 (A) chick (B) cherish (C) dolphin (D) drop
3. 收入
 (A) learn (B) earnings (C) ear (D) errand
4. 侵蝕
 (A) essence (B) expert (C) erode (D) exotic
5. 應試者
 (A) employee (B) examinee (C) ambassador (D) citizen
6. 擴大
 (A) exact (B) expense (C) explode (D) expand

7. 主管
(A) executive (B) doubt (C) caution (D) exam
8. 要素
(A) demand (B) element (C) chant (D) charge
9. 令人愉快的
(A) electric (B) distinct (C) disapproval (D) enjoyable
10. 使能夠
(A) century (B) enable (C) erase (D) engage
11. 調味醬
(A) dressing (B) change (C) cent (D) celebrate
12. 編輯
(A) director (B) dim (C) edit (D) eraser
13. 電子學
(A) device (B) cello (C) elect (D) electronics
14. 差別
(A) cement (B) distinction (C) disclose (D) channel
15. 氣餒
(A) discount (B) cotton (C) discouragement (D) different
16. 巨大的
(A) advise (B) enormous (C) ensure (D) enforce
17. 存在
(A) exist (B) exit (C) contain (D) control
18. 護送者
(A) deliver (B) contact (C) convert (D) escort
19. 進入
(A) cavalry (B) entry (C) cause (D) execute
20. 基本的
(A) elementary (B) base (C) cave (D) bother
21. 提高
(A) bonus (B) bizarre (C) example (D) enhance
22. 乾旱
(A) dirty (B) drought (C) bull (D) bulk

23. 教育
(A) circulation (B) bullet (C) educate (D) buffet
24. 皇帝
(A) bazaar (B) vampire (C) emperor (D) empire
25. 碼頭
(A) duck (B) doubt (C) burglar (D) dock
26. 偽裝
(A) burial (B) disguise (C) burden (D) button
27. 丟棄
(A) disclose (B) bush (C) discard (D) cabin
28. 恥辱
(A) cage (B) cactus (C) dig (D) disgrace
29. 方向
(A) direction (B) calligraphy (C) calorie (D) calcium
30. 門口
(A) doorway (B) driveway (C) economy (D) eventually
31. 懷疑的
(A) dreary (B) doubtful (C) consequence (D) compass
32. 紀錄片
(A) compassion (B) concept (C) documentary (D) dramatic
33. 小鴨
(A) kitten (B) puppy (C) tortoise (D) duckling
34. 危害
(A) danger (B) endanger (C) blacksmith (D) eyebrow
35. 移出
(A) digestion (B) emerge (C) emigrate (D) emergency
36. 使氣餒
(A) discourage (B) dissuade (C) dissolve (D) document
37. 用完即丟的
(A) deposit (B) depart (C) dignity (D) disposable
38. 電話簿
(A) directory (B) bitter (C) blink (D) blast

39. 衣服
(A) closet (B) dress (C) down (D) columnist

40. （日、月）蝕
(A) escort (B) escalate (C) eclipse (D) candle

41. 啞的
(A) deaf (B) blind (C) dump (D) dumb

42. 檢查
(A) examine (B) camel (C) canal (D) canoe

43. 實驗
(A) expert (B) experiment (C) expend (D) erosion

44. 獨家的
(A) cancer (B) crayon (C) contempt (D) exclusive

45. 引擎
(A) engineer (B) container (C) engine (D) contest

46. 帝國
(A) empire (B) contract (C) contact (D) emperor

47. 節省的
(A) ecologist (B) ecology (C) economist (D) economical

48. 出現
(A) emergency (B) emerge (C) agency (D) agent

49. 制定
(A) correct (B) complex (C) enact (D) bias

50. 工程學
(A) engineering (B) biological (C) biography (D) endanger

51. 喝
(A) drink (B) drunk (C) drive (D) drown

52. 處置
(A) deposit (B) dispose (C) despite (D) detect

53. 紀律
(A) disciple (B) dish (C) bargain (D) discipline

54. 歧視
(A) criminal (B) crime (C) discriminate (D) dismiss

55. 國內的
(A) demo (B) dominant (C) domestic (D) donate
56. 抽屜
(A) desk (B) draw (C) cleaner (D) drawer
57. 主考官
(A) examiner (B) decide (C) bake (D) bald
58. 爆炸性的
(A) expansion (B) explosive (C) exam (D) enormous
59. 相等的
(A) equator (B) demotic (C) equal (D) event
60. 評估
(A) valuable (B) bare (C) company (D) evaluate
61. 爆發
(A) barn (B) batter (C) erupt (D) assess
62. 使厭惡
(A) disprove (B) disgust (C) enroll (D) entitle
63. 神聖的
(A) divine (B) divide (C) vivid (D) banquet
64. 意見不同者
(A) agent (B) essential (C) accident (D) dissident
65. 忍耐
(A) education (B) endurance (C) capable (D) compare
66. 搭乘
(A) barrel (B) embark (C) basket (D) bay
67. 宿舍
(A) dormitory (B) bug (C) democracy (D) effect
68. 充滿活力的
(A) dust (B) electrical (C) energy (D) energetic
69. 啓蒙
(A) bill (B) enlighten (C) bingo (D) berry
70. 情緒商數
(A) clockwise (B) counterclockwise (C) IQ (D) EQ

71. 使失去能力
(A) deprive (B) bet (C) disable (D) beetle
72. 悲慘的
(A) disastrous (B) disaster (C) beckon (D) hunger
73. 意見不合
(A) behave (B) behalf (C) before (D) disagreement
74. 失望
(A) clarity (B) disappointment (C) claim (D) bicycle
75. 弟子
(A) budget (B) civilization (C) disciple (D) clamp
76. 洩漏
(A) disclose (B) dispose (C) embark (D) ambush
77. 勸阻
(A) persuade (B) persuasive (C) dissuasive (D) dissuade
78. 不同的
(A) distinction (B) distinguisher (C) distinct (D) clarify
79. 各種的
(A) diversity (B) crab (C) diverse (D) chairman
80. 轉移
(A) convert (B) divert (C) deliver (D) covet
81. 遲鈍的
(A) doll (B) dell (C) doom (D) dull
82. 灰塵
(A) dust (B) blast (C) define (D) defend
83. 電的
(A) descend (B) depress (C) electric (D) election
84. 賺
(A) earn (B) defeat (C) feat (D) delight
85. 邊緣
(A) denounce (B) describe (C) design (D) edge
86. 提高
(A) arouse (B) elevate (C) rose (D) risk

87. 有資格的
(A) enlighten (B) eligible (C) edge (D) eliminate

88. 附寄物
(A) delivery (B) decrease (C) blame (D) enclosure

89. 從事
(A) courtesy (B) defect (C) engage (D) bone

90. 員工
(A) employee (B) contractor (C) converse (D) commercial

91. 紀律的
(A) disciplinary (B) enter (C) entrance (D) cooker

92. 熱心的
(A) amateur (B) convey (C) eligible (D) enthusiastic

93. 相等
(A) chase (B) equality (C) chair (D) chart

94. 明顯的
(A) evidence (B) amiable (C) evident (D) demonstrate

95. 本質
(A) diver (B) essential (C) blood (D) essence

96. 必要的
(A) essential (B) bulb (C) essence (D) balcony

97. 錯誤
(A) dismiss (B) dismay (C) burn (D) error

98. 豎立
(A) erect (B) burden (C) butter (D) controversial

99. 除了
(A) declare (B) except (C) claim (D) calm

100. 勝過
(A) excellent (B) great (C) turnover (D) excel

測驗三：「看英選中」100題，看英文，選出正確的中文字義。

1. displease
(A) 門徒 (B) 使滿意 (C) 使同意 (D) 使不高興

2. errand
(A) 高雅 (B) 差事 (C) 賺到 (D) 擦掉
3. exaggerate
(A) 擅長 (B) 擴大 (C) 誇大 (D) 得到
4. expensive
(A) 昂貴的 (B) 擴大的 (C) 平易近人的 (D) 惡意的
5. dresser
(A) 洋裝 (B) 梳妝台 (C) 設計師 (D) 抽屜
6. earnest
(A) 易接近的 (B) 懶散的 (C) 同樣的 (D) 認真的
7. editor
(A) 編輯 (B) 導演 (C) 作者 (D) 創作
8. diversity
(A) 貢獻 (B) 多樣性 (C) 爭議 (D) 上下文
9. donation
(A) 洲 (B) 主導 (C) 捐贈 (D) 方便
10. dragonfly
(A) 龍 (B) 蜻蜓 (C) 蝴蝶 (D) 蒼蠅
11. discount
(A) 帳號 (B) 不可數的 (C) 減少 (D) 折扣
12. displace
(A) 傳達 (B) 談話 (C) 取代 (D) 櫃檯
13. disco
(A) 熱情 (B) 迪斯可舞廳 (C) 公司 (D) 法人
14. distant
(A) 距離 (B) 部隊 (C) 遙遠的 (D) 尊嚴
15. doughnut
(A) 議會 (B) 捐贈者 (C) 懦夫 (D) 甜甜圈
16. disturb
(A) 打擾 (B) 使破裂 (C) 荒謬的 (D) 濫用
17. economic
(A) 經濟的 (B) 生物的 (C) 有禮貌的 (D) 狡猾的

18. drizzle
(A) 耀眼的 (B) 下毛毛雨 (C) 模糊的 (D) 滴落
19. electron
(A) 電器 (B) 殘忍 (C) 電子 (D) 彎曲
20. enemy
(A) 同盟 (B) 群眾 (C) 群眾 (D) 敵人
21. eloquence
(A) 口才 (B) 搖籃 (C) 碗櫥 (D) 飛鏢
22. encourage
(A) 失望 (B) 鼓勵 (C) 詛咒 (D) 勇氣
23. emphasis
(A) 片語 (B) 宣佈 (C) 強調 (D) 下降
24. equip
(A) 裝飾 (B) 裝備 (C) 黎明 (D) 十年
25. evidence
(A) 最後期限 (B) 好奇心 (C) 要求 (D) 證據
26. enroll
(A) 滾動 (B) 追趕 (C) 登記 (D) 培養
27. exclude
(A) 包含 (B) 示威 (C) 設計 (D) 排除
28. exploit
(A) 開發 (B) 除去 (C) 分離 (D) 描述
29. drawback
(A) 抽屜 (B) 不同意 (C) 優點 (D) 缺點
30. encyclopedia
(A) 自傳 (B) 百科全書 (C) 課本 (D) 日記
31. era
(A) 優雅 (B) 子孫 (C) 設計師 (D) 時代
32. eruption
(A) 爆發 (B) 腐蝕 (C) 偵查 (D) 細節
33. driveway
(A) 院子 (B) 私人車道 (C) 公路 (D) 人行道

34. donkey
(A) 猴子 (B) 馬 (C) 猩猩 (D) 驢子
35. drawing
(A) 溺死 (B) 擦掉 (C) 圖畫 (D) 爭論
36. enterprise
(A) 入口 (B) 企業 (C) 接近 (D) 對話
37. evacuate
(A) 聚集 (B) 輕視 (C) 疏散 (D) 消耗
38. exhibit
(A) 展示 (B) 圍攻 (C) 忍受 (D) 興趣
39. emphatic
(A) 課程的 (B) 強調的 (C) 慈善的 (D) 挑戰的
40. enjoy
(A) 停止 (B) 蛀牙 (C) 享受 (D) 清潔工
41. escalate
(A) 加速 (B) 護送 (C) 清晰 (D) 逐漸擴大
42. excess
(A) 本質 (B) 超過 (C) 祝賀 (D) 關聯
43. excitement
(A) 興奮 (B) 實驗 (C) 海岸 (D) 部門
44. exploration
(A) 爆炸 (B) 探險 (C) 發現 (D) 線索
45. equation
(A) 熟悉 (B) 方程式 (C) 正義 (D) 赤道
46. eve
(A) 晚上 (B) 眼睛 (C) (節日的)前夕 (D) 時代
47. exchange
(A) 交換 (B) 緊抓 (C) 修剪 (D) 補償
48. enact
(A) 確切 (B) 診所 (C) 制定 (D) 預算
49. eloquent
(A) 寬的 (B) 明亮的 (C) 輕快的 (D) 口才好的

50. drill
(A) 滴 (B) 鑽孔機 (C) 刷子 (D) 扣環
51. dread
(A) 磚頭 (B) 麵包 (C) 害怕 (D) 瘀傷
52. disadvantage
(A) 優點 (B) 一大堆 (C) 賄賂 (D) 缺點
53. disbelief
(A) 相信 (B) 不信 (C) 證據 (D) 行為
54. dismantle
(A) 分析 (B) 分離 (C) 拆除 (D) 目錄
55. dispense
(A) 防禦 (B) 昂貴 (C) 便宜 (D) 分發
56. dodge
(A) 躲避 (B) 迎合 (C) 抓住 (D) 雕刻
57. dominate
(A) 複雜 (B) 控制 (C) 貢獻 (D) 在乎
58. drive
(A) 橋 (B) 運河 (C) 車道 (D) 開車
59. economics
(A) 生物學 (B) 環境 (C) 經濟學 (D) 生物學家
60. dump
(A) 笨的 (B) 傾倒 (C) 水餃 (D) 打擾
61. dosage
(A) 小圓麵包 (B) 劑量 (C) 躲避 (D) 芽
62. electricity
(A) 電 (B) 電工 (C) 家電 (D) 選舉
63. emigration
(A) 移入 (B) 移出 (C) 緊急 (D) 出現
64. employment
(A) 老闆 (B) 員工 (C) 雇用 (D) 水牛
65. endeavor
(A) 耳聾 (B) 努力 (C) 使聾 (D) 使振作

66. embassy
(A) 大使 (B) 害羞 (C) 大使館 (D) 品牌
67. entitle
(A) 將…命名爲 (B) 主題 (C) 手鐲 (D) 辮子
68. estate
(A) 狀態 (B) 地產 (C) 擦掉 (D) 彎曲
69. enforcement
(A) 強化 (B) 出賣 (C) 打賭 (D) 實施
70. dome
(A) 昏暗 (B) 判決 (C) 圓頂 (D) 傍晚
71. elephant
(A) 大象 (B) 電話 (C) 珊瑚 (D) 數
72. explain
(A) 擴展 (B) 解釋 (C) 重擊 (D) 縮小
73. exert
(A) 插入 (B) 專家 (C) 經驗 (D) 運用
74. expense
(A) 費用 (B) 昂貴 (C) 小費 (D) 擴張
75. exceed
(A) 確定 (B) 超過 (C) 種子 (D) 加速
76. exotic
(A) 有毒的 (B) 教練 (C) 公雞 (D) 有異國風味的
77. exhaust
(A) 興趣 (B) 關閉 (C) 使精疲力盡 (D) 緊抓
78. expedition
(A) 海岸線 (B) 發現 (C) 清晰 (D) 探險
79. dirt
(A) 污垢 (B) 密碼 (C) 文明 (D) 分類
80. discuss
(A) 分發 (B) 討論 (C) 黏住 (D) 評論
81. discovery
(A) 探險 (B) 發現 (C) 溝通 (D) 舒適

82. discreet
(A) 共產主義的 (B) 相當大的 (C) 骯髒的 (D) 謹慎的
83. disgraceful
(A) 不優雅的 (B) 可恥的 (C) 有條理的 (D) 商業的
84. display
(A) 結合 (B) 展示 (C) 漫畫 (D) 遊玩
85. disposal
(A) 推進 (B) 命令 (C) 處理 (D) 移除
86. dose
(A) (藥的)一劑 (B) 棺材 (C) 彗星 (D) 評論家
87. dough
(A) 強壯 (B) 女兒 (C) 麵糰 (D) 喜劇
88. drain
(A) 排水溝 (B) 多樣性 (C) 逗點 (D) 友誼
89. drag
(A) 藥 (B) 拖 (C) 抱怨 (D) 同情
90. draw
(A) 書桌 (B) 社區 (C) 抽屜 (D) 畫
91. distinctive
(A) 獨特的 (B) 分開的 (C) 知道的 (D) 相容的
92. diversify
(A) 建築 (B) 紀念 (C) 使多樣化 (D) 理解
93. document
(A) 競爭 (B) 文件 (C) 能力 (D) 稱讚
94. economist
(A) 環境 (B) 生物學家 (C) 經濟 (D) 經濟學家
95. dreary
(A) (天氣)陰沉的 (B) 昏昏欲睡的 (C) 全面的 (D) 疲倦的
96. editorial
(A) 編輯 (B) 保密 (C) 滴水 (D) 社論
97. enlargement
(A) 擴大 (B) 祕密 (C) 滅火器 (D) 同意

98. execution

(A) 經驗 (B) 招認 (C) 執行 (D) 信心

99. expel

(A) 獲得 (B) 驅逐 (C) 例外 (D) 氣候

100. exaggeration

(A) 後果 (B) 連接 (C) 誇大 (D) 陰謀

【測驗一解答】

1. (D) disagree	21. (C) elegant	41. (B) escalator	61. (D) explode
2. (A) donate	22. (A) drift	42. (A) excessive	62. (C) educational
3. (B) event	23. (D) dusty	43. (C) example	63. (A) dream
4. (A) doorstep	24. (A) enclose	44. (D) exception	64. (D) dragon
5. (A) elect	25. (D) excellent	45. (A) edible	65. (C) director
6. (C) dumpling	26. (A) exact	46. (D) domestic	66. (A) disconnect
7. (A) engineer	27. (C) exit	47. (C) doctor	67. (B) disgust
8. (B) entertain	28. (A) exhibition	48. (B) disappoint	68. (C) essay
9. (C) onlarge	29. (B) elevator	49. (A) dispatch	69. (D) equator
10. (B) excite	30. (C) dissolve	50. (C) disk	70. (A) enforce
11. (D) expect	31. (C) discover	51. (A) donor	71. (D) disability
12. (C) discussion	32. (B) dive	52. (B) drama	72. (C) discharge
13. (A) enrich	33. (A) duck	53. (D) dollar	73. (A) distance
14. (D) embarrass	34. (C) energy	54. (C) dreadful	74. (D) doubt
15. (C) employ	35. (B) exclaim	55. (B) election	75. (B) dramatic
16. (B) erase	36. (A) disaster	56. (D) drop	76. (D) drip
17. (C) economy	37. (B) divide	57. (A) evil	77. (C) electrician
18. (A) doom	38. (D) dusk	58. (B) entire	78. (B) emergency
19. (D) dish	39. (B) driver	59. (A) eraser	79. (A) equivalent
20. (C) endure	40. (A) encounter	60. (D) eventual	80. (D) erect

81. (C) explore	86. (B) enter	91. (A) exercise	96. (A) disapprove
82. (B) execute	87. (A) employer	92. (B) exceptional	97. (C) doctrine
83. (A) exam	88. (B) establish	93. (C) existence	98. (B) emphasize
84. (D) dirty	89. (C) equipment	94. (D) disappear	99. (D) engagement
85. (C) disease	90. (D) experience	95. (B) discomfort	100. (A) exotic

【測驗二解答】

1. (D)	11. (A)	21. (D)	31. (B)	41. (D)	51. (A)	61. (C)	71. (C)	81. (D)	91. (A)
2. (C)	12. (C)	22. (B)	32. (C)	42. (A)	52. (B)	62. (B)	72. (A)	82. (A)	92. (D)
3. (B)	13. (D)	23. (C)	33. (D)	43. (B)	53. (D)	63. (A)	73. (D)	83. (C)	93. (B)
4. (C)	14. (B)	24. (C)	34. (B)	44. (D)	54. (C)	64. (D)	74. (B)	84. (A)	94. (C)
5. (B)	15. (C)	25. (D)	35. (C)	45. (C)	55. (C)	65. (B)	75. (C)	85. (D)	95. (D)
6. (D)	16. (B)	26. (B)	36. (A)	46. (A)	56. (D)	66. (B)	76. (A)	86. (B)	96. (A)
7. (A)	17. (A)	27. (C)	37. (D)	47. (D)	57. (A)	67. (A)	77. (D)	87. (B)	97. (D)
8. (B)	18. (D)	28. (D)	38. (A)	48. (B)	58. (B)	68. (D)	78. (C)	88. (D)	98. (A)
9. (D)	19. (B)	29. (A)	39. (B)	49. (C)	59. (C)	69. (B)	79. (C)	89. (C)	99. (B)
10. (B)	20. (A)	30. (A)	40. (C)	50. (A)	60. (D)	70. (D)	80. (B)	90. (A)	100. (D)

【測驗三解答】

1. (D)	11. (D)	21. (A)	31. (D)	41. (D)	51. (C)	61. (B)	71. (A)	81. (B)	91. (A)
2. (B)	12. (C)	22. (B)	32. (A)	42. (B)	52. (D)	62. (A)	72. (B)	82. (D)	92. (C)
3. (C)	13. (B)	23. (C)	33. (B)	43. (A)	53. (B)	63. (B)	73. (D)	83. (B)	93. (B)
4. (A)	14. (C)	24. (B)	34. (D)	44. (B)	54. (C)	64. (C)	74. (A)	84. (B)	94. (D)
5. (B)	15. (D)	25. (D)	35. (C)	45. (B)	55. (D)	65. (B)	75. (B)	85. (C)	95. (A)
6. (D)	16. (A)	26. (C)	36. (B)	46. (C)	56. (A)	66. (C)	76. (D)	86. (A)	96. (D)
7. (A)	17. (A)	27. (D)	37. (C)	47. (A)	57. (B)	67. (A)	77. (C)	87. (C)	97. (A)
8. (B)	18. (B)	28. (A)	38. (A)	48. (C)	58. (D)	68. (B)	78. (D)	88. (A)	98. (C)
9. (C)	19. (C)	29. (D)	39. (B)	49. (D)	59. (C)	69. (D)	79. (A)	89. (B)	99. (B)
10. (B)	20. (D)	30. (B)	40. (C)	50. (B)	60. (B)	70. (C)	80. (B)	90. (D)	100. (C)

【考前先背「一口氣背 7000 字 ⑥」】

TEST 6

測驗一：「聽英選中」100 題，聽英文，選出正確的中文字義。

	(A)	(B)	(C)	(D)
1.	龐大的	輕快的	可怕的	複雜的
2.	小蟲	蜻蜓	甲蟲	蚱蜢
3.	陰暗	新娘	新郎	藍色
4.	歹徒	槍	幫派	口香糖
5.	看一眼	發出嗡嗡聲	喋喋不休	登廣告
6.	銀行	政府	局	慈善機構
7.	葡萄	草莓	蘋果	芭樂
8.	打破	累積	平衡	畢業
9.	鐵匠	黃金	黃銅	子彈
10.	出口	移出	移入	進口
11.	烘烤	蛋糕	假的	鴨子
12.	仙人掌	加速	額外	拔出
13.	農田	大教堂	穀倉	騎兵
14.	觀念	勸告	事實	行為
15.	卡路里	討價還價	死傷（者）	有名的
16.	摯愛的	錯誤的	獨家的	最喜愛的
17.	傳真	水龍頭	狐狸	膽固醇
18.	聯合抵制	特色	參賽者	相撞
19.	緊抓	接	拿來	打
20.	小說	童話故事	寓言	仙女
21.	啓蒙	閃光燈	宿舍	教義
22.	支配的	原始的	財務的	各種的
23.	駕駛人	名人	敵人	外國人
24.	評論家	信徒	清潔工	通勤者
25.	認真的	必要的	明顯的	幸運的

26. (A) 奉承 (B) 竹子 (C) 花 (D) 黃水仙
27. (A) 冠軍 (B) 朋友 (C) 友誼 (D) 同伴
28. (A) 樂趣 (B) 選舉 (C) 無聊 (D) 活動
29. (A) 火焰 (B) 暴風雪 (C) 結冰 (D) 市集
30. (A) 詐欺 (B) 束縛 (C) 打擾 (D) 發現

31. (A) 遲鈍的 (B) 遙遠的 (C) 狂怒的 (D) 可恥的
32. (A) 上校 (B) 歹徒 (C) 編輯 (D) 弟子
33. (A) 高興的 (B) 優秀的 (C) 精確的 (D) 巨大的
34. (A) 電梯 (B) 車庫 (C) 私人車道 (D) 房間
35. (A) 愉快的 (B) 慈善的 (C) 慷慨的 (D) 笨拙的

36. (A) 發電機 (B) 化學物質 (C) 主席 (D) 夾具
37. (A) 複製的生物 (B) 蛀牙 (C) 附寄物 (D) 細菌
38. (A) 棺材 (B) 圓圈 (C) 玻璃 (D) 時鐘
39. (A) 導演 (B) 專欄作家 (C) 喜劇演員 (D) 紳士
40. (A) 水泡 (B) 垃圾 (C) 繃帶 (D) 污垢

41. (A) 主管 (B) 工程師 (C) 經濟學家 (D) 天才
42. (A) 明顯的 (B) 巨大的 (C) 可以吃的 (D) 強調的
43. (A) 手套 (B) 光碟 (C) 圍裙 (D) 盔甲
44. (A) 雇主 (B) 捐贈者 (C) 皇帝 (D) 神
45. (A) 電工 (B) 孫子 (C) 驢子 (D) 導師

46. (A) 大使館 (B) 迪斯可舞廳 (C) 錨 (D) 地球
47. (A) 大猩猩 (B) 小鴨 (C) 猿 (D) 海豚
48. (A) 帆布 (B) 禮服 (C) 外套 (D) 衣服
49. (A) 悲慘的 (B) 直接的 (C) 謹慎的 (D) 親切的
50. (A) 碼頭 (B) 疾病 (C) 目標 (D) 門階

51. (A) 禮物 (B) 橡皮擦 (C) 粉筆 (D) 洋娃娃
52. (A) 氣餒 (B) 改變 (C) 機會 (D) 表達
53. (A) 用完即丟的 (B) 可有可無的 (C) 課外的 (D) 戲劇的
54. (A) 下雨 (B) 上下文 (C) 下結論 (D) 落下
55. (A) 家庭 (B) 新娘 (C) 兄弟關係 (D) 週年紀念

56. (A) 同事 (B) 小丑 (C) 農夫 (D) 小孩
57. (A) 爸爸 (B) 祖父 (C) 阿姨 (D) 兄弟
58. (A) 暴露 (B) 捐贈 (C) 害怕 (D) 尷尬
59. (A) 徽章 (B)（影、歌、球）迷 (C) 意見不同者 (D) 原住民
60. (A) 更遠的 (B) 遲鈍的 (C) 爆炸性的 (D) 公民的

61. (A) 數字 (B) 盤子 (C) 廣告 (D) 頻道
62. (A) 節省的 (B) 令人愉快的 (C) 基本的 (D) 最後的
63. (A) 八月 (B) 二月 (C) 一月 (D) 十月
64. (A) 飛機 (B) 鑽孔機 (C) 渡輪 (D) 救護車
65. (A) 旗子 (B) 電話簿 (C) 合約 (D) 氣球

66. (A) 爆炸 (B) 閃光 (C) 補償 (D) 憲法
67. (A) 四十四 (B) 四 (C) 四十 (D) 十四
68. (A) 有良心的 (B) 簡明的 (C) 具體的 (D) 外國的
69. (A) 天花板 (B) 紀錄片 (C) 高速公路 (D) 梳妝台
70. (A) 未來 (B)（節日的）前夕 (C) 夢 (D) 事先

71. (A) 建設性的 (B) 有信心的 (C) 好笑的 (D) 有能力的
72. (A) 青蛙 (B) 野獸 (C) 小牛 (D) 水牛
73. (A) 自助餐廳 (B) 大門 (C) 閣樓 (D) 籠子
74. (A) 埋 (B) 叫 (C) 去 (D) 來
75. (A) 暗殺 (B) 棒球 (C) 籃球 (D) 高爾夫球

76. (A) 祖先 (B) 巨人 (C) 醫生 (D) 學徒
77. (A) 誇大 (B) 理解 (C) 抽象 (D) 文法
78. (A) 欽佩 (B) 恐懼 (C) 重擊 (D) 執行
79. (A) 可樂 (B) 酒精 (C) 瓦斯 (D) 啤酒
80. (A) 海灘 (B) 戰役 (C) 市集 (D) 森林

81. (A) 黑的 (B) 灰色 (C) 多采多姿的 (D) 膚色
82. (A) 眼鏡 (B) 黑板 (C) 靴子 (D) 保齡球
83. (A) 出賣 (B) 乞求 (C) 恩惠 (D) 打賭
84. (A) 傳記 (B) 播送 (C) 預算 (D) 命運
85. (A) 貧瘠的 (B) 一般的 (C) 應負責任的 (D) 絕對的

86. (A) 碼頭 (B) 秋天 (C) 煙火 (D) 專輯
87. (A) 解雇 (B) 折扣 (C) 無能力 (D) 輕彈
88. (A) 四十 (B) 四十四 (C) 十四 (D) 四
89. (A) 地理學 (B) 電子學 (C) 生物學 (D) 化學
90. (A) 簡明的 (B) 忙碌的 (C) 有天份的 (D) 燦爛的

91. (A) 原諒 (B) 贊成 (C) 災難 (D) 失望
92. (A) 實驗的 (B) 健忘的 (C) 獨家的 (D) 電的
93. (A) 背包 (B) 文化遺物 (C) 零用錢 (D) 框架
94. (A) 後面 (B) 前面 (C) 在…旁邊 (D) 在…之下
95. (A) 裝置家具 (B) 臨時褓姆 (C) 代表大會 (D) 烹飪器具

96. (A) 男孩 (B) 年紀 (C) 性別 (D) 青少年
97. (A) 星期五 (B) 星期一 (C) 星期三 (D) 星期四
98. (A) 企業 (B) 展覽會 (C) 圓頂 (D) 花園
99. (A) 展示 (B) 建立 (C) 分發 (D) 出現
100. (A) 雲 (B) 雨 (C) 霧 (D) 氣候

測驗二：「看中選英」100題，看中文，選出正確的英文。

1. 多草的
(A) grassy (B) grass (C) essay (D) excess
2. 給予
(A) enact (B) dreary (C) emerge (D) grant
3. 文法上的
(A) beneficial (B) domestic (C) grammatical (D) biological
4. 優雅
(A) dough (B) grace (C) blunder (D) celery
5. 狼吞虎嚥
(A) cement (B) agenda (C) comet (D) gobble
6. 發光
(A) annoy (B) chant (C) glow (D) flame

7. 峽谷
(A) chord (B) gorge (C) beach (D) alley

8. 葡萄柚
(A) grapefruit (B) cherry (C) berry (D) grape

9. 重力
(A) cease (B) bizarre (C) drizzle (D) gravity

10. 加侖
(A) eclipse (B) gallon (C) badge (D) chart

11. 衣服
(A) chariot (B) garment (C) element (D) comma

12. 遺傳學
(A) electronics (B) economics (C) biology (D) genetics

13. 閃爍
(A) dull (B) glisten (C) blister (D) crumb

14. 咯咯地笑
(A) giggle (B) blunder (C) alter (D) chatter

15. 喘氣
(A) asthma (B) gasp (C) beep (D) escort

16. 昏暗的
(A) gloomy (B) weary (C) brew (D) combat

17. 表達
(A) brass (B) access (C) express (D) embarrass

18. 錯誤的
(A) amaze (B) false (C) colony (D) base

19. 有利的
(A) assemble (B) descriptive (C) favorable (D) bubble

20. 過錯
(A) fault (B) drip (C) bond (D) dump

21. 熟悉的
(A) brisk (B) aboriginal (C) familiar (D) different

22. 花俏的
(A) fancy (B) casualty (C) delicate (D) bulky

23. 逃走
(A) cast (B) flee (C) ban (D) dip
24. 下列的
(A) drawing (B) duckling (C) dressing (D) following
25. 噴泉
(A) chorus (B) cellar (C) fountain (D) bracelet
26. 抓住
(A) bury (B) grasp (C) endure (D) arrest
27. 公平地
(A) fairly (B) barely (C) assembly (D) dragonfly
28. 幻想
(A) bulge (B) employ (C) fantasy (D) enact
29. 碎片
(A) dust (B) chunk (C) attic (D) fragment
30. 肉
(A) clam (B) flesh (C) brain (D) antibody
31. 化石
(A) bat (B) fossil (C) cello (D) arrow
32. 預料
(A) foresee (B) budget (C) beforehand (D) asset
33. 聯邦的
(A) arrogant (B) divine (C) distance (D) federal
34. 繁榮
(A) browse (B) disturb (C) flourish (D) choke
35. 忠實的
(A) faithful (B) dreadful (C) cheerful (D) awful
36. 肥沃的
(A) chilly (B) active (C) bulk (D) fertile
37. 車資
(A) buffalo (B) dilemma (C) fare (D) descent
38. 扔
(A) bring (B) fling (C) cling (D) assign

39. 坦白的
(A) frank (B) dim (C) absentminded (D) civil
40. 設備
(A) clarity (B) cabinet (C) aluminum (D) facility
41. 貨物
(A) bruise (B) cabbage (C) dream (D) freight
42. 資金
(A) diary (B) fund (C) byte (D) cashier
43. 畫廊
(A) gallery (B) exhibition (C) exit (D) canyon
44. 告別
(A) farewell (B) admit (C) era (D) deter
45. 感激
(A) dismantle (B) comment (C) earn (D) gratitude
46. 公平的
(A) affair (B) fair (C) elect (D) collapse
47. 賭博
(A) gamble (B) diagnose (C) drought (D) broadcast
48. 前者
(A) detect (B) former (C) entry (D) canvas
49. 基因
(A) dough (B) cargo (C) gene (D) calf
50. 看一眼
(A) devour (B) antenna (C) capture (D) glance
51. 派系
(A) faction (B) branch (C) career (D) equip
52. 收養的
(A) digital (B) airtight (C) foster (D) carefree
53. 園丁
(A) gardener (B) detective (C) dictator (D) designer
54. 極好的
(A) deliberate (B) executive (C) fantastic (D) adequate

55. 邊境
(A) bounce (B) frontier (C) diabetes (D) address
56. 肥沃
(A) fertility (B) animate (C) accord (D) deteriorate
57. 基本的
(A) absolute (B) defensive (C) fundamental (D) communicative
58. 地理的
(A) geographical (B) emergency (C) desperate (D) affectionate
59. 表達的
(A) alternative (B) expressive (C) eligible (D) destructive
60. 薑
(A) brick (B) diaper (C) ginger (D) ape
61. 實現
(A) closure (B) agreement (C) fulfill (D) development
62. 流利的
(A) definite (B) fluent (C) eloquent (D) auditorium
63. 民間傳說
(A) editorial (B) destiny (C) folklore (D) canary
64. 創立者
(A) founder (B) employer (C) actor (D) emigrant
65. 小部分
(A) alien (B) devotion (C) fraction (D) chick
66. 形成
(A) formation (B) dimension (C) dictation (D) destination
67. 因素
(A) deficiency (B) factor (C) abstract (D) cholesterol
68. 流行性感冒
(A) defense (B) canal (C) flu (D) ant
69. 笛子
(A) dialogue (B) coin (C) briefcase (D) flute
70. 女性的
(A) feminine (B) devil (C) elegant (D) braid

71. 極好的
(A) enormous (B) cautious (C) ambitious (D) fabulous
72. 跟隨
(A) earn (B) bend (C) adore (D) follow
73. 消防隊員
(A) fireman (B) blacksmith (C) chairman (D) engineer
74. 此外
(A) along (B) collision (C) furthermore (D) eventual
75. 芳香的
(A) fragrant (B) abundant (C) chubby (D) dominant
76. 口味
(A) cherish (B) column (C) flavor (D) dusk
77. 敵人
(A) foe (B) drift (C) drip (D) citizen
78. 一代
(A) application (B) direction (C) civilization (D) generation
79. 財務
(A) culture (B) belief (C) finance (D) check
80. 玻璃製品
(A) chore (B) cigar (C) chamber (D) glassware
81. 延伸
(A) chew (B) extend (C) drain (D) edit
82. 光榮的
(A) accessible (B) cooperative (C) contagious (D) glorious
83. 產生
(A) dominate (B) commemorate (C) generate (D) diversity
84. 非常漂亮的
(A) gorgeous (B) competitive (C) distinctive (D) continuous
85. 聚會
(A) earnings (B) dumpling (C) gathering (D) accounting
86. 大驚小怪
(A) fuss (B) dose (C) dodge (D) acute

87. 臉部的
(A) classical (B) approval (C) electrical (D) facial
88. 冷凍庫
(A) freezer (B) climax (C) clutch (D) doom
89. 運氣
(A) divert (B) clover (C) classify (D) fortune
90. 使公式化
(A) divide (B) ballot (C) formulate (D) channel
91. 更進一步的(地)
(A) far (B) fur (C) father (D) further
92. 寓言
(A) edge (B) drama (C) fable (D) chain
93. 功能的
(A) functional (B) disposal (C) additional (D) educational
94. 發狂的
(A) electronic (B) dramatic (C) frantic (D) academic
95. 骨折
(A) fracture (B) disconnect (C) erect (D) abuse
96. 壁爐
(A) cathedral (B) dome (C) fireplace (D) enterprise
97. 人們
(A) disciple (B) folk (C) ancestor (D) boycott
98. 建立
(A) abstraction (B) equipment (C) division (D) foundation
99. 向前
(A) forth (B) direct (C) beneath (D) display
100. 布料
(A) clothe (B) fabric (C) dress (D) apron

測驗三：「看英選中」100題，看英文，選出正確的中文字義。

1. fame
(A) 缺點 (B) 優秀 (C) 欺騙 (D) 名聲

2. exquisite

(A) 主要的 (B) 寒冷的 (C) 精緻的 (D) 粗糙的

3. familiarity

(A) 譴責 (B) 清晰 (C) 熟悉 (D) 節省

4. flea

(A) 跳蚤 (B) 細胞 (C) 馬戲團 (D) 蟑螂

5. garlic

(A) 雞尾酒 (B) 大蒜 (C) 起司 (D) 調味醬

6. fowl

(A) 公雞 (B) 雞 (C) 鳥 (D) 龍

7. fragile

(A) 易碎的 (B) 攝氏的 (C) 臨床的 (D) 口語的

8. geometry

(A) 生物學 (B) 經濟學 (C) 幾何學 (D) 電子學

9. exterior

(A) 外部的 (B) 附加的 (C) 實際的 (D) 自大的

10. fold

(A) 吸收 (B) 消失 (C) 啓蒙 (D) 摺疊

11. fort

(A) 社論 (B) 方程式 (C) 堡壘 (D) 古董

12. flour

(A) 麵粉 (B) 辣椒 (C) 栗子 (D) 小圓麵包

13. generosity

(A) 裝飾 (B) 在乎 (C) 慷慨 (D) 致力

14. extent

(A) 文選 (B) 程度 (C) 權威 (D) 圍攻

15. gorilla

(A) 大猩猩 (B) 保衛 (C) 對話 (D) 傳達

16. gallop

(A) 討論 (B) 爭論 (C) 疾馳 (D) 派遣

17. fatigue

(A) 勸告 (B) 疲勞 (C) 傾倒 (D) 溶解

18. glamour
(A) 吸引 (B) 陰謀 (C) 僞裝 (D) 魅力
19. flatter
(A) 控制 (B) 獨裁 (C) 奉承 (D) 歧視
20. grand
(A) 雄偉的 (B) 敘述的 (C) 獨特的 (D) 懷疑的
21. extension
(A) 放大 (B) 延伸 (C) 粉碎 (D) 忍受
22. fade
(A) 褪色 (B) 結盟 (C) 障礙 (D) 發現
23. graze
(A) 討論 (B) 評估 (C) 從事 (D) 吃草
24. governor
(A) 州長 (B) 出納員 (C) 代理人 (D) 候選人
25. foul
(A) 例外的 (B) 輔助的 (C) 有惡臭的 (D) 邪惡的
26. frustrate
(A) 使失去能力 (B) 使受挫折 (C) 使厭惡 (D) 使能夠
27. frail
(A) 不同的 (B) 啞的 (C) 充滿活力的 (D) 虛弱的
28. forehead
(A) 肚子 (B) 屁股 (C) 額頭 (D) 辮子
29. fluid
(A) 高湯 (B) 液體 (C) 奶油 (D) 香檳
30. exposure
(A) 決定 (B) 侵蝕 (C) 暴露 (D) 勸阻
31. falter
(A) 搖晃 (B) 鼓勵 (C) 消耗 (D) 對比
32. facilitate
(A) 使輪流 (B) 使不高興 (C) 使便利 (D) 使氣餒
33. failure
(A) 失敗 (B) 挑戰 (C) 決心 (D) 命運

34. fidelity
(A) 抱負 (B) 診斷 (C) 忠實 (D) 打擾
35. fertilizer
(A) 黃水仙 (B) 肥料 (C) 頭皮屑 (D) 處置
36. fiddle
(A) 小提琴 (B) 百科全書 (C) 赤道 (D) 電扶梯
37. fierce
(A) 最後的 (B) 相等的 (C) 整個的 (D) 兇猛的
38. flame
(A) 抗生素 (B) 火焰 (C) 過敏症 (D) 箭
39. fireproof
(A) 人工的 (B) 吸引人的 (C) 防火的 (D) 可怕的
40. field
(A) 棉 (B) 田野 (C) 玉米 (D) 酒吧
41. gather
(A) 聚集 (B) 貪圖 (C) 呼吸 (D) 覆蓋
42. fence
(A) 長沙發 (B) 細繩 (C) 籬笆 (D) 軟木塞
43. flake
(A) 烏鴉 (B) 鱷魚 (C) 群眾 (D) 薄片
44. fatal
(A) 致命的 (B) 適當的 (C) 古怪的 (D) 鈍的
45. generalize
(A) 接觸 (B) 排除 (C) 貢獻 (D) 歸納
46. fiancée
(A) 未婚妻 (B) 部隊 (C) 通信記者 (D) 顧問
47. flexible
(A) 正確的 (B) 有彈性的 (C) 殘忍的 (D) 無憂無慮的
48. flicker
(A) 蹲下 (B) 定罪 (C) 閃爍不定 (D) 取代
49. festival
(A) 黎明 (B) 節日 (C) 巡航 (D) 飛鏢

50. genetic
(A) 遺傳的 (B) 狡猾的 (C) 合作的 (D) 非正式的
51. firecrackers
(A) 碗櫥 (B) 會議 (C) 鞭炮 (D) 立方體
52. finance
(A) 課程 (B) 財務 (C) 皇冠 (D) 墊子
53. graphic
(A) 文化的 (B) 未經加工的 (C) 被束縛的 (D) 圖解的
54. forecast
(A) 洩漏 (B) 改變 (C) 預測 (D) 轉換
55. flare
(A) （火光）閃耀 (B) 聊天 (C) 拒絕 (D) 下定義
56. forest
(A) 鄉間 (B) 公司 (C) 農舍 (D) 森林
57. external
(A) 傳染性的 (B) 外部的 (C) 熱誠的 (D) 貪污的
58. form
(A) 形成 (B) 腐爛 (C) 欺騙 (D) 損害
59. glitter
(A) 躲避 (B) 通信 (C) 閃爍 (D) 昂貴
60. forget
(A) 爬行 (B) 忘記 (C) 暗示 (D) 記得
61. format
(A) 服裝 (B) 角落 (C) 格式 (D) 危機
62. gradual
(A) 好奇的 (B) 批評的 (C) 彎曲的 (D) 逐漸的
63. forthcoming
(A) 爭議性的 (B) 可數的 (C) 即將出現的 (D) 酥脆的
64. forsake
(A) 拋棄 (B) 培養 (C) 不足 (D) 詛咒
65. expiration
(A) 可信度 (B) 捲曲 (C) 期滿 (D) 危險

66. fluency
(A) 流利 (B) 治療 (C) 防衛 (D) 定義
67. fur
(A) 蠟筆 (B) 起重機 (C) 毛皮 (D) 搖籃
68. function
(A) 抽筋 (B) 櫃台 (C) 會議 (D) 功能
69. gossip
(A) 可信度 (B) 說閒話 (C) 火山口 (D) 罪
70. fulfillment
(A) 創造力 (B) 墜毀 (C) 實現 (D) 填塞
71. fearful
(A) 連續的 (B) 害怕的 (C) 傳染性的 (D) 滿足的
72. frighten
(A) 使窒息 (B) 使振作 (C) 使多樣化 (D) 使驚嚇
73. fury
(A) 招認 (B) 困惑 (C) 憤怒 (D) 連接
74. gesture
(A) 逗點 (B) 手勢 (C) 補充 (D) 音樂會
75. feather
(A) 羽毛 (B) 櫻桃 (C) 和弦 (D) 蛤蜊
76. feast
(A) 合唱團 (B) 盛宴 (C) 酒吧 (D) 嘉年華會
77. glory
(A) 光榮 (B) 支配 (C) 登記 (D) 豐富
78. faith
(A) 距離 (B) 信念 (C) 賄賂 (D) 不贊成
79. female
(A) 鯉魚 (B) 出納員 (C) 女性 (D) 貓
80. flat
(A) 平的 (B) 圓的 (C) 骨瘦如柴的 (D) 親愛的
81. extensive
(A) 殖民地的 (B) 大陸的 (C) 大規模的 (D) 舒適的

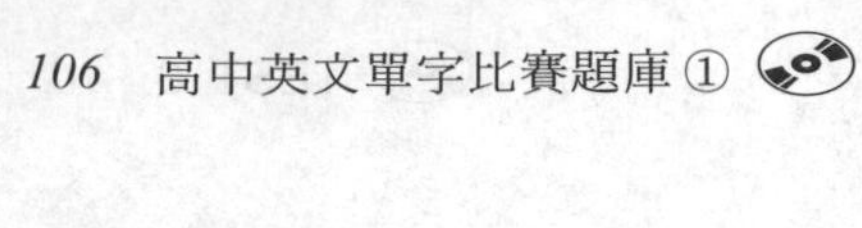

82. federation

(A) 聯邦政府 (B) 比賽 (C) 承包商 (D) 候選人

83. flaw

(A) 污染 (B) 忍受 (C) 尊嚴 (D) 瑕疵

84. fairy

(A) 牛仔 (B) 子孫 (C) 仙女 (D) 舞者

85. framework

(A) 尺寸 (B) 骨架 (C) 恐龍 (D) 甲板

86. foggy

(A) 多霧的 (B) 外交的 (C) 昏暗的 (D) 數位的

87. genuine

(A) 無憂無慮的 (B) 眞正的 (C) 合作的 (D) 爭議性的

88. formal

(A) 禿頭的 (B) 貧瘠的 (C) 赤裸的 (D) 正式的

89. fiber

(A) 包心菜 (B) 纖維 (C) 有孔的小珠 (D) 漿果

90. fleet

(A) 旗幟 (B) 樂隊 (C) 艦隊 (D) 選票

91. forward

(A) 向…招手 (B) 排水溝 (C) 向前 (D) 以…爲特色

92. feasible

(A) 當代的 (B) 可實行的 (C) 相反的 (D) 可信的

93. extinct

(A) 全面的 (B) 幼稚的 (C) 圓胖的 (D) 絕種的

94. fortify

(A) 強化 (B) 迎合 (C) 貢獻 (D) 俘虜

95. formula

(A) 運河 (B) 生意 (C) 公式 (D) 大砲

96. fiancé

(A) 乞丐 (B) 未婚夫 (C) 拳擊手 (D) 竊賊

97. gospel

(A) 偏見 (B) 選票 (C) 比賽 (D) 福音

98. famine
(A) 節省 (B) 飢荒 (C) (毒)癮 (D) 官僚作風
99. fail
(A) 失敗 (B) 抱怨 (C) 溝通 (D) 比較
100. gasoline
(A) 餅乾 (B) 汽油 (C) 小木屋 (D) 日曆

【測驗一解答】

1. (C) formidable	21. (B) flashlight	41. (D) genius	61. (A) figure
2. (D) grasshopper	22. (C) financial	42. (B) gigantic	62. (D) final
3. (A) gloom	23. (D) foreigner	43. (A) glove	63. (B) February
4. (C) gang	24. (B) follower	44. (D) god	64. (C) ferry
5. (A) glimpse	25. (D) fortunate	45. (B) grandson	65. (A) flag
6. (B) government	26. (C) flower	46. (D) globe	66. (B) flash
7. (A) grape	27. (B) friend	47. (A) gorilla	67. (C) forty
8. (D) graduate	28. (A) fun	48. (B) gown	68. (D) foreign
9. (B) gold	29. (C) freeze	49. (D) gracious	69. (C) freeway
10. (A) export	30. (A) fraud	50. (C) goal	70. (A) future
11. (C) fake	31. (C) furious	51. (A) gift	71. (C) funny
12. (D) extract	32. (B) gangster	52. (D) expression	72. (A) frog
13. (A) farm	33. (A) glad	53. (C) extracurricular	73. (B) gate
14. (C) fact	34. (B) garage	54. (D) fall	74. (C) go
15. (D) famous	35. (C) generous	55. (A) family	75. (D) golf
16. (D) favorite	36. (A) generator	56. (C) farmer	76. (B) giant
17. (A) fax	37. (D) germ	57. (B) grandfather	77. (D) grammar
18. (B) feature	38. (C) glass	58. (A) expose	78. (B) fear
19. (C) fetch	39. (D) gentleman	59. (B) fan	79. (C) gas
20. (A) fiction	40. (B) garbage	60. (A) farther	80. (D) forest

81. (B) gray	86. (C) firework	91. (A) forgive	96. (C) gender
82. (A) glasses	87. (D) flick	92. (B) forgetful	97. (A) Friday
83. (C) favor	88. (C) fourteen	93. (D) frame	98. (D) garden
84. (D) fate	89. (A) geography	94. (B) front	99. (B) found
85. (B) general	90. (C) gifted	95. (A) furnish	100. (C) fog

【測驗二解答】

1. (A)	11. (B)	21. (C)	31. (B)	41. (D)	51. (A)	61. (C)	71. (D)	81. (B)	91. (D)
2. (D)	12. (D)	22. (A)	32. (A)	42. (B)	52. (C)	62. (B)	72. (D)	82. (D)	92. (C)
3. (C)	13. (B)	23. (B)	33. (D)	43. (A)	53. (A)	63. (C)	73. (A)	83. (C)	93. (A)
4. (B)	14. (A)	24. (D)	34. (C)	44. (A)	54. (C)	64. (A)	74. (C)	84. (A)	94. (C)
5. (D)	15. (B)	25. (C)	35. (A)	45. (D)	55. (B)	65. (C)	75. (A)	85. (C)	95. (A)
6. (C)	16. (A)	26. (B)	36. (D)	46. (B)	56. (A)	66. (A)	76. (C)	86. (A)	96. (C)
7. (B)	17. (C)	27. (A)	37. (C)	47. (A)	57. (C)	67. (B)	77. (A)	87. (D)	97. (B)
8. (A)	18. (B)	28. (C)	38. (B)	48. (B)	58. (A)	68. (C)	78. (D)	88. (A)	98. (D)
9. (D)	19. (C)	29. (D)	39. (A)	49. (C)	59. (B)	69. (D)	79. (C)	89. (D)	99. (A)
10. (B)	20. (A)	30. (B)	40. (D)	50. (D)	60. (C)	70. (A)	80. (D)	90. (C)	100. (B)

【測驗三解答】

1. (D)	11. (C)	21. (B)	31. (A)	41. (A)	51. (C)	61. (C)	71. (B)	81. (C)	91. (C)
2. (C)	12. (A)	22. (A)	32. (C)	42. (C)	52. (B)	62. (D)	72. (D)	82. (A)	92. (B)
3. (C)	13. (C)	23. (D)	33. (A)	43. (D)	53. (D)	63. (C)	73. (C)	83. (D)	93. (D)
4. (A)	14. (B)	24. (A)	34. (C)	44. (A)	54. (C)	64. (A)	74. (B)	84. (C)	94. (A)
5. (B)	15. (A)	25. (C)	35. (B)	45. (D)	55. (A)	65. (C)	75. (A)	85. (B)	95. (C)
6. (C)	16. (C)	26. (B)	36. (A)	46. (A)	56. (D)	66. (A)	76. (B)	86. (A)	96. (B)
7. (A)	17. (B)	27. (D)	37. (D)	47. (B)	57. (B)	67. (C)	77. (A)	87. (B)	97. (D)
8. (C)	18. (D)	28. (C)	38. (B)	48. (C)	58. (A)	68. (D)	78. (B)	88. (D)	98. (B)
9. (A)	19. (C)	29. (B)	39. (C)	49. (B)	59. (C)	69. (B)	79. (C)	89. (B)	99. (A)
10. (D)	20. (A)	30. (C)	40. (B)	50. (A)	60. (B)	70. (C)	80. (A)	90. (C)	100. (B)

【考前先背「一口氣背 7000 字 ⑦」】

TEST 7

測驗一：「聽英選中」100 題，聽英文，選出正確的中文字義。

	(A)	(B)	(C)	(D)
1.	仙女	神	猿	人類
2.	天才	白癡	敵人	朋友
3.	堡壘	艦隊	小木屋	峽谷
4.	發現	取代	歧視	辨識
5.	獵人	百	直覺	飢餓
6.	想像	拆除	洩漏	強調
7.	有利的	兇猛的	立即的	優雅的
8.	流利的	狂怒的	健忘的	結冰的
9.	親切的	潮濕的	昏暗的	謹慎的
10.	謙卑的	悲慘的	獨特的	可恥的
11.	櫥櫃	大使館	溫室	電梯
12.	例子	差事	證據	理髮
13.	探險	成長	（發行物的）版	開發
14.	做菜	小說	（藥的）一劑	手工藝
15.	有罪的	相反的	當代的	合作的
16.	服裝	著作權	髮型	習俗
17.	好奇心	習慣	詛咒	最後期限
18.	發電機	鑽孔機	（人行道旁的）邊石	暖氣機
19.	匆忙	蹲下	治療	絕望
20.	計算機	閃光燈	（報紙的）標題	運用
21.	評價	娛樂	健康	考試
22.	傷害	矛盾	漂流	定罪
23.	花園	未來	森林	天堂
24.	恐懼	收穫	（隨函）附寄	驚嚇
25.	劫（機）	出（價）	拍動（翅膀）	撥（號）

	(A)	(B)	(C)	(D)
26.	優秀	超過	恐怖	爆炸
27.	命運	嗜好	運動	出口
28.	拖	扔	賺	打
29.	花費	擁抱	鞭炮	合作
30.	家鄉	人們	紳士	創立者
31.	大驚小怪	裝置家具	家庭主婦	高速公路
32.	國家	歷史	海關	法院
33.	河馬	山羊	大猩猩	狐狸
34.	女演員	女性的	女主人	未婚妻
35.	死的	光榮的	危險的	現在的
36.	幻想	熟悉	暗示	逃走
37.	傳記	友誼	芳香	事件
38.	包括	失敗	前面	實現
39.	落下	搖晃	自由	獨立
40.	描述	指出	逃走	離開
41.	告別	名聲	推論	信念
42.	工業	噴泉	出口	信用
43.	代表	剝奪	影印	影響
44.	使失去能力	居住於	使致力於	使氣餒
45.	故意的	敘述的	最初的	民主的
46.	由…組成	以…爲特色	與…矛盾	爲…投保
47.	堅持	僞裝	覆蓋	感激
48.	敢	傷	沾	挖
49.	委員會	代表大會	協會	代表團
50.	好奇的	明確的	依賴的	聰明的
51.	檢查員	評論家	跛子	罪犯
52.	閃爍不定	最後期限	相互作用	冠軍資格
53.	注定的	創新的	決定性的	絕望的
54.	宣佈	要求	示威	詢問
55.	安裝	發展	困境	區別

	(A)	(B)	(C)	(D)
56.	設計	外交	教導	致力
57.	消化	注射	診斷	腐爛
58.	魔鬼	消費者	通訊記者	講師
59.	企圖	阻止	保衛	拘留
60.	絕望	沮喪	激勵	譴責
61.	防禦的	貪心的	困難的	不同的
62.	公司	農舍	地殼	走廊
63.	地面	入口	破曉	黎明
64.	重力	懸掛	轉變	蜻蜓
65.	港口	議會	機場	櫃台
66.	長沙發	遺產	連接	立方體
67.	形成	優雅	憎恨	抽筋
68.	細緻的	美味的	眞摯的	可靠的
69.	腳跟	額頭	肚子	腳踝
70.	冷凍庫	可信度	雜貨店	車資
71.	坦白的	強健的	虛弱的	溫柔的
72.	（法律的）制定	疾馳	賭博	猶豫
73.	女英雄	巨人	園丁	歹徒
74.	灰塵	花	草藥	玻璃
75.	光碟	硬體	盤子	電子
76.	笛子	大提琴	小提琴	口琴
77.	（鬼魂）出沒於	移出	喘氣	遭遇
78.	一代	一堆	一回合	一桶
79.	軟木塞	細繩	餅乾	安全帽
80.	預兆	勸告	危機	禮貌
81.	邊境	赤道	地平線	穿越處
82.	羽毛	屁股	肉	骨架
83.	曲棍球	籃球	棒球	高爾夫球
84.	一般的	獨家的	傳統的	誠實的
85.	水龍頭	鉤子	化石	墳墓

86. (A) 打獵 (B) 比賽 (C) 培養 (D) 拔出
87. (A) 消耗 (B) 暴露 (C) 衛生 (D) 詐欺
88. (A) 弟子 (B) 家庭 (C) 女性 (D) 丈夫
89. (A) 消失 (B) 忽視 (C) 失望 (D) 切斷
90. (A) 想像的到的 (B) 更進一步的 (C) 有惡臭的 (D) 決定性的

91. (A) 奉承 (B) 輕彈 (C) 模仿 (D) 拋棄
92. (A) 無知 (B) 繁榮 (C) 吃草 (D) 運氣
93. (A) 插圖 (B) 裝置 (C) 對話 (D) 聽寫
94. (A) 珊瑚 (B) 冰山 (C) 洲 (D) 縣
95. (A) 失望 (B) 不信 (C) 動機 (D) 災難

96. (A) 憤怒的 (B) 高興的 (C) 好笑的 (D) 慷慨的
97. (A) 群眾 (B) 個人 (C) 顧客 (D) 舞者
98. (A) 玻璃製品 (B) 畢業證書 (C) 民主政治 (D) 通貨膨脹
99. (A) 有彈性的 (B) 傳染性的 (C) 爆炸性的 (D) 爭議性的
100. (A) 遺傳的 (B) 基本的 (C) 較差的 (D) 巨大的

測驗二：「看中選英」100題，看中文，選出正確的英文。

1. 貪心
(A) green (B) greed (C) foggy (D) flee
2. 習慣性的
(A) habitual (B) familiar (C) discreet (D) controversial
3. 監護人
(A) grammar (B) gangster (C) guardian (D) governor
4. 騷擾
(A) contentment (B) element (C) document (D) harassment
5. 鐵鎚
(A) hammer (B) dormitory (C) container (D) ginger
6. 雜貨商
(A) gather (B) glamour (C) grocer (D) generator

7. 指導方針
(A) deadline (B) extracurricular (C) grasshopper (D) guideline
8. 火腿
(A) ham (B) foe (C) gang (D) corn
9. 油脂
(A) cease (B) grease (C) exist (D) despise
10. 變硬
(A) deafen (B) enlighten (C) harden (D) garden
11. 駭客
(A) exterior (B) factor (C) consumer (D) hacker
12. 美髮師
(A) controller (B) dancer (C) hairdresser (D) director
13. 摸索
(A) grope (B) doom (C) enroll (D) crust
14. 罪
(A) drill (B) feast (C) crane (D) guilt
15. 衣架
(A) eraser (B) escalator (C) hanger (D) enter
16. 手帕
(A) doughnut (B) handkerchief (C) firecrackers (D) enterprise
17. 嚴厲的
(A) harsh (B) era (C) corrupt (D) costly
18. 匆忙的
(A) dusty (B) fluent (C) hasty (D) county
19. (牛)群
(A) dirt (B) herd (C) cork (D) fleet
20. 猶豫
(A) frustrate (B) hesitate (C) contaminate (D) delegate
21. 強調
(A) highlight (B) depart (C) express (D) fiddle
22. 有益健康的
(A) disgraceful (B) fearful (C) grateful (D) healthful

23. 和諧
(A) devour (B) disciplinary (C) harmony (D) diversity
24. 可恨的
(A) doubtful (B) hateful (C) faithful (D) delightful
25. 公路
(A) dandruff (B) destiny (C) false (D) highway
26. 異性戀的
(A) fatigue (B) heterosexual (C) friendly (D) functional
27. 老鷹
(A) dinosaur (B) dragonfly (C) hawk (D) fowl
28. 利用
(A) falter (B) doctrine (C) context (D) harness
29. 地獄
(A) heaven (B) beach (C) hell (D) forest
30. 直升機
(A) helicopter (B) dresser (C) editor (D) encounter
31. 河馬
(A) hippopotamus (B) crab (C) dragon (D) crocodile
32. 軟管
(A) daffodil (B) hose (C) cradle (D) dream
33. 醫院
(A) hospital (B) fatal (C) cottage (D) dam
34. 誠實
(A) dare (B) fury (C) honesty (D) deficiency
35. （馬）蹄
(A) beak (B) curb (C) cub (D) hoof
36. 家事
(A) framework (B) daybreak (C) housework (D) friendship
37. 荷爾蒙
(A) dusty (B) hormone (C) dump (D) edit
38. 歷史學家
(A) electrician (B) employer (C) historian (D) emigrant

39. 可怕的
(A) deadly (B) gamble (C) favorable (D) horrible
40. （牛、羊的）角
(A) horn (B) coral (C) flag (D) gallon
41. 有敵意的
(A) emerge (B) hostile (C) genuine (D) curious
42. 主人
(A) freezer (B) glitter (C) danger (D) host
43. 好客
(A) hospitality (B) generosity (C) facility (D) diversity
44. 中空的
(A) destined (B) exquisite (C) hollow (D) fancy
45. 哼唱
(A) dull (B) gasp (C) flu (D) hum
46. 女管家
(A) housekeeper (B) employee (C) engineer (D) enemy
47. 名譽的
(A) customary (B) geometry (C) discovery (D) honorary
48. 祖國
(A) homeland (B) democracy (C) council (D) dart
49. 發出嘶嘶聲
(A) fuss (B) giggle (C) buzz (D) hiss
50. 馬
(A) fox (B) goat (C) horse (D) giraffe
51. 有想像力的
(A) defensive (B) imaginative (C) distinctive (D) deprive
52. 僞善
(A) gravity (B) delivery (C) hypocrisy (D) familiarity
53. 人道主義者
(A) humanitarian (B) dissident (C) donor (D) follower
54. 理想的
(A) global (B) ideal (C) formal (D) conventional

55. 幽默的
(A) humorous (B) fabulous (C) gorgeous (D) continuous

56. 幻覺
(A) cooperation (B) forthcoming (C) illusion (D) distinction

57. 飢餓
(A) cooker (B) hunger (C) flicker (D) counter

58. 使安靜
(A) foul (B) convince (C) diverse (D) hush

59. 模仿
(A) imitation (B) courtesy (C) foundation (D) enactment

60. 遊手好閒的
(A) idle (B) gossip (C) frail (D) contagious

61. 獵人
(A) equator (B) error (C) hunter (D) favor

62. 使丟臉
(A) desperate (B) humiliate (C) frighten (D) crack

63. 完全相同的
(A) identical (B) facial (C) correct (D) entire

64. 身分證明
(A) escort (B) costume (C) faction (D) identification

65. 障礙物
(A) corner (B) hurdle (C) gown (D) figure

66. 氫
(A) cotton (B) essay (C) entitle (D) hydrogen

67. 歇斯底里的
(A) hysterical (B) cordial (C) evacuate (D) fulfill

68. 無知的
(A) courageous (B) ignorance (C) entrance (D) fragrance

69. 成語
(A) faucet (B) cramp (C) idiom (D) eve

70. 聖歌
(A) costume (B) hymn (C) gospel (D) corps

71. 進口
(A) import (B) export (C) crater (D) erect

72. 傳染
(A) cure (B) infect (C) erupt (D) feast

73. 憤怒
(A) forsake (B) crow (C) indignation (D) essence

74. 附帶的
(A) gray (B) fierce (C) crucial (D) incidental

75. 包含
(A) fling (B) crossing (C) including (D) dumpling

76. 居民
(A) economist (B) inhabitant (C) emperor (D) cruiser

77. 聰明
(A) eclipse (B) curry (C) ingenuity (D) fortify

78. 漠不關心
(A) cushion (B) contemporary (C) destiny (D) indifference

79. 主動權
(A) deceive (B) cooperative (C) initiative (D) extensive

80. 推論
(A) enforce (B) inference (C) curriculum (D) denounce

81. 資訊
(A) information (B) contribution (C) destruction (D) extension

82. 香
(A) fade (B) curl (C) deprive (D) incense

83. 使印象深刻
(A) deteriorate (B) defeat (C) impress (D) frustrate

84. 工業的
(A) glorious (B) industrial (C) fantastic (D) critical

85. 暗示的
(A) contrary (B) definite (C) furnish (D) implicit

86. 重要性
(A) importance (B) eloquence (C) frontier (D) exposure

87. 注射
(A) delicate (B) engage (C) defect (D) inject

88. 機構
(A) expiration (B) institution (C) contradiction (D) declaration

89. 內陸的
(A) furious (B) creative (C) inland (D) dazzle

90. 昆蟲
(A) insect (B) convict (C) cow (D) devil

91. 強烈的
(A) converse (B) dim (C) foster (D) intense

92. 整合
(A) fulfill (B) integrate (C) dominate (D) cultivate

93. 聰明才智
(A) explosion (B) freedom (C) intelligence (D) existence

94. 檢查
(A) federation (B) inspection (C) contemplation (D) expectation

95. 分期付款的錢
(A) installment (B) enrollment (C) experiment (D) department

96. 干涉
(A) exception (B) interference (C) conversion (D) depression

97. 清白
(A) experience (B) difference (C) innocence (D) balance

98. 本能
(A) instinct (B) distinct (C) extinct (D) enact

99. 保險
(A) fund (B) damn (C) frank (D) insurance

100. 實例
(A) curve (B) course (C) instance (D) exert

測驗三：「看英選中」100題，看英文，選出正確的中文字義。

1. injustice
(A) 不同意 (B) 不公平 (C) 不舒服 (D) 不足

2. instruction
(A) 沉思 (B) 輕視 (C) 方便 (D) 教導
3. insult
(A) 矛盾 (B) 侮辱 (C) 消耗 (D) 消失
4. innocent
(A) 精緻的 (B) 表達的 (C) 清白的 (D) 公平的
5. innovation
(A) 創新 (B) 折扣 (C) 氣餒 (D) 失敗
6. integrity
(A) 尷尬 (B) 正直 (C) 優秀 (D) 熟悉
7. inspect
(A) 檢查 (B) 暴露 (C) 延伸 (D) 預測
8. inspiration
(A) 未來 (B) 獎金 (C) 靈感 (D) 資金
9. interfere
(A) 建立 (B) 詐欺 (C) 歸納 (D) 干涉
10. interior
(A) 一般的 (B) 內部的 (C) 眞正的 (D) 支配的
11. install
(A) 安裝 (B) 註定 (C) 轉移 (D) 擴大
12. interact
(A) 意見不合 (B) 緊急狀況 (C) 相互作用 (D) 逐漸擴大
13. intent
(A) 本質 (B) 意圖 (C) 評估 (D) 探險
14. intellect
(A) 例子 (B) 程度 (C) 寓言 (D) 智力
15. inquire
(A) 表達 (B) 討論 (C) 詢問 (D) 控制
16. injure
(A) 傷害 (B) 接觸 (C) 貪污 (D) 覆蓋
17. inn
(A) 櫃台 (B) 小旅館 (C) 公司 (D) 農舍

18. integration
(A) 拆除 (B) 派遣 (C) 整合 (D) 展示
19. intensity
(A) 強度 (B) 紀律 (C) 社論 (D) 教義
20. insistence
(A) 勸阻 (B) 打擾 (C) 捐贈 (D) 堅持
21. insert
(A) 影印 (B) 通信 (C) 填塞 (D) 插入
22. innumerable
(A) 無數的 (B) 彎曲的 (C) 批評的 (D) 重要的
23. intensive
(A) 假的 (B) 遲鈍的 (C) 密集的 (D) 認眞的
24. intermediate
(A) 文化的 (B) 中級的 (C) 公平的 (D) 忠實的
25. intensify
(A) 輕彈 (B) 加強 (C) 流利 (D) 摺疊
26. implication
(A) 因素 (B) 告別 (C) 信念 (D) 暗示
27. impressive
(A) 口才好的 (B) 傳染性的 (C) 令人印象深刻的 (D) 有資格的
28. inch
(A) 英吋 (B) 公分 (C) 分 (D) 公克
29. indeed
(A) 屬於 (B) 忍受 (C) 相信 (D) 的確
30. inherit
(A) 繼承 (B) 給予 (C) 抓住 (D) 重擊
31. infection
(A) 偏見 (B) 感染 (C) 美化 (D) 束縛
32. impression
(A) 兄弟關係 (B) 友誼 (C) 關係 (D) 印象
33. inclusive
(A) 戲劇的 (B) 神聖的 (C) 包括的 (D) 懷疑的

34. indication
(A) 邊緣 (B) 呼吸 (C) 瀏覽 (D) 跡象
35. initiate
(A) 預算 (B) 創始 (C) 沉思 (D) 播送
36. ingenious
(A) 支配的 (B) 狡猾的 (C) 瘋狂的 (D) 聰明的
37. inform
(A) 通知 (B) 宣佈 (C) 期待 (D) 分析
38. industrialize
(A) 使多樣化 (B) 使厭惡 (C) 使失去能力 (D) 使工業化
39. indispensable
(A) 可以吃的 (B) 不可或缺的 (C) (天氣)陰沉的 (D) 可怕的
40. incline
(A) 使豐富 (B) 使能夠 (C) 使尷尬 (D) 使傾向於
41. independent
(A) 獨立的 (B) 實驗的 (C) 連續的 (D) 髒的
42. ingredient
(A) 旗幟 (B) 原料 (C) 上下文 (D) 臉盆
43. informative
(A) 知識性的 (B) 可有可無的 (C) 用完即丟的 (D) 節省的
44. influential
(A) 未經加工的 (B) 爭議性的 (C) 有影響力的 (D) 爆炸性的
45. index
(A) 索引 (B) 世紀 (C) 繃帶 (D) 電池
46. humidity
(A) 聚集 (B) 結冰 (C) 閃爍 (D) 潮濕
47. identity
(A) 經濟 (B) 文件 (C) 身分 (D) 餌
48. illustrate
(A) 飢荒 (B) 討價還價 (C) 烘烤 (D) 圖解說明
49. humor
(A) 無聊 (B) 樂趣 (C) 幽默 (D) 突破

50. hunch
(A) 眨眼 (B) 預感 (C) 濫用 (D) 完成
51. imagination
(A) 重力 (B) 想像力 (C) 魅力 (D) 創造力
52. hypocrite
(A) 乞丐 (B) 鐵匠 (C) 僞君子 (D) 拳擊手
53. hurricane
(A) 暴風雪 (B) 颶風 (C) 下毛毛雨 (D) 火焰
54. imaginary
(A) 巨大的 (B) 優雅的 (C) 酥脆的 (D) 虛構的
55. hood
(A) 風帽 (B) 衣服 (C) 木炭 (D) 竹子
56. historical
(A) 歷史的 (B) 整個的 (C) 明顯的 (D) 相等的
57. hospitable
(A) 潮溼的 (B) 好客的 (C) 邪惡的 (D) 可靠的
58. homesick
(A) 想家的 (B) 悲慘的 (C) 勇敢的 (D) 極好的
59. hostel
(A) 洞穴 (B) 地窖 (C) 墓地 (D) 青年旅館
60. honeymoon
(A) 少年時代 (B) 慶祝活動 (C) 蜜月旅行 (D) 冠軍資格
61. horrify
(A) 使氣餒 (B) 使驚嚇 (C) 使受挫折 (D) 使便利
62. hostage
(A) 主席 (B) 名人 (C) 人質 (D) 騎兵
63. homosexual
(A) 同性戀的 (B) 充滿活力的 (C) 令人愉快的 (D) 最後的
64. household
(A) 依賴的 (B) 家庭的 (C) 有禮貌的 (D) 注定的
65. honor
(A) 光榮 (B) 成就 (C) 豐富 (D) 缺席

66. housing
(A) 國家 (B) 基因 (C) 攤位 (D) 住宅
67. hostility
(A) 灌木叢 (B) 敵意 (C) 官僚作風 (D) 樹枝
68. horizontal
(A) 必要的 (B) 強調的 (C) 基本的 (D) 水平的
69. howl
(A) 咯咯地笑 (B) 尖叫 (C) 嗥叫 (D) 嘲笑
70. historic
(A) 歷史上重要的 (B) 破壞性的 (C) 民主的 (D) 外交的
71. harmful
(A) 敘述的 (B) 好奇的 (C) 有害的 (D) 絕望的
72. hasten
(A) 催促 (B) 損壞 (C) 欺騙 (D) 小心
73. heroic
(A) 可恥的 (B) 英勇的 (C) 直接的 (D) 謹慎的
74. headquarters
(A) 合唱團 (B) 慈善機構 (C) 總部 (D) 天花板
75. healthy
(A) 細緻的 (B) 滿足的 (C) 美味的 (D) 健康的
76. heavenly
(A) 現在的 (B) 數位的 (C) 天空的 (D) 昏暗的
77. hermit
(A) 紳士 (B) 隱士 (C) 幫派 (D) 導演
78. heroin
(A) 海洛英 (B) 證書 (C) 圖表 (D) 香檳
79. highly
(A) 更進一步地 (B) 非常地 (C) 公平地 (D) 分開地
80. haul
(A) 沾 (B) 砍 (C) 拖 (D) 畫
81. habitat
(A) 地址 (B) 棲息地 (C) 殖民地 (D) 目的地

82. groan
(A) 口才 (B) 爭論 (C) 呻吟 (D) 對話
83. guarantee
(A) 保證 (B) 平衡 (C) 累積 (D) 打破
84. handy
(A) 危險的 (B) 正確的 (C) 防禦的 (D) 便利的
85. halt
(A) 選擇 (B) 停止 (C) 關閉 (D) 結合
86. greasy
(A) 困難的 (B) 方便的 (C) 不同的 (D) 油膩的
87. guidance
(A) 指導 (B) 勸告 (C) 宣稱 (D) 教化
88. hardship
(A) 禁止 (B) 艱難 (C) 高潮 (D) 緊抓
89. gross
(A) 相反的 (B) 習慣的 (C) 全面的 (D) 連續的
90. hack
(A) 命令 (B) 分類 (C) 鼓掌 (D) 猛砍
91. greeting
(A) 行爲 (B) 事實 (C) 問候 (D) 文明
92. growl
(A) 評論 (B) 咆哮 (C) 喋喋不休 (D) 承諾
93. harass
(A) 強迫 (B) 抱怨 (C) 妥協 (D) 騷擾
94. handicap
(A) 身心殘障 (B) 健康檢查 (C) 複製的生物 (D) 喜劇演員
95. hairdo
(A) 電腦 (B) 羅盤 (C) 補充 (D) 髮型
96. guard
(A) 導演 (B) 警衛 (C) 專欄作家 (D) 化學家
97. green
(A) 勇敢的 (B) 昂貴的 (C) 大陸的 (D) 綠色的

98. great
(A) 貪污的 (B) 傳統的 (C) 很棒的 (D) 可數的

99. hall
(A) 大廳 (B) 房間 (C) 酒吧 (D) 穀倉

100. hamburger
(A) 栗子 (B) 漢堡 (C) 筷子 (D) 辣椒

【測驗一解答】

1. (D) human
2. (B) idiot
3. (C) hut
4. (D) identify
5. (B) hundred
6. (A) imagine
7. (C) immediate
8. (D) icy
9. (B) humid
10. (A) humble
11. (C) greenhouse
12. (D) haircut
13. (B) growth
14. (D) handicraft
15. (A) guilty
16. (C) hairstyle
17. (B) habit
18. (D) heater
19. (A) haste
20. (C) headline
21. (C) health
22. (A) harm
23. (D) heaven
24. (B) harvest
25. (A) hijack
26. (C) horror
27. (B) hobby
28. (D) hit
29. (B) hug
30. (A) hometown
31. (C) housewife
32. (B) history
33. (A) hippo
34. (C) hostess
35. (B) honorable
36. (C) imply
37. (D) incident
38. (A) include
39. (D) independence
40. (B) indicate
41. (C) infer
42. (A) industry
43. (D) influence
44. (B) inhabit
45. (C) initial
46. (D) insure
47. (A) insist
48. (B) injury
49. (C) institute
50. (D) intelligent
51. (A) inspector
52. (C) interaction
53. (B) innovative
54. (D) inquiry
55. (A) installation
56. (C) instruct
57. (B) injection
58. (D) instructor
59. (A) intention
60. (C) inspire
61. (B) greedy
62. (D) hallway
63. (A) ground
64. (B) hang
65. (A) harbor
66. (B) heritage
67. (C) hatred
68. (C) hearty
69. (A) heel
70. (C) grocery
71. (B) hardy
72. (D) hesitation
73. (A) heroine
74. (C) herb
75. (B) hardware
76. (D) harmonica
77. (A) haunt
78. (B) heap
79. (D) helmet
80. (A) herald

81. (C) horizon	86. (A) hunt	91. (C) imitate	96. (A) indignant
82. (B) hip	87. (C) hygiene	92. (A) ignorance	97. (B) individual
83. (A) hockey	88. (D) husband	93. (A) illustration	98. (D) inflation
84. (D) honest	89. (B) ignore	94. (B) iceberg	99. (B) infectious
85. (B) hook	90. (A) imaginable	95. (C) incentive	100. (C) inferior

【測驗二解答】

1. (B)	11. (D)	21. (A)	31. (A)	41. (B)	51. (B)	61. (C)	71. (A)	81. (A)	91. (D)
2. (A)	12. (C)	22. (D)	32. (B)	42. (D)	52. (C)	62. (B)	72. (B)	82. (D)	92. (B)
3. (C)	13. (A)	23. (C)	33. (A)	43. (A)	53. (A)	63. (A)	73. (C)	83. (C)	93. (C)
4. (D)	14. (D)	24. (B)	34. (C)	44. (C)	54. (B)	64. (D)	74. (D)	84. (B)	94. (B)
5. (A)	15. (C)	25. (D)	35. (D)	45. (D)	55. (A)	65. (B)	75. (C)	85. (D)	95. (A)
6. (C)	16. (B)	26. (B)	36. (C)	46. (A)	56. (C)	66. (D)	76. (B)	86. (A)	96. (B)
7. (D)	17. (A)	27. (C)	37. (B)	47. (D)	57. (B)	67. (A)	77. (C)	87. (D)	97. (C)
8. (A)	18. (C)	28. (D)	38. (C)	48. (A)	58. (D)	68. (B)	78. (D)	88. (B)	98. (A)
9. (B)	19. (B)	29. (C)	39. (D)	49. (D)	59. (A)	69. (C)	79. (C)	89. (C)	99. (D)
10. (C)	20. (B)	30. (A)	40. (A)	50. (C)	60. (A)	70. (B)	80. (B)	90. (A)	100. (C)

【測驗三解答】

1. (B)	11. (A)	21. (D)	31. (B)	41. (A)	51. (B)	61. (B)	71. (C)	81. (B)	91. (C)
2. (D)	12. (C)	22. (A)	32. (D)	42. (B)	52. (C)	62. (C)	72. (A)	82. (C)	92. (B)
3. (B)	13. (B)	23. (C)	33. (C)	43. (A)	53. (B)	63. (A)	73. (B)	83. (A)	93. (D)
4. (C)	14. (D)	24. (B)	34. (D)	44. (C)	54. (D)	64. (B)	74. (C)	84. (D)	94. (A)
5. (A)	15. (C)	25. (B)	35. (B)	45. (A)	55. (A)	65. (A)	75. (D)	85. (B)	95. (D)
6. (B)	16. (A)	26. (D)	36. (D)	46. (D)	56. (A)	66. (D)	76. (C)	86. (D)	96. (B)
7. (A)	17. (B)	27. (C)	37. (A)	47. (C)	57. (B)	67. (B)	77. (B)	87. (A)	97. (D)
8. (C)	18. (C)	28. (A)	38. (D)	48. (D)	58. (A)	68. (D)	78. (A)	88. (B)	98. (C)
9. (D)	19. (A)	29. (D)	39. (B)	49. (C)	59. (D)	69. (C)	79. (B)	89. (C)	99. (A)
10. (B)	20. (D)	30. (A)	40. (D)	50. (B)	60. (C)	70. (A)	80. (C)	90. (D)	100. (B)

【考前先背「一口氣背 7000 字 ⑧」】

TEST 8

測驗一：「聽英選中」100 題，聽英文，選出正確的中文字義。

	(A)	(B)	(C)	(D)
1.	(A) 很棒的	(B) 油膩的	(C) 諷刺的	(D) 貪心的
2.	(A) 結盟	(B) 捐贈	(C) 切斷	(D) 打斷
3.	(A) 綠色的	(B) 親密的	(C) 全部的	(D) 有罪的
4.	(A) 入侵	(B) 猛砍	(C) 呻吟	(D) 問候
5.	(A) 保證	(B) 指導	(C) 發明	(D) 騷擾
6.	(A) 草藥	(B) 茉莉	(C) 聖歌	(D) 插圖
7.	(A) 家鄉	(B) 祖國	(C) 冰山	(D) 島
8.	(A) 果凍	(B) 火腿	(C) 漢堡	(D) 油脂
9.	(A) 摸索	(B) 調查	(C) 強調	(D) 猶豫
10.	(A) 習慣性的	(B) 便利的	(C) 困難的	(D) 國際的
11.	(A) 胸部	(B) 額頭	(C) 顎	(D) 辮子
12.	(A) 歹徒	(B) 入侵者	(C) 幫派	(D) 罪犯
13.	(A) 忽視	(B) 偽善	(C) 模仿	(D) 激怒
14.	(A) 忌妒	(B) 幻覺	(C) 推論	(D) 包括
15.	(A) 鐵鎚	(B) 珠寶	(C) 手帕	(D) 衣架
16.	(A) 繼承	(B) 傳染	(C) 介入	(D) 辨識
17.	(A) 記者	(B) 專欄作家	(C) 藝術家	(D) 原住民
18.	(A) 協會	(B) 學院	(C) 公司	(D) 幼稚園
19.	(A) 拖	(B) 敲	(C) 打	(D) 扔
20.	(A) 年少的	(B) 強健的	(C) 嚴厲的	(D) 有害的
21.	(A) 水罐	(B) 軟管	(C) 安全帽	(D) 框架
22.	(A) 籬笆	(B) 羽毛	(C) 水龍頭	(D) 鍵盤
23.	(A) 纖維	(B) 關節	(C) 鞭炮	(D) 旗子
24.	(A) 浴室	(B) 飯廳	(C) 廚房	(D) 客廳
25.	(A) 七月	(B) 六月	(C) 二月	(D) 一月

	(A)	(B)	(C)	(D)
26.	火焰	刀子	輕彈	化石
27.	神	成人	青少年	小孩
28.	友誼	知識	憤怒	慷慨
29.	使正當化	使公式化	使便利	使驚嚇
30.	鳥	小牛	小貓	河馬
31.	帶領	成長	發現	貪心
32.	匆忙的	可恨的	有益健康的	合法的
33.	瓢蟲	小蟲	蜜蜂	昆蟲
34.	數字	農田	燈	盛宴
35.	田野	風景	壁爐	煙火
36.	信徒	敵人	消防隊員	女房東
37.	解放運動	民間傳說	高速公路	大驚小怪
38.	恨	笑	叫	數
39.	憲法	課程	法律	批評
40.	天空的	立法的	真摯的	健康的
41.	福音	葉子	薄片	草
42.	墳墓	峽谷	實驗室	醫院
43.	棲息地	房子	政府	圖書館
44.	救生艇	艦隊	腳踏車	攤位
45.	扣環	口紅	眼鏡	手鐲
46.	獨木舟	籠子	大轎車	玻璃製品
47.	乳液	液體	麵粉	霧
48.	流利	長壽	瑕疵	靈感
49.	英勇的	異性戀的	寂寞的	高的
50.	煙火	口味	閃光燈	置物櫃
51.	恩惠	位置	命運	告別
52.	車資	飢荒	閃電	幻想
53.	延伸	連結	拔出	失敗
54.	識字的	水平的	歷史的	可怕的
55.	設備	寓言	出口	喇叭

56. (A) 忠實 (B) 表達 (C) 期滿 (D) 暴露
57. (A) 有敵意的 (B) 好客的 (C) 合乎邏輯的 (D) 同性戀的
58. (A) 大廳 (B) 花園 (C) 車庫 (D) 宴會
59. (A) 冷凍庫 (B) 貨物 (C) 渡輪 (D) 火車頭
60. (A) 貓 (B) 短吻鱷 (C) 蜥蜴 (D) 公牛

61. (A) 分 (B) 公尺 (C) 公升 (D) 加侖
62. (A) 芳香 (B) 入口 (C) 噴泉 (D) 搖籃曲
63. (A) 邊境 (B) 購物中心 (C) 堡壘 (D) 聯邦政府
64. (A) 中空的 (B) 想家的 (C) 有磁性的 (D) 誠實的
65. (A) 管理 (B) 注射 (C) 影響 (D) 創始

66. (A) 教導 (B) 通知 (C) 連接 (D) 維修
67. (A) 名譽的 (B) 光榮的 (C) 邊緣的 (D) 家庭的
68. (A) 豪華的 (B) 幽默的 (C) 潮濕的 (D) 謙卑的
69. (A) 禮物 (B) 化妝品 (C) 洋娃娃 (D) 禮服
70. (A) 長頸鹿 (B) 基因 (C) 哺乳類動物 (D) 病菌

71. (A) 飢餓的 (B) 壯麗的 (C) 歇斯底里的 (D) 結冰的
72. (A) 發狂的 (B) 友善的 (C) 坦白的 (D) 神奇的
73. (A) 健康 (B) 恐怖 (C) 主流 (D) 形象
74. (A) 市場 (B) 公路 (C) 蜜月旅行 (D) 心
75. (A) 甜瓜 (B) 蘋果 (C) 芒果 (D) 櫻桃

76. (A) 傷害 (B) 管理 (C) 閃爍 (D) 引導
77. (A) 大多數 (B) 相互作用 (C) 不公平 (D) 身心殘障
78. (A) 七月 (B) 一月 (C) 五月 (D) 三月
79. (A) 巨人 (B) 瘋子 (C) 天才 (D) 紳士
80. (A) 雄偉的 (B) 理想的 (C) 完全相同的 (D) 遊手好閒的

81. (A) 女性的 (B) 男性 (C) 女性 (D) 男性的
82. (A) 手套 (B) 地球 (C) 膠水 (D) 機器
83. (A) 立即的 (B) 綠油油的 (C) 無知的 (D) 有想像力的
84. (A) 大陸 (B) 小木屋 (C) 青年旅館 (D) 小旅館
85. (A) 指導方針 (B) 智力 (C) 意圖 (D) 婚姻

86. (A) 令人驚嘆的 (B) 暗示的 (C) 想像得到的 (D) 重要的
87. (A) 憎恨 (B) 無知 (C) 成熟 (D) 堅持
88. (A) 直覺 (B) 目標 (C) 想法 (D) 大屠殺
89. (A) 憤怒的 (B) 機械的 (C) 不可或缺的 (D) 工業的
90. (A) 數學 (B) 實驗 (C) 生物學 (D) 電子學

91. (A) 傳染性的 (B) 較差的 (C) 中等的 (D) 有影響力的
92. (A) 本能 (B) 動機 (C) 身分 (D) 傑作
93. (A) 為…保險 (B) 意思是 (C) 主動權 (D) 居住於
94. (A) 海洋的 (B) 最初的 (C) 獨立的 (D) 聰明的
95. (A) 索引 (B) 事件 (C) 物質 (D) 災難

96. (A) 整合 (B) 安裝 (C) 贊成 (D) 搭配
97. (A) 光榮 (B) 旋律 (C) 幽默 (D) 想像力
98. (A) 醫學的 (B) 漠不關心的 (C) 知識性的 (D) 附帶的
99. (A) 干涉 (B) 檢查 (C) 測量 (D) 詢問
100. (A) 海洛英 (B) 酒 (C) 起司 (D) 美乃滋

測驗二：「看中選英」100題，看中文，選出正確的英文。

1. 馬拉松
   (A) gesture (B) fountain (C) hairdo (D) marathon
2. 墊子
   (A) gobble (B) mat (C) flaw (D) idle
3. 成熟的
   (A) mellow (B) greasy (C) contemporary (D) foul
4. 物質主義
   (A) criticism (B) materialism (C) capitalism (D) communism
5. 測量
   (A) contentment (B) element (C) measurement (D) document
6. 地圖
   (A) map (B) fossil (C) contest (D) ad

7. 驚訝
(A) expose (B) marvel (C) facilitate (D) fade
8. 面具
(A) faith (B) agent (C) mask (D) heater
9. 藥物治療
(A) foundation (B) medication (C) cooperation (D) distinction
10. 事情
(A) matter (B) herb (C) accent (D) fare
11. 中世紀的
(A) greedy (B) medieval (C) conventional (D) centigrade
12. 有意義的
(A) meaningful (B) harmful (C) fearful (D) healthful
13. 憂鬱的
(A) defensive (B) imaginative (C) melancholy (D) distinctive
14. 市長
(A) hacker (B) designer (C) detective (D) mayor
15. 巨大的
(A) deceive (B) cooperative (C) deprive (D) massive
16. 數學的
(A) extensive (B) mathematical (C) furious (D) creative
17. 技工
(A) dictator (B) gardener (C) actor (D) mechanic
18. 沉思
(A) meditate (B) desperate (C) affectionate (D) generate
19. 甜瓜
(A) cherry (B) melon (C) berry (D) grapefruit
20. 伴侶
(A) mate (B) chairman (C) blacksmith (D) fireman
21. 精通
(A) contemplation (B) detain (C) mastery (D) frail
22. 維持
(A) fragrance (B) glamour (C) despise (D) maintain

23. 戰爭的
(A) martial (B) intensive (C) initiative (D) impressive
24. 行李
(A) dandruff (B) luggage (C) celery (D) bait
25. 愉快的
(A) fabulous (B) humble (C) jolly (D) favorable
26. 豪華
(A) luxury (B) barely (C) facility (D) chamber
27. 可管理的
(A) inclusive (B) infectious (C) manageable (D) innovative
28. 放大
(A) classify (B) magnify (C) faucet (D) install
29. 少女
(A) gangster (B) guardian (C) maiden (D) governor
30. 大理石
(A) flexible (B) accessible (C) fable (D) marble
31. 誘惑
(A) lure (B) cello (C) gate (D) dim
32. 瘧疾
(A) infect (B) chew (C) famine (D) malaria
33. 操縱
(A) graduate (B) fortunate (C) manipulate (D) fate
34. 磁鐵
(A) magnet (B) foundation (C) inn (D) cement
35. 經理
(A) cruiser (B) manager (C) corner (D) grammar
36. 邊緣
(A) margin (B) equipment (C) fatigue (D) cleanse
37. 救生員
(A) economist (B) inhabitant (C) lifeguard (D) emperor
38. 棒棒糖
(A) antenna (B) badge (C) cocktail (D) lollipop

39. 亂丟垃圾
(A) falter (B) litter (C) cluster (D) banker
40. 蓮花
(A) fame (B) cork (C) lotus (D) daffodil
41. 使位於
(A) delicate (B) locate (C) deliberate (D) adequate
42. 同樣地
(A) likewise (B) decline (C) feast (D) cause
43. 忠實的
(A) informative (B) commemorate (C) additional (D) loyal
44. 經度
(A) certificate (B) longitude (C) flat (D) brass
45. 烈酒
(A) liquor (B) coffee (C) brook (D) flavor
46. 鎖
(A) bulb (B) cord (C) lock (D) folk
47. 字面的
(A) dominate (B) disposal (C) educational (D) literal
48. 孤單的
(A) curious (B) lone (C) hostile (D) humorous
49. 文學
(A) literature (B) commentary (C) classification (D) brilliant
50. 交誼廳
(A) bureau (B) clover (C) lounge (D) formula
51. 語言學家
(A) follower (B) linguist (C) equator (D) favor
52. 龍蝦
(A) lobster (B) colonel (C) blizzard (D) fowl
53. 燈塔
(A) binoculars (B) coastline (C) lighthouse (D) framework
54. 邏輯
(A) logic (B) cling (C) besiege (D) dodge

55. 限制
(A) formation (B) dimension (C) devotion (D) limitation
56. 門外漢
(A) layman (B) employee (C) engineer (D) electrician
57. 房東
(A) employer (B) historian (C) landlord (D) emigrant
58. 山崩
(A) erect (B) landslide (C) blast (D) extract
59. 立法機關
(A) extension (B) abstraction (C) division (D) legislation
60. 發射
(A) launch (B) blossom (C) combat (D) fetch
61. 傳奇的
(A) gross (B) guilty (C) legendary (D) corps
62. 實驗室
(A) laboratory (B) commonplace (C) boundary (D) gallery
63. 羔羊
(A) hippopotamus (B) crab (C) crocodile (D) lamb
64. 水平線
(A) commute (B) gender (C) level (D) brew
65. 律師
(A) god (B) lawyer (C) bride (D) fairy
66. 圖書館員
(A) librarian (B) humanitarian (C) dissident (D) donor
67. 領導能力
(A) fraction (B) leadership (C) collision (D) gorge
68. 語言
(A) gossip (B) circular (C) alternative (D) language
69. 正當的
(A) animate (B) deteriorate (C) legitimate (D) accord
70. 勞力
(A) labor (B) blunder (C) calcium (D) grant

71. 女士
(A) housekeeper (B) lady (C) hunter (D) consumer

72. 吉普車
(A) dip (B) crow (C) jeep (D) blur

73. 親密
(A) cramp (B) flare (C) intimacy (D) annoy

74. 管理員
(A) janitor (B) controller (C) dancer (D) director

75. 珠寶
(A) flag (B) cruise (C) braid (D) jewel

76. 無價的
(A) imaginable (B) invaluable (C) honorable (D) gamble

77. 介入
(A) intervention (B) fiction (C) exhibition (D) faction

78. 十字路口
(A) expression (B) federation (C) expiration (D) intersection

79. 果醬
(A) bud (B) cue (C) jam (D) gut

80. 發明者
(A) inventor (B) freezer (C) host (D) glitter

81. 威嚴
(A) complain (B) delegation (C) majesty (D) barrel

82. 公斤
(A) gallon (B) centimeter (C) bundle (D) kilogram

83. 愉快的
(A) horrible (B) joyous (C) incentive (D) heterosexual

84. 王國
(A) college (B) farm (C) kingdom (D) stadium

85. 垃圾
(A) junk (B) crust (C) brick (D) horn

86. 膝蓋
(A) cure (B) knee (C) hose (D) angle

87. 親戚
(A) hum (B) commander (C) brotherhood (D) kin

88. 陪審團
(A) court (B) dial (C) jury (D) hiss

89. 結
(A) collar (B) knot (C) comma (D) hook

90. 腎臟
(A) kidney (B) currency (C) heel (D) head

91. 解釋
(A) earn (B) coherent (C) interpret (D) harass

92. 起重機
(A) jack (B) crack (C) booth (D) helicopter

93. 內部的
(A) hospital (B) internal (C) fatal (D) coral

94. 闖入
(A) breakthrough (B) collapse (C) hush (D) intrude

95. 忌妒的
(A) jealous (B) gorgeous (C) continuous (D) contagious

96. 投資
(A) bind (B) cultivate (C) hymn (D) invest

97. 易怒的
(A) innumerable (B) irritable (C) indispensable (D) hospitable

98. 諷刺
(A) comedy (B) bias (C) irony (D) hunch

99. 監獄
(A) cube (B) cost (C) dime (D) jail

100. 島
(A) island (B) cousin (C) beckon (D) hurdle

測驗三：「看英選中」100題，看英文，選出正確的中文字義。

1. lad
(A) 新郎 (B) 嬰兒 (C) 小伙子 (D) 兄弟

2. league
(A) 聯盟 (B) 資訊 (C) 駭客 (D) 居民
3. laundry
(A) 狼吞虎嚥 (B) 強化 (C) 建立 (D) 洗衣服
4. legend
(A) 小說 (B) 傳說 (C) 事實 (D) 小部分
5. lettuce
(A) 雞尾酒 (B) 大蒜 (C) 萵苣 (D) 起司
6. leak
(A) 漏出 (B) 搖晃 (C) 奉承 (D) 落下
7. license
(A) 遺產 (B) 指標 (C) 特色 (D) 執照
8. layout
(A) 設計圖 (B) 傳眞 (C) 手工藝 (D) 髮型
9. legislation
(A) 個人 (B) 家庭 (C) 立法 (D) 構成
10. latitude
(A) 緯度 (B) 名聲 (C) 態度 (D) 熟悉
11. liberate
(A) 利用 (B) 解放 (C) 結盟 (D) 漠不關心
12. lawn
(A) 棲息地 (B) 森林 (C) 草地 (D) 灌木叢
13. landmark
(A) 地標 (B) 財務 (C) 肥料 (D) 噴泉
14. leader
(A) 候選人 (B) 資本家 (C) 領導者 (D) 木匠
15. laughter
(A) 笑 (B) 聊天 (C) 手勢 (D) 賭博
16. lane
(A) 邊境 (B) 重力 (C) 前面 (D) 巷子
17. lifelong
(A) 包括的 (B) 終身的 (C) 國內的 (D) 清白的

18. lodge
(A) 健行 (B) 紀律 (C) 實現 (D) 住宿
19. lousy
(A) 無數的 (B) 差勁的 (C) 創新的 (D) 聰明的
20. lonesome
(A) 寂寞的 (B) 敘述的 (C) 懷疑的 (D) 錯誤的
21. liquid
(A) 液體 (B) 可樂 (C) 咖啡 (D) 原料
22. local
(A) 一般的 (B) 眞正的 (C) 溫柔的 (D) 當地的
23. lottery
(A) 功課 (B) 呼吸 (C) 彩券 (D) 電話簿
24. linger
(A) 逗留 (B) 閃爍 (C) 發光 (D) 疾馳
25. likelihood
(A) 特性 (B) 多樣性 (C) 可能性 (D) 重要性
26. loud
(A) 收養的 (B) 大聲的 (C) 有惡臭的 (D) 自由的
27. lighten
(A) 光榮 (B) 褪色 (C) 照亮 (D) 陰暗
28. literary
(A) 強烈的 (B) 文學的 (C) 密集的 (D) 中級的
29. limit
(A) 喘氣 (B) 拋棄 (C) 處置 (D) 限制
30. literacy
(A) 失敗 (B) 切斷 (C) 識字 (D) 勸告
31. lunar
(A) 精緻的 (B) 表達的 (C) 內部的 (D) 月亮的
32. magician
(A) 創立者 (B) 魔術師 (C) 建築師 (D) 園丁
33. manifest
(A) 挑戰 (B) 表露 (C) 溶解 (D) 命運

34. lawmaker
(A) 候選人 (B) 聯邦政府 (C) 承包商 (D) 立法委員
35. maid
(A) 乞丐 (B) 女傭 (C) 理髮師 (D) 野蠻人
36. marshal
(A) 鐵匠 (B) 出納員 (C) 警察局長 (D) 初學者
37. Mandarin
(A) 國語 (B) 格式 (C) 前者 (D) 公式
38. magnitude
(A) 無能力 (B) 派系 (C) 規模 (D) 意見不合
39. mar
(A) 損傷 (B) 聚集 (C) 取代 (D) 消失
40. magazine
(A) 傾倒 (B) 雜誌 (C) 折扣 (D) 歧視
41. mediate
(A) 捐贈 (B) 傳達 (C) 調解 (D) 聚集
42. mash
(A) 拆除 (B) 調查 (C) 結冰 (D) 搗碎
43. mature
(A) 極好的 (B) 成熟的 (C) 絶種的 (D) 課外的
44. meaning
(A) 魅力 (B) 衛生 (C) 因素 (D) 意義
45. maple
(A) 文件 (B) 楓樹 (C) 紀錄片 (D) 碼頭
46. masculine
(A) 熟悉的 (B) 女性的 (C) 男性的 (D) 有名的
47. mechanics
(A) 機械學 (B) 幾何學 (C) 遺傳學 (D) 地理學
48. mass
(A) 雄偉的 (B) 大量的 (C) 花俏的 (D) 極好的
49. mattress
(A) 布料 (B) 風帽 (C) 障礙物 (D) 床墊

50. medicine
(A) 傢俱 (B) 資金 (C) 藥 (D) 毛皮
51. measurable
(A) 忠實的 (B) 公平的 (C) 臉部的 (D) 可測量的
52. master
(A) 精通 (B) 躲避 (C) 覆蓋 (D) 支配
53. interpretation
(A) 教育 (B) 懷疑 (C) 編輯 (D) 解釋
54. irritation
(A) 勸阻 (B) 預測 (C) 激怒 (D) 欺騙
55. intuition
(A) 憤怒 (B) 信念 (C) 聰明才智 (D) 直覺
56. jade
(A) 引擎 (B) 玉 (C) 鉤子 (D) 鏈子
57. investigate
(A) 從事 (B) 提高 (C) 調查 (D) 登記
58. meditation
(A) 打坐 (B) 消耗 (C) 滿足 (D) 忍耐
59. invasion
(A) 強調 (B) 聚會 (C) 侵略 (D) 要素
60. intimidate
(A) 爬行 (B) 記得 (C) 暗示 (D) 威脅
61. jeans
(A) 服裝 (B) 格式 (C) 危機 (D) 牛仔褲
62. interruption
(A) 打斷 (B) 優雅 (C) 選舉 (D) 實施
63. isolate
(A) 使驚嚇 (B) 使受挫折 (C) 使隔離 (D) 使丟臉
64. jeer
(A) 嘲笑 (B) 培養 (C) 拋棄 (D) 不足
65. interview
(A) 出現 (B) 面試 (C) 搭乘 (D) 移出

66. kettle
(A) 例子 (B) 附記物 (C) 茶壺 (D) 橡皮擦
67. judge
(A) 創新 (B) 判斷 (C) 口才 (D) 雇用
68. kindle
(A) 統治 (B) 制定 (C) 畢業 (D) 點燃
69. kneel
(A) 跪下 (B) 説閒話 (C) 遭遇 (D) 鼓勵
70. juvenile
(A) 有利的 (B) 致命的 (C) 青少年的 (D) 更遠的
71. knowledgeable
(A) 連續的 (B) 傳染性的 (C) 有知識的 (D) 害怕的
72. kilometer
(A) 公尺 (B) 公分 (C) 公克 (D) 公里
73. journal
(A) 期刊 (B) 文選 (C) 事件 (D) 文章
74. kit
(A) 手勢 (B) 逗點 (C) 一套用具 (D) 補充
75. knob
(A) 圓形把手 (B) 羽毛 (C) 和弦 (D) 櫻桃
76. justice
(A) 誠實 (B) 正義 (C) 清白 (D) 侮辱
77. knuckle
(A) 差事 (B) 大門 (C) 指關節 (D) 機構
78. joyful
(A) 可實行的 (B) 最喜愛的 (C) 害怕的 (D) 愉快的
79. kidnap
(A) 忍受 (B) 綁架 (C) 執行 (D) 危害
80. juicy
(A) 多汁的 (B) 圓的 (C) 平的 (D) 骨瘦如柴的
81. jungle
(A) 叢林 (B) 未來 (C) 畫廊 (D) 訂婚

82. major
(A) 外部的 (B) 大規模的 (C) 外表的 (D) 主要的
83. liberty
(A) 瑕疵 (B) 自由 (C) 忍受 (D) 污染
84. legislator
(A) 立法委員 (B) 仙女 (C) 子孫 (D) 牛仔
85. likely
(A) 聯邦的 (B) 肥沃的 (C) 假的 (D) 可能的
86. long
(A) 昏暗的 (B) 外交的 (C) 長的 (D) 數位的
87. lucky
(A) 爭議性的 (B) 幸運的 (C) 合作的 (D) 眞正的
88. magic
(A) 閃光 (B) 功能 (C) 方程式 (D) 魔術
89. main
(A) 主要的 (B) 財務的 (C) 最後的 (D) 防火的
90. marry
(A) 娛樂 (B) 和…結婚 (C) 進入 (D) 裝備
91. massage
(A) 歸納 (B) 享受 (C) 產生 (D) 按摩
92. meditation
(A) 激勵 (B) 沉思 (C) 進口 (D) 印象
93. interpreter
(A) 獵人 (B) 人道主義者 (C) 口譯者 (D) 僞君子
94. invent
(A) 發明 (B) 迎合 (C) 強化 (D) 貢獻
95. iron
(A) 鋁 (B) 鐵 (C) 生意 (D) 大砲
96. journey
(A) 樂趣 (B) 企業 (C) 節日 (D) 旅程
97. judgment
(A) 偏見 (B) 選票 (C) 判斷 (D) 比賽

98. kill
(A) 指出 (B) 想像 (C) 暗示 (D) 殺死
99. lay
(A) 失敗 (B) 溝通 (C) 放置 (D) 比較
100. lantern
(A) 燈籠 (B) 小木屋 (C) 汽油 (D) 餅乾

【測驗一解答】

1. (C) ironic	21. (A) jug	41. (B) leaf	61. (C) liter
2. (D) interrupt	22. (D) keyboard	42. (C) lab	62. (D) lullaby
3. (B) intimate	23. (B) joint	43. (D) library	63. (B) mall
4. (A) invade	24. (C) kitchen	44. (A) lifeboat	64. (C) magnetic
5. (C) invention	25. (A) July	45. (B) lipstick	65. (A) management
6. (B) jasmine	26. (B) knife	46. (C) limousine	66. (D) maintenance
7. (D) isle	27. (D) kid	47. (A) lotion	67. (C) marginal
8. (A) jelly	28. (B) knowledge	48. (B) longevity	68. (A) luxurious
9. (B) investigation	29. (A) justify	49. (C) lonely	69. (B) makeup
10. (D) international	30. (C) kitten	50. (D) locker	70. (C) mammal
11. (C) jaw	31. (A) lead	51. (B) location	71. (B) magnificent
12. (B) intruder	32. (D) legal	52. (C) lightning	72. (D) magical
13. (D) irritate	33. (A) ladybug	53. (B) link	73. (C) mainstream
14. (A) jealousy	34. (C) lamp	54. (A) literate	74. (A) market
15. (B) jewelry	35. (B) landscape	55. (D) loudspeaker	75. (C) mango
16. (C) intervene	36. (D) landlady	56. (A) loyalty	76. (B) manage
17. (A) journalist	37. (A) liberation	57. (C) logical	77. (A) majority
18. (D) kindergarten	38. (B) laugh	58. (A) lobby	78. (D) March
19. (B) knock	39. (C) law	59. (D) locomotive	79. (B) lunatic
20. (A) junior	40. (B) legislative	60. (C) lizard	80. (A) majestic

81. (B) male　86. (A) marvelous　91. (C) medium　96. (D) match
82. (D) machinery　87. (C) maturity　92. (D) masterpiece　97. (B) melody
83. (B) lush　88. (D) massacre　93. (B) mean　98. (A) medical
84. (A) mainland　89. (B) mechanical　94. (A) marine　99. (C) measure
85. (D) marriage　90. (A) mathematics　95. (C) material　100. (D) mayonnaise

【測驗二解答】

1. (D) 11. (B) 21. (C) 31. (A) 41. (B) 51. (B) 61. (C) 71. (B) 81. (C) 91. (C)
2. (B) 12. (A) 22. (D) 32. (D) 42. (A) 52. (A) 62. (A) 72. (C) 82. (D) 92. (A)
3. (A) 13. (C) 23. (A) 33. (C) 43. (D) 53. (C) 63. (D) 73. (C) 83. (B) 93. (B)
4. (B) 14. (D) 24. (B) 34. (A) 44. (B) 54. (A) 64. (C) 74. (A) 84. (C) 94. (D)
5. (C) 15. (D) 25. (C) 35. (B) 45. (A) 55. (D) 65. (B) 75. (D) 85. (A) 95. (A)
6. (A) 16. (B) 26. (A) 36. (A) 46. (C) 56. (A) 66. (A) 76. (B) 86. (B) 96. (D)
7. (B) 17. (D) 27. (C) 37. (C) 47. (D) 57. (C) 67. (B) 77. (A) 87. (D) 97. (B)
8. (C) 18. (A) 28. (B) 38. (D) 48. (B) 58. (B) 68. (D) 78. (D) 88. (C) 98. (C)
9. (B) 19. (B) 29. (C) 39. (B) 49. (A) 59. (D) 69. (C) 79. (C) 89. (B) 99. (D)
10. (A) 20. (A) 30. (D) 40. (C) 50. (C) 60. (A) 70. (A) 80. (A) 90. (A) 100. (A)

【測驗三解答】

1. (C) 11. (B) 21. (A) 31. (D) 41. (C) 51. (D) 61. (D) 71. (C) 81. (A) 91. (D)
2. (A) 12. (C) 22. (D) 32. (B) 42. (D) 52. (A) 62. (A) 72. (D) 82. (D) 92. (B)
3. (D) 13. (A) 23. (C) 33. (B) 43. (B) 53. (D) 63. (C) 73. (A) 83. (B) 93. (C)
4. (B) 14. (C) 24. (A) 34. (D) 44. (D) 54. (C) 64. (A) 74. (C) 84. (A) 94. (A)
5. (C) 15. (A) 25. (C) 35. (B) 45. (B) 55. (D) 65. (B) 75. (A) 85. (D) 95. (B)
6. (A) 16. (D) 26. (B) 36. (C) 46. (C) 56. (B) 66. (C) 76. (B) 86. (C) 96. (D)
7. (D) 17. (B) 27. (C) 37. (A) 47. (A) 57. (C) 67. (B) 77. (C) 87. (B) 97. (C)
8. (A) 18. (D) 28. (B) 38. (C) 48. (B) 58. (A) 68. (D) 78. (D) 88. (D) 98. (D)
9. (C) 19. (B) 29. (D) 39. (A) 49. (D) 59. (C) 69. (A) 79. (B) 89. (A) 99. (C)
10. (A) 20. (A) 30. (C) 40. (B) 50. (C) 60. (D) 70. (C) 80. (A) 90. (B) 100. (A)

【考前先背「一口氣背 7000 字 ⑨」】

TEST 9

測驗一： 「聽英選中」100 題，聽英文，選出正確的中文字義。

	(A)	(B)	(C)	(D)
1.	命令	打斷	解釋	介入
2.	入侵者	口譯者	外人	指揮官
3.	方言	方面	方向	東方
4.	內部的	有機的	國際的	親密的
5.	與…矛盾	和…結婚	做…過火	由…組成
6.	嘲笑	投資	面試	罪犯
7.	外向的	諷刺的	無價的	易怒的
8.	加入	重疊	慢跑	判斷
9.	睡過頭	綁架	殺死	點燃
10.	愉快的	忌妒的	多汁的	最初的
11.	工作	暴行	期刊	旅程
12.	組織者	喜劇演員	同事	上校
13.	判斷	看法	知識	笑話
14.	赤道	叢林	在戶外	森林
15.	正義	喜悅	直覺	結果
16.	悲慘	勞力	忌妒	落後
17.	有知識的	少年的	親切的	心理的
18.	加侖	最小量	緯度	經度
19.	水壩	圓形手把	麥克風	茶壺
20.	忍受	遷移	威脅	闖入
21.	語言	洗衣服	領導能力	任務
22.	公斤	哩程	漂流	公里
23.	奇蹟	邏輯	山崩	自由
24.	合法的	傳奇的	雜亂的	正當的
25.	優點	傳說	風景	法律

26. (A) 青少年的 (B) 次要的 (C) 立法的 (D) 終身的
27. (A) 島 (B) 雜誌 (C) 菜單 (D) 出口
28. (A) 陸地 (B) 部 (C) 房東 (D) 實驗室
29. (A) 沉思 (B) 成熟 (C) 意義 (D) 慈悲
30. (A) 設計圖 (B) 網際網路 (C) 惡作劇 (D) 一套用具

31. (A) 金屬 (B) 大理石 (C) 鋁 (D) 鐵
32. (A) 清潔工 (B) 小丑 (C) 女主人 (D) 教練
33. (A) 鑰匙 (B) 鍵盤 (C) 彗星 (D) 飛彈
34. (A) 通知 (B) 諷刺 (C) 入侵 (D) 發明
35. (A) 旋律 (B) 神經 (C) 大叫 (D) 測量

36. (A) 小的 (B) 字面的 (C) 可能的 (D) 中立的
37. (A) 標準 (B) 記號 (C) 墊子 (D) 物質
38. (A) 慈善機構 (B) 房間 (C) 市場 (D) 育兒室
39. (A) 姪女 (B) 人質 (C) 魔術師 (D) 主席
40. (A) 激怒 (B) 調查 (C) 忽略 (D) 誘惑

41. (A) 冠軍 (B) 鄰居 (C) 合唱團 (D) 平民
42. (A) 值得注意的 (B) 當地的 (C) 合乎邏輯的 (D) 文學的
43. (A) 傑作 (B) 事情 (C) 觀念 (D) 精通
44. (A) 核子的 (B) 長的 (C) 孤單的 (D) 大聲的
45. (A) 助動詞 (B) 形容詞 (C) 名詞 (D) 副詞

46. (A) 營養素 (B) 大屠殺 (C) 面具 (D) 按摩
47. (A) 馬拉松 (B) 搖籃曲 (C) 結 (D) 小說
48. (A) 磁鐵 (B) 行李 (C) 橡樹 (D) 刀子
49. (A) 冒犯 (B) 驚訝 (C) 跪下 (D) 搗碎
50. (A) 差勁的 (B) 模糊的 (C) 識字的 (D) 寂寞的

51. (A) 測量 (B) 意思是 (C) 搭配 (D) 壓迫
52. (A) 歌劇 (B) 公式 (C) 化妝品 (D) 國語
53. (A) 管理 (B) 反對 (C) 操縱 (D) 表露
54. (A) 瘋子 (B) 男性 (C) 軍官 (D) 女傭
55. (A) 廚房 (B) 幼稚園 (C) 王國 (D) 場合

56. (A) 警察局長 (B) 接線生 (C) 男人 (D) 經理
57. (A) 少女 (B) 幫派 (C) 觀察者 (D) 隱士
58. (A) 海洋 (B) 購物中心 (C) 邊緣 (D) 大陸
59. (A) 綠油油的 (B) 月亮的 (C) 幸運的 (D) 相反的
60. (A) 機器 (B) 長方形 (C) 火車頭 (D) 鎖

61. (A) 放置 (B) 住宿 (C) 提供 (D) 帶領
62. (A) 使驚嚇 (B) 使感激 (C) 使隔離 (D) 使位於
63. (A) 有磁性的 (B) 神奇的 (C) 壯麗的 (D) 服從的
64. (A) 漏出 (B) 選擇 (C) 笑 (D) 發射
65. (A) 主流 (B) 維修 (C) 規模 (D) 樂觀

66. (A) 敲 (B) 連接 (C) 佔據 (D) 解放
67. (A) 口紅 (B) 手術 (C) 執照 (D) 大轎車
68. (A) 燕麥片 (B) 烈酒 (C) 萵苣 (D) 果凍
69. (A) 導演 (B) 子孫 (C) 警衛 (D) 少年時代
70. (A) 可管理的 (B) 主要的 (C) 可移動的 (D) 雄偉的

71. (A) 馬達 (B) 棒棒糖 (C) 龍蝦 (D) 喇叭
72. (A) 親戚 (B) 哺乳類動物 (C) 怪物 (D) 蜥蜴
73. (A) 聯盟 (B) 巷子 (C) 魔術 (D) 動作
74. (A) 戰爭的 (B) 道德的 (C) 邊緣的 (D) 令人驚嘆的
75. (A) 搖籃曲 (B) 行李 (C) 模型 (D) 彩券

76. (A) 母性 (B) 水平線 (C) 地標 (D) 羔羊
77. (A) 限制 (B) 謙虛 (C) 豪華 (D) 識字
78. (A) 發電機 (B) 直升機 (C) 割草機 (D) 起重機
79. (A) 猴子 (B) 猿 (C) 公雞 (D) 大猩猩
80. (A) 燈塔 (B) 山 (C) 蓮花 (D) 大廳

81. (A) 液體 (B) 乳液 (C) 果汁 (D) 濕氣
82. (A) 蜜蜂 (B) 瓢蟲 (C) 蚊子 (D) 蟑螂
83. (A) 使現代化 (B) 使印象深刻 (C) 使丟臉 (D) 使傾向於
84. (A) 垃圾 (B) 時刻 (C) 公升 (D) 立法
85. (A) 單調的 (B) 男性的 (C) 海洋的 (D) 大量的

86. (A) 駱駝 (B) 鳥 (C) 狐狸 (D) 老鼠
87. (A) 調查 (B) 文學 (C) 動機 (D) 發明
88. (A) 吉普車 (B) 救生艇 (C) 噴射機 (D) (電話的)送話口
89. (A) 信 (B) 閃電 (C) 泥巴 (D) 葉子
90. (A) 膝蓋 (B) 肌肉 (C) 指關節 (D) 腿

91. (A) 果汁 (B) 雞尾酒 (C) 羊肉 (D) 小雞
92. (A) 監獄 (B) 置物櫃 (C) 位置 (D) 在附近
93. (A) 自然 (B) 照亮 (C) 威嚴 (D) 婚姻
94. (A) 連結 (B) 限制 (C) 敘述 (D) 逗留
95. (A) 不信 (B) 必須 (C) 失望 (D) 災難

96. (A) 地圖 (B) 物質主義 (C) 民間傳說 (D) 神話
97. (A) 沉思 (B) 調解 (C) 繁殖 (D) 精通
98. (A) 郊區 (B) 國家 (C) 城市 (D) 縣
99. (A) 損傷 (B) 亂丟垃圾 (C) 郵寄 (D) 嘮叨
100. (A) 肚臍 (B) 額頭 (C) 關節 (D) 腳踝

測驗二：「看中選英」100題，看中文，選出正確的英文。

1. 小睡
(A) isle (B) lure (C) nap (D) lush
2. 謀殺
(A) murder (B) irritate (C) howl (D) launch
3. 八字鬍
(A) intimacy (B) mustache (C) kidney (D) knee
4. 海軍
(A) kettle (B) layout (C) navy (D) junk
5. 神話
(A) mythology (B) majesty (C) hose (D) horn
6. 航行
(A) meditate (B) navigate (C) investigate (D) mediate

7. 沉思
(A) jug (B) maintain (C) joint (D) muse
8. 國籍
(A) machinery (B) nationality (C) hospitality (D) humidity
9. 馬克杯
(A) mug (B) inn (C) kit (D) jaw
10. 針
(A) jade (B) instance (C) jam (D) needle
11. 騾
(A) mule (B) cock (C) fowl (D) hippo
12. 自然主義者
(A) Jew (B) legislator (C) layman (D) naturalist
13. 敘述者
(A) interpreter (B) manager (C) narrator (D) hacker
14. 喃喃地說
(A) manage (B) mumble (C) leak (D) lay
15. 蘑菇
(A) melon (B) liquid (C) leaf (D) mushroom
16. 互相的
(A) mellow (B) medieval (C) mutual (D) medium
17. 近視的
(A) massive (B) nearsighted (C) majestic (D) masculine
18. 項鍊
(A) necklace (B) melody (C) masterpiece (D) lipstick
19. 謙虛的
(A) major (B) intimate (C) kind (D) modest
20. 餐巾
(A) lollipop (B) lotus (C) napkin (D) lounge
21. 普通的
(A) marine (B) ordinary (C) mature (D) magical
22. 生物
(A) luggage (B) literacy (C) organism (D) linguist

23. 比…多
(A) outnumber (B) lifeguard (C) likelihood (D) license
24. 出口
(A) mainstream (B) outlet (C) malaria (D) limitation
25. 東方的
(A) Oriental (B) lunar (C) luxurious (D) liberty
26. 向外的
(A) gross (B) joyous (C) jolly (D) outward
27. 爆發
(A) outbreak (B) mark (C) hack (D) master
28. 趕上
(A) majority (B) manipulate (C) overtake (D) groan
29. 克服
(A) grope (B) overcome (C) invade (D) invent
30. 外部的
(A) outer (B) indignant (C) guilty (D) greasy
31. 孤兒院
(A) orphanage (B) kindergarten (C) kingdom (D) jail
32. 郊區
(A) mainland (B) housing (C) hurdle (D) outskirts
33. 殘暴的
(A) hostile (B) outrageous (C) hasty (D) hearty
34. 組織
(A) marathon (B) league (C) organize (D) legend
35. 產量
(A) hunch (B) output (C) liberation (D) legislature
36. 創意
(A) latitude (B) horizon (C) laundry (D) originality
37. 橢圓形的
(A) oval (B) hymn (C) knob (D) herb
38. 無意間聽到
(A) hiss (B) hum (C) overhear (D) hut

39. 勝過
(A) outdo (B) imply (C) infect (D) growl
40. 裝飾品
(A) mat (B) ornament (C) marriage (D) margin
41. 整齊的
(A) inferior (B) harsh (C) orderly (D) hollow
42. 吃得過多
(A) overeat (B) fuss (C) jack (D) fury
43. 烤箱
(A) lotion (B) lobby (C) oven (D) liter
44. 修補
(A) mend (B) mash (C) mar (D) hook
45. 奇蹟般的
(A) honorary (B) ignorant (C) juvenile (D) miraculous
46. 微波的
(A) ironic (B) irritable (C) microwave (D) identical
47. 薄霧
(A) locomotive (B) mist (C) lantern (D) lane
48. 里程碑
(A) milestone (B) magnet (C) magnitude (D) maintenance
49. 愛惡作劇的
(A) melancholy (B) mischievous (C) idle (D) immediate
50. 使減到最小
(A) measure (B) lawn (C) minimize (D) humble
51. 威脅
(A) manifest (B) landslide (C) luxury (D) menace
52. 商品
(A) medicine (B) merchandise (C) market (D) idiom
53. 先生
(A) maiden (B) hermit (C) inspector (D) mister
54. 遷移
(A) govern (B) flourish (C) migrate (D) extend

55. 悲慘的
(A) miserable (B) manageable (C) magnificent (D) magnetic

56. 部長
(A) jury (B) minister (C) kid (D) kin

57. 訊息
(A) main (B) makeup (C) mail (D) message

58. 比喻
(A) longevity (B) metaphor (C) extent (D) hypocrite

59. 少數
(A) extracurricular (B) faction (C) magnify (D) minority

60. 鏡子
(A) mirror (B) map (C) mango (D) mall

61. 談判
(A) negotiate (B) lodge (C) falter (D) fetch

62. 初學者
(A) intruder (B) mayor (C) novice (D) mechanic

63. 夜鶯
(A) nightingale (B) knuckle (C) king (D) jungle

64. 討厭的人或物
(A) kitten (B) nuisance (C) marble (D) maple

65. 提名
(A) lamp (B) medication (C) loyalty (D) nomination

66. 新聞報導
(A) lab (B) lad (C) newscast (D) lag

67. 惡名昭彰的
(A) notorious (B) mass (C) marvelous (D) foster

68. 營養
(A) lottery (B) fund (C) gene (D) nutrition

69. 姪兒
(A) inventor (B) nephew (C) hostage (D) inhabitant

70. 注意到
(A) generate (B) giggle (C) notice (D) glance

71. 綽號
(A) math (B) nickname (C) mate (D) land
72. 滋養品
(A) lettuce (B) liquor (C) mattress (D) nourishment
73. 正常的
(A) implicit (B) legitimate (C) normal (D) furious
74. 養育
(A) nurture (B) glitter (C) furnish (D) gallop
75. 緊張的
(A) logical (B) measurable (C) nervous (D) lonesome
76. 網狀組織
(A) fossil (B) generosity (C) gown (D) network
77. 核心
(A) longitude (B) hygiene (C) nucleus (D) flaw
78. 非常多的
(A) magazine (B) numerous (C) legal (D) literal
79. 裸體的
(A) nude (B) legendary (C) knot (D) foul
80. 小說家
(A) janitor (B) novelist (C) maid (D) maiden
81. 宣誓
(A) loudspeaker (B) hypocrisy (C) index (D) oath
82. 攻擊
(A) offense (B) join (C) infer (D) inherit
83. 反對
(A) incentive (B) objection (C) indication (D) invasion
84. 操作
(A) hush (B) match (C) operate (D) incline
85. 章魚
(A) ladybug (B) octopus (C) lamb (D) lizard
86. 口頭的
(A) legislative (B) lifelong (C) oral (D) long

87. 反對
(A) limit (B) oppose (C) kindle (D) kneel

88. 遵守
(A) linger (B) jog (C) obey (D) litter

89. 義務
(A) matter (B) obligation (C) massacre (D) meditation

90. 頑固的
(A) obstinate (B) marginal (C) martial (D) meaningful

91. 事件
(A) interpretation (B) irritation (C) occurrence (D) limousine

92. 提供
(A) jeep (B) lighten (C) kidnap (D) offer

93. 對手
(A) lunatic (B) marshal (C) opponent (D) mate

94. 動員
(A) marvel (B) justify (C) liberate (D) mobilize

95. 現代化
(A) modernization (B) judgment (C) legislation (D) leadership

96. 海軍的
(A) literary (B) literate (C) lone (D) naval

97. 單調
(A) monotony (B) mastery (C) mask (D) intuition

98. 修道士
(A) journalist (B) monk (C) magician (D) male

99. 道德
(A) maturity (B) mayonnaise (C) morality (D) material

100. 蛾
(A) man (B) lobster (C) mammal (D) moth

測驗三：「看英選中」100題，看英文，選出正確的中文字義。

1. mob
(A) 暴民 (B) 初學者 (C) 鐵匠 (D) 新郎

2. moss
(A) 燈 (B) 油脂 (C) 青苔 (D) 指導方針
3. momentum
(A) 引導 (B) 騷擾 (C) 成長 (D) 動力
4. monarch
(A) 發明者 (B) 管理員 (C) 君主 (D) 外國人
5. mow
(A) 變硬 (B) 停止 (C) 懸掛 (D) 割(草)
6. mount
(A) 爬上 (B) 擁抱 (C) 哼唱 (D) 嗥叫
7. motivate
(A) 恐怖 (B) 敵意 (C) 激勵 (D) 嗜好
8. mortal
(A) 巨大的 (B) 必死的 (C) 數學的 (D) 成熟的
9. mock
(A) 嘲弄 (B) 趕快 (C) 辨識 (D) 模仿
10. monopoly
(A) 僞善 (B) 形象 (C) 獨佔 (D) 幽默
11. monument
(A) 起重機 (B) 紀念碑 (C) 茉莉(花) (D) 暖氣機
12. mountainous
(A) 可測量的 (B) 醫學的 (C) 機械的 (D) 多山的
13. morale
(A) 士氣 (B) 收穫 (C) 飢餓 (D) 和諧
14. motivation
(A) 罪 (B) 動機 (C) 親密 (D) 貪心
15. moderate
(A) 有意義的 (B) 中世紀的 (C) 適度的 (D) 憂鬱的
16. modify
(A) 結冰 (B) 修正 (C) 指出 (D) 感染
17. movable
(A) 綠色的 (B) 油膩的 (C) 貪心的 (D) 可移動的

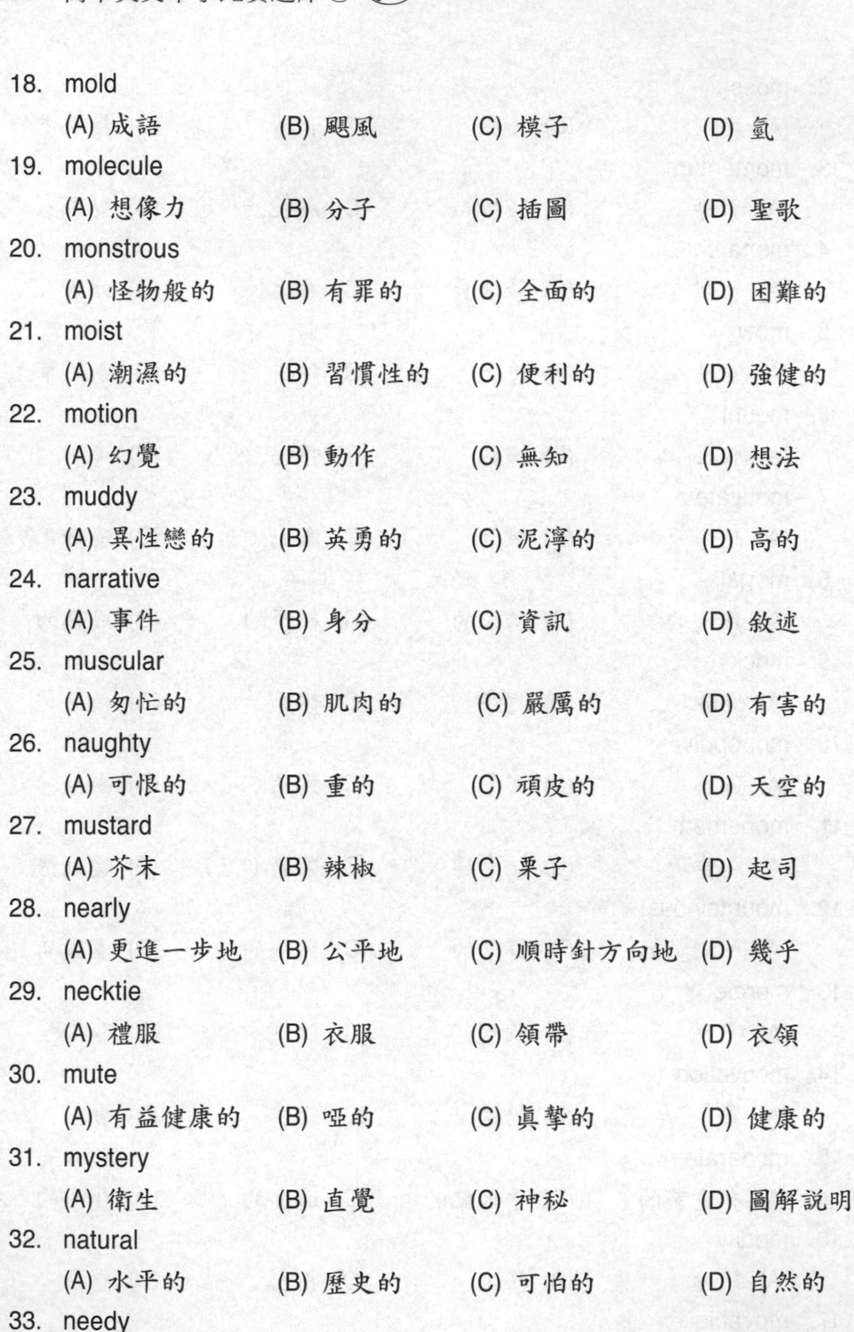

18. mold
(A) 成語 (B) 颶風 (C) 模子 (D) 氫
19. molecule
(A) 想像力 (B) 分子 (C) 插圖 (D) 聖歌
20. monstrous
(A) 怪物般的 (B) 有罪的 (C) 全面的 (D) 困難的
21. moist
(A) 潮濕的 (B) 習慣性的 (C) 便利的 (D) 強健的
22. motion
(A) 幻覺 (B) 動作 (C) 無知 (D) 想法
23. muddy
(A) 異性戀的 (B) 英勇的 (C) 泥濘的 (D) 高的
24. narrative
(A) 事件 (B) 身分 (C) 資訊 (D) 敘述
25. muscular
(A) 匆忙的 (B) 肌肉的 (C) 嚴厲的 (D) 有害的
26. naughty
(A) 可恨的 (B) 重的 (C) 頑皮的 (D) 天空的
27. mustard
(A) 芥末 (B) 辣椒 (C) 栗子 (D) 起司
28. nearly
(A) 更進一步地 (B) 公平地 (C) 順時針方向地 (D) 幾乎
29. necktie
(A) 禮服 (B) 衣服 (C) 領帶 (D) 衣領
30. mute
(A) 有益健康的 (B) 啞的 (C) 真摯的 (D) 健康的
31. mystery
(A) 衛生 (B) 直覺 (C) 神秘 (D) 圖解說明
32. natural
(A) 水平的 (B) 歷史的 (C) 可怕的 (D) 自然的
33. needy
(A) 窮困的 (B) 想家的 (C) 同性戀的 (D) 中空的

34. museum
(A) 議會 (B) 博物館 (C) 音樂會 (D) 學院
35. murmur
(A) 喃喃自語 (B) 繼承 (C) 包括 (D) 影響
36. navigation
(A) 通貨膨脹 (B) 聰明 (C) 索引 (D) 航行
37. mutter
(A) 咯咯地笑 (B) 喃喃地說 (C) 反覆地說 (D) 清楚地說明
38. musician
(A) 評論家 (B) 科學家 (C) 音樂家 (D) 收藏家
39. municipal
(A) 市立的 (B) 誠實的 (C) 光榮的 (D) 名譽的
40. murderer
(A) 通信記者 (B) 競爭者 (C) 群眾 (D) 兇手
41. multiple
(A) 好客的 (B) 多重的 (C) 家庭的 (D) 有敵意的
42. negotiation
(A) 談判 (B) 主動權 (C) 跡象 (D) 推論
43. notebook
(A) 果醬 (B) 玉 (C) 筆記本 (D) 燈籠
44. nest
(A) 巢 (B) 溫室 (C) 雜貨店 (D) 棲息地
45. nourish
(A) 堅持 (B) 企圖 (C) 滋養 (D) 注射
46. nightmare
(A) 清白 (B) 惡夢 (C) 瘧疾 (D) 傷
47. nutritious
(A) 幽默的 (B) 潮濕的 (C) 結冰的 (D) 有營養的
48. nominee
(A) 被提名人 (B) 名人 (C) 仙女 (D) 弟子
49. neighborhood
(A) 草地 (B) 圖書館 (C) 鄰近地區 (D) 交誼廳

50. newscaster
(A) 專欄作家 (B) 新聞播報員 (C) 資本家 (D) 運動員
51. nickel
(A) 昆蟲 (B) 安全帽 (C) 保險 (D) 五分錢硬幣
52. nominate
(A) 教導 (B) 提名 (C) 詢問 (D) 傷害
53. noticeable
(A) 明顯的 (B) 遊手好閒的 (C) 飢餓的 (D) 理想的
54. obedience
(A) 靈感 (B) 服從 (C) 創新 (D) 安裝
55. offensive
(A) 立即的 (B) 謙卑的 (C) 完全相同的 (D) 無禮的
56. observation
(A) 整合 (B) 相互作用 (C) 觀察 (D) 干涉
57. opposition
(A) 反對 (B) 瑕疵 (C) 流利 (D) 形成
58. occasional
(A) 想像的到的 (B) 暗示的 (C) 重要的 (D) 偶爾的
59. optional
(A) 有想像力的 (B) 可選擇的 (C) 虛構的 (D) 歇斯底里的
60. oppression
(A) 壓迫 (B) 飢荒 (C) 設備 (D) 纖維
61. opportunity
(A) 告別 (B) 車資 (C) 機會 (D) 幻想
62. official
(A) 不可或缺的 (B) 傳染性的 (C) 工業的 (D) 正式的
63. occur
(A) 預料 (B) 拋棄 (C) 發生 (D) 原諒
64. obstacle
(A) 過錯 (B) 命運 (C) 恩惠 (D) 阻礙
65. operational
(A) 操作上的 (B) 獨立的 (C) 包括的 (D) 最初的

66. optimistic
(A) 有惡臭的 (B) 樂觀的 (C) 易碎的 (D) 芳香的
67. occupation
(A) 職業 (B) 特色 (C) 恐懼 (D) (報紙的)標題
68. observe
(A) 管理 (B) 觀察 (C) 摺疊 (D) 跟隨
69. objective
(A) 有影響力的 (B) 附帶的 (C) 客觀的 (D) 較差的
70. organ
(A) 腎臟 (B) 辮子 (C) 腦 (D) 器官
71. organization
(A) 盛宴 (B) 組織 (C) 節日 (D) 肥料
72. outset
(A) 褪色 (B) 傳真 (C) 開始 (D) 拿來
73. overflow
(A) 氾濫 (B) 搖晃 (C) 落下 (D) 失敗
74. outfit
(A) 夾克 (B) 牛仔褲 (C) 服裝 (D) 床墊
75. outright
(A) 聰明的 (B) 憤怒的 (C) 知識性的 (D) 直率的
76. outline
(A) 大綱 (B) 硬體 (C) 遺產 (D) 地獄
77. originate
(A) 光榮 (B) 起源 (C) 正直 (D) 實例
78. orphan
(A) 孤兒 (B) 歹徒 (C) 園丁 (D) 監護人
79. overlook
(A) 利用 (B) 暴露 (C) 表達 (D) 忽視
80. outing
(A) 到期 (B) 出遊 (C) 拔出 (D) 延伸
81. outstanding
(A) 國內的 (B) 創新的 (C) 傑出的 (D) 無數的

82. mile
(A) 英哩 (B) 公分 (C) 分 (D) 英吋
83. misunderstand
(A) 水平線 (B) 匆忙 (C) 誤會 (D) 健行
84. miser
(A) 天才 (B) 巨人 (C) 女神 (D) 小氣鬼
85. miniature
(A) 小型的 (B) 內部的 (C) 密集的 (D) 強烈的
86. minus
(A) 劫(機) (B) 強調 (C) 減 (D) 催促
87. mention
(A) 提到 (B) 精通 (C) 放大 (D) 暗示
88. minimal
(A) 表達的 (B) 中級的 (C) 極小的 (D) 精緻的
89. merchant
(A) 商人 (B) 紳士 (C) 祖父 (D) 州長
90. mess
(A) 猶豫 (B) 忠實 (C) 長壽 (D) 雜亂
91. microscope
(A) 顯微鏡 (B) 眼鏡 (C) 玻璃製品 (D) 雙筒望遠鏡
92. migrant
(A) 人們 (B) 移居者 (C) 信徒 (D) 創立者
93. misfortune
(A) 熟悉 (B) 因素 (C) 信念 (D) 不幸
94. missionary
(A) 傳教士 (B) 消防隊員 (C) 敵人 (D) 未婚妻
95. modern
(A) 外表的 (B) 現代的 (C) 大規模的 (D) 絶種的
96. neck
(A) 脖子 (B) 頭 (C) 顎 (D) 腳跟
97. nurse
(A) 家庭 (B) 農夫 (C) 護士 (D) (影、球、歌)迷

98. October
(A) 一月 (B) 七月 (C) 三月 (D) 十月

99. opinion
(A) 事實 (B) 意見 (C) 垃圾 (D) (鬼魂)出沒於

100. mentality
(A) 解放運動 (B) 可能性 (C) 心理狀態 (D) 大多數

【測驗一解答】

1. (A) order
2. (C) outsider
3. (D) Orient
4. (B) organic
5. (C) overdo
6. (D) outlaw
7. (A) outgoing
8. (B) overlap
9. (A) oversleep
10. (D) original
11. (B) outrage
12. (A) organizer
13. (B) outlook
14. (C) outdoor
15. (D) outcome
16. (A) misery
17. (D) mental
18. (B) minimum
19. (C) microphone
20. (B) migration
21. (D) mission
22. (B) mileage
23. (A) miracle
24. (C) messy
25. (A) merit
26. (B) minor
27. (C) menu
28. (B) ministry
29. (D) mercy
30. (C) mischief
31. (A) metal
32. (C) mistress
33. (D) missile
34. (A) notify
35. (B) nerve
36. (D) neutral
37. (A) norm
38. (D) nursery
39. (A) niece
40. (C) neglect
41. (B) neighbor
42. (A) notable
43. (C) notion
44. (A) nuclear
45. (C) noun
46. (A) nutrient
47. (D) novel
48. (C) oak
49. (A) offend
50. (B) obscure
51. (D) oppress
52. (A) opera
53. (B) object
54. (C) officer
55. (D) occasion
56. (B) operator
57. (C) observer
58. (A) ocean
59. (D) opposite
60. (B) oblong
61. (C) offering
62. (B) oblige
63. (D) obedient
64. (B) option
65. (D) optimism
66. (C) occupy
67. (B) operation
68. (A) oatmeal
69. (B) offspring
70. (C) mobile
71. (A) motor
72. (C) monster
73. (D) movement
74. (B) moral
75. (C) model
76. (A) motherhood
77. (B) modesty
78. (C) mower
79. (A) monkey
80. (B) mountain

81. (D) moisture	86. (D) mouse	91. (C) mutton	96. (D) myth
82. (C) mosquito	87. (C) motive	92. (D) nearby	97. (C) multiply
83. (A) modernize	88. (D) mouthpiece	93. (A) nature	98. (B) nation
84. (B) moment	89. (C) mud	94. (C) narrate	99. (D) nag
85. (A) monotonous	90. (B) muscle	95. (B) must	100. (A) navel

【測驗二解答】

1. (C)	11. (A)	21. (B)	31. (A)	41. (C)	51. (D)	61. (A)	71. (B)	81. (D)	91. (C)
2. (A)	12. (D)	22. (C)	32. (D)	42. (A)	52. (B)	62. (C)	72. (D)	82. (A)	92. (D)
3. (B)	13. (C)	23. (A)	33. (B)	43. (C)	53. (D)	63. (A)	73. (C)	83. (B)	93. (C)
4. (C)	14. (B)	24. (B)	34. (C)	44. (A)	54. (C)	64. (B)	74. (A)	84. (C)	94. (D)
5. (A)	15. (D)	25. (A)	35. (B)	45. (D)	55. (A)	65. (D)	75. (C)	85. (B)	95. (A)
6. (B)	16. (C)	26. (D)	36. (D)	46. (C)	56. (B)	66. (C)	76. (D)	86. (C)	96. (D)
7. (D)	17. (B)	27. (A)	37. (A)	47. (B)	57. (D)	67. (A)	77. (C)	87. (B)	97. (A)
8. (B)	18. (A)	28. (C)	38. (C)	48. (A)	58. (B)	68. (D)	78. (B)	88. (C)	98. (B)
9. (A)	19. (D)	29. (B)	39. (A)	49. (B)	59. (D)	69. (B)	79. (A)	89. (B)	99. (C)
10. (D)	20. (C)	30. (A)	40. (B)	50. (C)	60. (A)	70. (C)	80. (B)	90. (A)	100. (D)

【測驗三解答】

1. (A)	11. (B)	21. (A)	31. (C)	41. (B)	51. (D)	61. (C)	71. (B)	81. (C)	91. (A)
2. (C)	12. (D)	22. (B)	32. (D)	42. (A)	52. (B)	62. (D)	72. (C)	82. (A)	92. (B)
3. (D)	13. (A)	23. (C)	33. (A)	43. (C)	53. (A)	63. (C)	73. (A)	83. (C)	93. (D)
4. (C)	14. (B)	24. (D)	34. (B)	44. (A)	54. (B)	64. (D)	74. (C)	84. (D)	94. (A)
5. (D)	15. (C)	25. (B)	35. (A)	45. (C)	55. (D)	65. (A)	75. (D)	85. (A)	95. (B)
6. (A)	16. (B)	26. (C)	36. (D)	46. (B)	56. (C)	66. (B)	76. (A)	86. (C)	96. (A)
7. (C)	17. (D)	27. (A)	37. (B)	47. (D)	57. (A)	67. (A)	77. (B)	87. (A)	97. (C)
8. (B)	18. (C)	28. (D)	38. (C)	48. (A)	58. (D)	68. (B)	78. (A)	88. (C)	98. (D)
9. (A)	19. (B)	29. (C)	39. (A)	49. (C)	59. (B)	69. (C)	79. (D)	89. (A)	99. (B)
10. (C)	20. (A)	30. (B)	40. (D)	50. (B)	60. (A)	70. (D)	80. (B)	90. (D)	100. (C)

【考前先背「一口氣背 7000 字 ⑩」】

TEST 10

測驗一：「聽英選中」100 題，聽英文，選出正確的中文字義。

1. (A) 曲棍球 (B) 羽毛球 (C) 乒乓球 (D) 保齡球
2. (A) 取悅 (B) 克服 (C) 氾濫 (D) 重疊
3. (A) 部長 (B) 海盜 (C) 小氣鬼 (D) 傳教士
4. (A) 佔據 (B) 修補 (C) 提到 (D) 插頭
5. (A) 鴿子 (B) 猴子 (C) 怪物 (D) 蛾

6. (A) 移居者 (B) 送信的人 (C) 商人 (D) 投手
7. (A) 顧問 (B) 意見 (C) 詩 (D) 歌劇
8. (A) 菜單 (B) 青春痘 (C) 商品 (D) 金屬
9. (A) 女主人 (B) 先生 (C) 劇作家 (D) 模特兒
10. (A) 計劃 (B) 無意間聽到 (C) 機會 (D) 睡過頭

11. (A) 懦夫 (B) 先驅 (C) 一對男女 (D) 牛仔
12. (A) 趕上 (B) 減 (C) 加上 (D) 忽視
13. (A) 詩的 (B) 雜亂的 (C) 心理的 (D) 歡樂的
14. (A) 紀念碑 (B) 鏡子 (C) 里程碑 (D) 柱子
15. (A) 產量 (B) 結果 (C) 點 (D) 服裝

16. (A) 水餃 (B) 玉米 (C) 餅乾 (D) 披薩
17. (A) 運動場 (B) 育兒室 (C) 峽谷 (D) 政府
18. (A) 暴民 (B) 修道士 (C) 詩人 (D) 君主
19. (A) 植物 (B) 橡樹 (C) 器官 (D) 生物
20. (A) 課程 (B) 管子 (C) 櫃台 (D) 珊瑚

21. (A) 滋養 (B) 參與 (C) 通知 (D) 遵守
22. (A) 北方 (B) 巢 (C) 部 (D) 池塘
23. (A) 反對 (B) 操作 (C) 傾倒 (D) 攻擊
24. (A) 郵資 (B) 烤箱 (C) 顯微鏡 (D) 飛彈
25. (A) 悲慘的 (B) 奇蹟般的 (C) 愛惡作劇的 (D) 手提的

26. (A) 政治的 (B) 失蹤的 (C) 可移動的 (D) 適度的
27. (A) 冒犯 (B) 吃得過多 (C) 提供 (D) 祈禱
28. (A) 謙虛的 (B) 潮溼的 (C) 流行的 (D) 單調的
29. (A) 錯過 (B) 擁有 (C) 觀察 (D) 做…過火
30. (A) 雜亂 (B) 比喻 (C) 姿勢 (D) 優點

31. (A) 裝飾品 (B) 組織 (C) 領帶 (D) 污染物
32. (A) 海報 (B) 模子 (C) 馬達 (D) 訊息
33. (A) 必死的 (B) 強而有力的 (C) 怪物般的 (D) 道德的
34. (A) 摩托車 (B) 馬克杯 (C) 鍋子 (D) 八字鬍
35. (A) 威脅 (B) 人口 (C) 慈悲 (D) 微波

36. (A) 實際的 (B) 可移動的 (C) 泥濘的 (D) 多山的
37. (A) 飛鏢 (B) 麥克風 (C) 顯微鏡 (D) 肖像
38. (A) 多重的 (B) 受歡迎的 (C) 肌肉的 (D) 啞的
39. (A) 嘲弄 (B) 動員 (C) 說教 (D) 誤會
40. (A) 稱讚 (B) 沉思 (C) 修正 (D) 繁殖

41. (A) 心理狀態 (B) 奇蹟 (C) 政策 (D) 遷移
42. (A) 蘑菇 (B) 爆米花 (C) 燕麥片 (D) 調味醬
43. (A) 預測 (B) 喃喃地說 (C) 謀殺 (D) 激勵
44. (A) 敲 (B) 去 (C) 笑 (D) 壓
45. (A) 過早的 (B) 市立的 (C) 互相的 (D) 全國的

46. (A) 海軍的 (B) 自然的 (C) 頑皮的 (D) 上等的
47. (A) 近視的 (B) 窮困的 (C) 出席的 (D) 緊張的
48. (A) 之前的 (B) 中立的 (C) 正常的 (D) 明顯的
49. (A) 嘮叨 (B) 選擇 (C) 比較喜歡 (D) 敘述
50. (A) 壓迫 (B) 樂觀 (C) 命令 (D) 預防

51. (A) 需要 (B) 航行 (C) 主持 (D) 忽略
52. (A) 談判 (B) 前進 (C) 提名 (D) 注意到
53. (A) 核心 (B) 名詞 (C) 觀念 (D) 懷孕
54. (A) 公升 (B) 價格 (C) 英哩 (D) 品脫
55. (A) 目錄 (B) 數字 (C) 序言 (D) 創意

	(A)	(B)	(C)	(D)
56.	惡作劇	項鍊	電影	開藥方
57.	特權	不幸	悲慘	任務
58.	信徒	敵人	公主	外國人
59.	起源	準備	勝過	發生
60.	時刻	現代化	謙虛	驕傲
61.	裸體的	值得注意的	惡名昭彰的	精確的
62.	過程	宣誓	事件	場合
63.	非常多的	核子的	頭上的	有瑩想的
64.	動力	疼痛	單調	獨佔
65.	小說家	護士	初學者	擁有者
66.	夥伴	女神	人們	消防隊員
67.	網	墊子	營養素	惡夢
68.	五分錢硬幣	神經	餐巾	大衣
69.	面板	出口	島	泥巴
70.	海洋	天橋	博物館	國家
71.	服從的	客觀的	頑固的	和平的
72.	辦公室	郊區	天堂	高速公路
73.	腳踝	手掌	肚臍	額頭
74.	沾	砍	拖	畫
75.	分子	氧	薄霧	青苔
76.	甜甜圈	葡萄	薄煎餅	果醬
77.	爆發	起源	濕氣	臭氧
78.	郵包	珠寶	牛仔褲	工作
79.	議程	大綱	頁	文選
80.	數	欠	夢	挖
81.	桶	動作	嘴巴	割草機
82.	龍蝦	章魚	蜥蜴	公牛
83.	親密	打包	看法	直覺
84.	蒼白的	合乎邏輯的	孤單的	寂寞的
85.	介入	比…多	打翻	威脅

86.	(A) 旅程	(B) 宴會	(C) 面試	(D) 山崩
87.	(A) 愛國者	(B) 觀察者	(C) 被提名人	(D) 新聞播報員
88.	(A) 非常地	(B) 公平地	(C) 部份地	(D) 同樣地
89.	(A) 無禮的	(B) 模糊的	(C) 偶爾的	(D) 過去的
90.	(A) 西洋梨	(B) 薑	(C) 麵粉	(D) 大蒜
91.	(A) 相反的	(B) 操作上的	(C) 可憐的	(D) 正式的
92.	(A) 羊肉	(B) 豌豆	(C) 芥末	(D) 滋養品
93.	(A) 笑話	(B) 十字路口	(C) 期刊	(D) 一段(文章)
94.	(A) 付款	(B) 出遊	(C) 解釋	(D) 打斷
95.	(A) 軍官	(B) 子孫	(C) 參加者	(D) 接線生
96.	(A) 開始	(B) 刑罰	(C) 暴行	(D) 贊成
97.	(A) 漿糊	(B) 夾克	(C) 水罐	(D) 垃圾
98.	(A) 樂觀的	(B) 可選擇的	(C) 有耐心的	(D) 整齊的
99.	(A) 普通的	(B) 被動的	(C) 有機的	(D) 最初的
100.	(A) 葡萄柚	(B) 果汁	(C) 果凍	(D) 桃子

測驗二：「看中選英」100題，看中文，選出正確的英文。

1. 預測
   (A) migration (B) prediction (C) narrative (D) objection
2. 聲望
   (A) fury (B) menace (C) obedience (D) prestige
3. 比較喜歡
   (A) preference (B) minimum (C) furnish (D) grant
4. 主要的
   (A) internal (B) operational (C) primary (D) minimal
5. 報告
   (A) occasion (B) presentation (C) modernization (D) intersection
6. 囚犯
   (A) merchant (B) kin (C) minister (D) prisoner

7. 藥方
   (A) motivation (B) nutrient (C) prescription (D) interpretation
8. 無價的
   (A) miraculous (B) priceless (C) optional (D) noticeable
9. 懷孕的
   (A) pregnant (B) oval (C) modest (D) formidable
10. 壓力
   (A) fortify (B) outset (C) pressure (D) mercy
11. 前任
   (A) mob (B) lady (C) landlord (D) predecessor
12. 印表機
   (A) printer (B) minus (C) grange (D) fort
13. 總統的
   (A) gradual (B) mobile (C) oral (D) presidential
14. 程序
   (A) procedure (B) graph (C) moisture (D) frontier
15. 校長
   (A) monarch (B) magician (C) lawyer (D) principal
16. 預防的
   (A) preventive (B) monotonous (C) neutral (D) organic
17. 珍貴的
   (A) grand (B) mortal (C) outer (D) precious
18. 史前的
   (A) grassy (B) multiple (C) prehistoric (D) outright
19. 偏見
   (A) gasp (B) mold (C) originate (D) prejudice
20. 介系詞
   (A) mirror (B) preposition (C) nickel (D) ornament
21. 保存
   (A) mend (B) organize (C) preserve (D) nourish
22. 王子
   (A) landlady (B) intruder (C) mistress (D) prince

23. 原始的
(A) monstrous (B) primitive (C) optimistic (D) nuclear
24. 準備
(A) interpret (B) obligate (C) misunderstand (D) prepare
25. 出席
(A) intimidate (B) presence (C) overlap (D) modesty
26. 警察
(A) miser (B) layman (C) policeman (D) maiden
27. 可能性
(A) possibility (B) fleet (C) misfortune (D) gloom
28. 受歡迎
(A) miracle (B) popularity (C) gobble (D) fierce
29. 貧窮
(A) poverty (B) gorge (C) feast (D) molecule
30. （行李）搬運員
(A) librarian (B) model (C) orphan (D) porter
31. 先例
(A) outcome (B) precedent (C) momentum (D) gospel
32. 陶器
(A) merchandise (B) gown (C) pottery (D) ornament
33. 政治人物
(A) newscaster (B) mister (C) politician (D) leader
34. 明信片
(A) postcard (B) motor (C) foe (D) gravity
35. 污染
(A) motion (B) fling (C) pollution (D) notion
36. 小馬
(A) nightingale (B) pony (C) mule (D) fiber
37. 肯定的
(A) opposite (B) mental (C) positive (D) exotic
38. 大草原
(A) prairie (B) myth (C) format (D) oak

39. 祈禱
(A) navigate (B) prayer (C) mobilize (D) object

40. 粉末
(A) powder (B) gratitude (C) organism (D) mustache

41. 家禽
(A) poultry (B) mutton (C) fiddle (D) errand

42. 潛力
(A) erode (B) potential (C) morale (D) forsake

43. 沉思
(A) mess (B) nightmare (C) observe (D) ponder

44. 居住於
(A) minimize (B) nominate (C) populate (D) overtake

45. 描繪
(A) grasp (B) mustard (C) formula (D) portray

46. 延期
(A) postponement (B) intervention (C) navigation (D) management

47. 朝聖者
(A) maid (B) pilgrim (C) mower (D) legislator

48. 管線
(A) necktie (B) organ (C) pipeline (D) marble

49. 水管工人
(A) missionary (B) plumber (C) observer (D) narrator

50. 保證
(A) fulfill (B) glance (C) modify (D) pledge

51. 懇求
(A) occupy (B) oppose (C) nag (D) plea

52. 別針
(A) napkin (B) pin (C) outfit (D) fund

53. 投擲
(A) pitch (B) nest (C) glamour (D) gallon

54. 詩
(A) ministry (B) novel (C) mentality (D) poetry

55. 口袋
(A) pocket (B) missile (C) escalator (D) freight
56. 大農場
(A) intuition (B) plantation (C) opposition (D) negotiation
57. 梅子
(A) fossil (B) oatmeal (C) plum (D) moss
58. 捏
(A) pinch (B) fraud (C) enlarge (D) mock
59. 豐富
(A) monopoly (B) fragrance (C) plenty (D) enlighten
60. 虔誠的
(A) notorious (B) pious (C) ordinary (D) misery
61. 有毒的
(A) poisonous (B) nutritious (C) mischievous (D) obstinate
62. 小便
(A) norm (B) mar (C) piss (D) glisten
63. 枕頭
(A) mattress (B) mist (C) garment (D) pillow
64. 令人愉快的
(A) pleasant (B) nearsighted (C) obscure (D) moderate
65. 拔出
(A) marvel (B) pluck (C) notify (D) giggle
66. 困境
(A) plight (B) obstacle (C) messy (D) navy
67. 每…
(A) gene (B) out (C) map (D) per
68. 小的
(A) notable (B) petty (C) occasional (D) modern
69. 死亡
(A) gallop (B) outdo (C) mash (D) perish
70. 和平
(A) peace (B) fraction (C) eloquence (D) mischief

71. 説服
(A) minority (B) neglect (C) falter (D) persuade

72. 口袋書
(A) pocketbook (B) oblong (C) outdoor (D) massacre

73. 表演
(A) modernize (B) fetch (C) perform (D) offend

74. 堅持
(A) meditate (B) outnumber (C) extract (D) persist

75. 照片
(A) photograph (B) offense (C) mask (D) flavor

76. 百分比
(A) occurrence (B) mastery (C) flash (D) percentage

77. 派
(A) oven (B) menu (C) pie (D) nap

78. 個人的
(A) naval (B) personal (C) orderly (D) moral

79. 藥房
(A) medicine (B) navel (C) pharmacy (D) flake

80. 完美的
(A) minor (B) perfect (C) normal (D) outrageous

81. 哲學
(A) philosophy (B) monument (C) optimism (D) nourishment

82. 允許
(A) nurture (B) obey (C) permit (D) oppress

83. 物理學
(A) geometry (B) physics (C) geography (D) mechanic

84. 害蟲
(A) moth (B) flea (C) pest (D) germ

85. 有説服力的
(A) nude (B) persuasive (C) miserable (D) obedient

86. 知覺
(A) nutrition (B) oath (C) perception (D) mission

87. 階段
(A) intimacy (B) matter (C) oppression (D) phase
88. 野餐
(A) mat (B) glitter (C) picnic (D) fur
89. 酸黃瓜
(A) junk (B) pickle (C) melon (D) garlic
90. 表演者
(A) performer (B) novice (C) monster (D) opponent
91. 部分
(A) interview (B) part (C) mayonnaise (D) flaw
92. 贊助者
(A) patron (B) monk (C) offspring (D) nominee
93. 粒子
(A) monotony (B) nuisance (C) particle (D) outskirts
94. 人行道
(A) pavement (B) mention (C) organization (D) nursery
95. 合夥關係
(A) obligation (B) morality (C) partnership (D) operation
96. 孔雀
(A) fowl (B) lamb (C) mosquito (D) peacock
97. 熱情的
(A) passionate (B) miniature (C) objective (D) naughty
98. 珍珠
(A) melody (B) nucleus (C) opera (D) pearl
99. 義大利麵
(A) pasta (B) opinion (C) jam (D) jelly
100. 小販
(A) operator (B) novelist (C) peddler (D) organizer

測驗三：「看英選中」100題，看英文，選出正確的中文字義。

1. overnight
(A) 幾乎 (B) 在附近 (C) 一夜之間 (D) 向外

2. overwork
(A) 物質主義 (B) 工作過度 (C) 藥物治療 (D) 領導能力
3. painful
(A) 直率的 (B) 東方的 (C) 户外的 (D) 疼痛的
4. overall
(A) 向外的 (B) 傑出的 (C) 全面的 (D) 殘暴的
5. ownership
(A) 意義 (B) 成熟 (C) 物質 (D) 所有權
6. panda
(A) 貓熊 (B) 山羊 (C) 長頸鹿 (D) 大猩猩
7. panic
(A) 測量 (B) 恐慌 (C) 調解 (D) 精通
8. pact
(A) 傑作 (B) 按摩 (C) 協定 (D) 測量
9. paralyze
(A) 使感激 (B) 使麻痺 (C) 使減到最小 (D) 使現代化
10. packet
(A) 面具 (B) 地圖 (C) 小包 (D) 楓樹
11. pamphlet
(A) 馬拉松 (B) 小册子 (C) 婚姻 (D) 記號
12. pace
(A) 步調 (B) 管理 (C) 威嚴 (D) 維修
13. oyster
(A) 美乃滋 (B) 棒棒糖 (C) 牡蠣 (D) 麵糰
14. overwhelm
(A) 養育 (B) 壓倒 (C) 爬上 (D) 移動
15. parachute
(A) 降落傘 (B) 燈籠 (C) 筆記本 (D) 設計圖
16. paddle
(A) 葉子 (B) 信 (C) 執照 (D) 槳
17. parliament
(A) 叢林 (B) 幼稚園 (C) 國會 (D) 監獄

18. overthrow
(A) 照亮 (B) 逗留 (C) 限制 (D) 推翻
19. palace
(A) 解放運動 (B) 圖書館 (C) 宮殿 (D) 立法機關
20. owl
(A) 駱駝 (B) 貓頭鷹 (C) 鳥 (D) 青蛙
21. paradox
(A) 連結 (B) 放大 (C) 誘惑 (D) 矛盾
22. paragraph
(A) 魔術 (B) 事情 (C) 段落 (D) 雜誌
23. package
(A) 購物中心 (B) 機器 (C) 大陸 (D) 郵包
24. pane
(A) 玻璃窗 (B) 大屠殺 (C) 邊緣 (D) 化妝品
25. pardon
(A) 搗碎 (B) 驚訝 (C) 原諒 (D) 損傷
26. parallel
(A) 平行的 (B) 橢圓形的 (C) 內部的 (D) 外部的
27. partial
(A) 國際的 (B) 無價的 (C) 親密的 (D) 部分的
28. patience
(A) 耐心 (B) 文學 (C) 可能性 (D) 水平線
29. pass
(A) 解放 (B) 經過 (C) 發射 (D) 跪下
30. peanut
(A) 芒果 (B) 萵苣 (C) 花生 (D) 甜瓜
31. penguin
(A) 瓢蟲 (B) 羔羊 (C) 小貓 (D) 企鵝
32. peaceful
(A) 和平的 (B) 諷刺的 (C) 易怒的 (D) 忌妒的
33. pedestrian
(A) 發明者 (B) 入侵者 (C) 行人 (D) 口譯者

34. pastime
(A) 主流 (B) 消遣 (C) 規模 (D) 忠實
35. patch
(A) 補丁 (B) 操縱 (C) 郵寄 (D) 表露
36. particular
(A) 愉快的 (B) 多汁的 (C) 特別的 (D) 年少的
37. patriotic
(A) 愛國的 (B) 親切的 (C) 有知識的 (D) 青少年的
38. participate
(A) 維持 (B) 綁架 (C) 殺死 (D) 參與
39. paw
(A) 鑰匙 (B) （貓、狗的）腳掌 (C) 草地 (D) 吉普車
40. passenger
(A) 乘客 (B) 孤兒 (C) 外人 (D) 組織者
41. pat
(A) 輕拍 (B) 放置 (C) 帶領 (D) 漏出
42. penetrate
(A) 嘲笑 (B) 穿透 (C) 加入 (D) 慢跑
43. pedal
(A) 踏板 (B) 救生艇 (C) 喇叭 (D) 法律
44. passion
(A) 位置 (B) 邏輯 (C) 長壽 (D) 熱情
45. partner
(A) 親戚 (B) 國王 (C) 夥伴 (D) 陪審團
46. participle
(A) 分詞 (B) 形容詞 (C) 名詞 (D) 副詞
47. path
(A) 洗衣服 (B) 經度 (C) 小徑 (D) 緯度
48. peninsula
(A) 交誼廳 (B) 半島 (C) 陸地 (D) 地標
49. pastry
(A) 鍵盤 (B) 一套用具 (C) 茶壺 (D) 糕餅

50. peasant
(A) 記者 (B) 農夫 (C) 管理員 (D) 小伙子
51. pave
(A) 點燃 (B) 判斷 (C) 鋪(路) (D) 激怒
52. persuasion
(A) 自由 (B) 立法 (C) 傳說 (D) 說服力
53. pier
(A) 巷子 (B) 實驗室 (C) 碼頭 (D) 市場
54. persistent
(A) 持續的 (B) 外向的 (C) 傳奇的 (D) 立法的
55. physicist
(A) 房東 (B) 女士 (C) 女房東 (D) 物理學家
56. perceive
(A) 亂丟垃圾 (B) 住宿 (C) 察覺 (D) 搭配
57. petal
(A) 羽毛 (B) 毛皮 (C) 纖維 (D) 花瓣
58. perfume
(A) 香水 (B) 結 (C) 床墊 (D) 圓形把手
59. photographer
(A) 領導者 (B) 攝影師 (C) 門外漢 (D) 聯盟
60. personnel
(A) 少女 (B) 救生員 (C) 全體職員 (D) 瘋子
61. picturesque
(A) 正當的 (B) 合法的 (C) 字面的 (D) 風景如畫的
62. phenomenon
(A) 現象 (B) 知識 (C) 諷刺 (D) 發明
63. pharmacist
(A) 律師 (B) 藥劑師 (C) 立法委員 (D) 語言學家
64. pesticide
(A) 乳液 (B) 彩券 (C) 殺蟲劑 (D) 藥
65. perfection
(A) 完美 (B) 限制 (C) 識字 (D) 侵略

66. peril
(A) 調查 (B) 危險 (C) 忌妒 (D) 喜悅
67. physician
(A) 祖父 (B) 哺乳類動物 (C) 內科醫生 (D) 州長
68. permissible
(A) 終生的 (B) 可允許的 (C) 可能的 (D) 文學的
69. personality
(A) 個性 (B) 刀子 (C) 國語 (D) 搖籃曲
70. piety
(A) 男性 (B) 豪華 (C) 落後 (D) 虔誠
71. philosopher
(A) 哲學家 (B) 伴侶 (C) 魔術師 (D) 技工
72. perch
(A) 茉莉（花） (B) 黃水仙 (C) （鳥的）棲木 (D) 蓮花
73. pickpocket
(A) 朋友 (B) 女傭 (C) 創立者 (D) 扒手
74. permanent
(A) 永久的 (B) 大量的 (C) 海洋的 (D) 成熟的
75. performance
(A) 旋律 (B) 表演 (C) 正義 (D) 哩程
76. pill
(A) 大轎車 (B) 大理石 (C) 火車頭 (D) 藥丸
77. pine
(A) 地殼 (B) 松樹 (C) 棉 (D) 草
78. pint
(A) 品脫 (B) 液體 (C) 烈酒 (D) 公升
79. pit
(A) 燈塔 (B) 洞 (C) 置物櫃 (D) 救生艇
80. pistol
(A) 信 (B) 口紅 (C) 手槍 (D) 鎖
81. poison
(A) 瘧疾 (B) 墊子 (C) 毒藥 (D) 行李

82. plentiful
(A) 當地的 (B) 識字的 (C) 小的 (D) 豐富的
83. plunge
(A) 跳進 (B) 反對 (C) 割(草) (D) 壓迫
84. pleasure
(A) 士氣 (B) 樂趣 (C) 少數 (D) 道德
85. plead
(A) 義務 (B) 阻礙 (C) 攻擊 (D) 懇求
86. politics
(A) 政治學 (B) 機械學 (C) 數學 (D) 電子學
87. pollute
(A) 網狀組織 (B) 航行 (C) 污染 (D) 新聞
88. portion
(A) 國籍 (B) 部分 (C) 敘述 (D) 自然
89. position
(A) 大廳 (B) 緯度 (C) 位置 (D) 經度
90. preferable
(A) 綠油油的 (B) 比較好的 (C) 豪華的 (D) 神奇的
91. postpone
(A) 闖入 (B) 投資 (C) 入侵 (D) 延期
92. possession
(A) 延伸 (B) 擁有 (C) 表達 (D) 和…結婚
93. prevention
(A) 動機 (B) 神秘 (C) 動作 (D) 預防
94. principle
(A) 小睡 (B) 神話 (C) 原則 (D) 閃電
95. priority
(A) 優先權 (B) 隱私權 (C) 授權 (D) 主動權
96. private
(A) 長的 (B) 大聲的 (C) 私人的 (D) 差勁的
97. president
(A) 男人 (B) 警局局長 (C) 市長 (D) 總統

98. preliminary
(A) 幸運的 (B) 忠實的 (C) 初步的 (D) 月亮的
99. precede
(A) 鄰近地區 (B) 在…之前 (C) 在戶外 (D) 在外面
100. privacy
(A) 權威 (B) 主動權 (C) 著作權 (D) 隱私權

【測驗一解答】

1. (C) ping-pong	21. (B) participation	41. (C) policy	61. (D) precise
2. (A) please	22. (D) pond	42. (B) popcorn	62. (A) process
3. (B) pirate	23. (C) pour	43. (A) predict	63. (C) overhead
4. (D) plug	24. (A) postage	44. (D) press	64. (B) pain
5. (A) pigeon	25. (D) portable	45. (A) premature	65. (D) owner
6. (D) pitcher	26. (A) political	46. (D) prime	66. (A) pal
7. (C) poem	27. (D) pray	47. (C) present	67. (B) pad
8. (B) pimple	28. (C) pop	48. (A) prior	68. (D) overcoat
9. (C) playwright	29. (B) possess	49. (C) prefer	69. (A) panel
10. (A) plan	30. (C) pose	50. (D) prevent	70. (B) overpass
11. (B) pioneer	31. (D) pollutant	51. (C) preside	71. (D) pacific
12. (C) plus	32. (A) poster	52. (B) proceed	72. (C) paradise
13. (A) poetic	33. (B) powerful	53. (D) pregnancy	73. (B) palm
14. (D) pillar	34. (C) pot	54. (B) price	74. (D) painting
15. (C) point	35. (B) population	55. (C) preface	75. (B) oxygen
16. (D) pizza	36. (A) practical	56. (D) prescribe	76. (C) pancake
17. (A) playground	37. (D) portrait	57. (A) privilege	77. (D) ozone
18. (C) poet	38. (B) popular	58. (C) princess	78. (A) parcel
19. (A) plant	39. (C) preach	59. (B) preparation	79. (C) page
20. (B) pipe	40. (A) praise	60. (D) pride	80. (B) owe

81. (A) pail
82. (D) ox
83. (B) pack
84. (A) pale
85. (C) overturn
86. (B) party
87. (A) patriot
88. (C) partly
89. (D) past
90. (A) pear
91. (C) pathetic
92. (B) pea
93. (D) passage
94. (A) payment
95. (C) participant
96. (B) penalty
97. (A) paste
98. (C) patient
99. (B) passive
100. (D) peach

【測驗二解答】

1. (B) 11. (D) 21. (C) 31. (B) 41. (A) 51. (D) 61. (A) 71. (D) 81. (A) 91. (B)
2. (D) 12. (A) 22. (D) 32. (C) 42. (B) 52. (B) 62. (C) 72. (A) 82. (C) 92. (A)
3. (A) 13. (D) 23. (B) 33. (C) 43. (D) 53. (A) 63. (D) 73. (C) 83. (B) 93. (C)
4. (C) 14. (A) 24. (D) 34. (A) 44. (C) 54. (D) 64. (A) 74. (D) 84. (C) 94. (A)
5. (B) 15. (D) 25. (B) 35. (C) 45. (D) 55. (A) 65. (B) 75. (A) 85. (B) 95. (C)
6. (D) 16. (A) 26. (C) 36. (B) 46. (A) 56. (B) 66. (A) 76. (D) 86. (C) 96. (D)
7. (C) 17. (D) 27. (A) 37. (C) 47. (B) 57. (C) 67. (D) 77. (C) 87. (D) 97. (A)
8. (B) 18. (C) 28. (B) 38. (A) 48. (C) 58. (A) 68. (B) 78. (B) 88. (C) 98. (D)
9. (A) 19. (D) 29. (A) 39. (B) 49. (B) 59. (C) 69. (D) 79. (C) 89. (B) 99. (A)
10. (C) 20. (B) 30. (D) 40. (A) 50. (D) 60. (B) 70. (A) 80. (B) 90. (A) 100. (C)

【測驗三解答】

1. (C) 11. (B) 21. (D) 31. (D) 41. (A) 51. (C) 61. (D) 71. (A) 81. (C) 91. (D)
2. (B) 12. (A) 22. (C) 32. (A) 42. (B) 52. (D) 62. (A) 72. (C) 82. (D) 92. (B)
3. (D) 13. (C) 23. (D) 33. (C) 43. (A) 53. (C) 63. (B) 73. (D) 83. (A) 93. (D)
4. (C) 14. (B) 24. (A) 34. (B) 44. (D) 54. (A) 64. (C) 74. (A) 84. (B) 94. (C)
5. (D) 15. (A) 25. (C) 35. (A) 45. (C) 55. (D) 65. (A) 75. (B) 85. (D) 95. (A)
6. (A) 16. (D) 26. (A) 36. (C) 46. (A) 56. (C) 66. (B) 76. (D) 86. (A) 96. (C)
7. (B) 17. (C) 27. (D) 37. (A) 47. (C) 57. (D) 67. (C) 77. (B) 87. (C) 97. (D)
8. (C) 18. (D) 28. (A) 38. (D) 48. (B) 58. (A) 68. (B) 78. (A) 88. (B) 98. (C)
9. (B) 19. (C) 29. (B) 39. (B) 49. (D) 59. (B) 69. (A) 79. (B) 89. (C) 99. (B)
10. (C) 20. (B) 30. (C) 40. (A) 50. (B) 60. (C) 70. (D) 80. (C) 90. (B) 100. (D)

【考前先背「一口氣背 7000 字 ⑪」】

TEST 11

測驗一： 「聽英選中」100 題，聽英文，選出正確的中文字義。

1. (A) 破布 (B) 降落傘 (C) 面板 (D) 小冊子
2. (A) 和平的 (B) 頭上的 (C) 全面的 (D) 眞的
3. (A) 疼痛的 (B) 下雨的 (C) 蒼白的 (D) 平行的
4. (A) 打翻 (B) 壓倒 (C) 叛徒 (D) 工作過度
5. (A) 牡蠣 (B) 公牛 (C) 貓頭鷹 (D) 老鼠

6. (A) 臭氧 (B) 平底鍋 (C) 食譜 (D) 所有權
7. (A) 部分的 (B) 迅速的 (C) 熱情的 (D) 特別的
8. (A) 打包 (B) 原諒 (C) 恐慌 (D) 提高
9. (A) 桶 (B) 大衣 (C) 聽筒 (D) 褲子
10. (A) 參加 (B) 經過 (C) 輕拍 (D) 了解

11. (A) 粒子 (B) 玻璃窗 (C) 鐵軌 (D) 郵包
12. (A) 疼痛 (B) 速度 (C) 補丁 (D) 消遣
13. (A) 推薦 (B) 穿透 (C) 鋪（路） (D) 察覺
14. (A) 糕餅 (B) 小蘿蔔 (C) 義大利麵 (D) 西洋梨
15. (A) 可憐的 (B) 過去的 (C) 隨便的 (D) 被動的

16. (A) 表演 (B) 養育 (C) 死亡 (D) 允許
17. (A) 完美的 (B) 愛國的 (C) 有耐心的 (D) 最近的
18. (A) 欠 (B) 推翻 (C) 承認 (D) 擁有
19. (A) 說服 (B) 襲擊 (C) 堅持 (D) 挑選
20. (A) 天橋 (B) 人行道 (C) 宮殿 (D) 牧場

21. (A) 捏 (B) 生產 (C) 計劃 (D) 小便
22. (A) 介系詞 (B) 副詞 (C) 代名詞 (D) 分詞
23. (A) 利潤 (B) 耐心 (C) 熱情 (D) 付款
24. (A) 懇求 (B) 保證 (C) 取悅 (D) 拔出
25. (A) 繁榮 (B) 參與 (C) 矛盾 (D) 部分

26.	(A) 跳進	(B) 污染	(C) 起訴	(D) 沉思
27.	(A) 持續的	(B) 永久的	(C) 可允許的	(D) 適當的
28.	(A) 職業	(B) 池塘	(C) 宴會	(D) 人口
29.	(A) 花瓣	(B) 石油	(C) 支柱	(D) 殺蟲劑
30.	(A) 擁有	(B) 禁止	(C) 描繪	(D) 居住於
31.	(A) 提議	(B) 延期	(C) 傾倒	(D) 祈禱
32.	(A) 使正當化	(B) 使隔離	(C) 使感激	(D) 使升遷
33.	(A) 在…之前	(B) 保護	(C) 稱讚	(D) 說教
34.	(A) 推進	(B) 準備	(C) 預測	(D) 保存
35.	(A) 特權	(B) 薄煎餅	(C) 藥方	(D) 蛋白質
36.	(A) 生產	(B) 和平	(C) 出席	(D) 懷孕
37.	(A) 步調	(B) 階段	(C) 進步	(D) 協定
38.	(A) 付款	(B) 知覺	(C) 刑罰	(D) 投射
39.	(A) 易於…的	(B) 有說服力的	(C) 個人的	(D) 小的
40.	(A) 風景如畫的	(B) 有希望的	(C) 虔誠的	(D) 令人愉快的
41.	(A) 許可	(B) 地震	(C) 現象	(D) 說服力
42.	(A) 前進	(B) 印刷	(C) 預防	(D) 停止
43.	(A) 尋求	(B) 主持	(C) 修補	(D) 調解
44.	(A) 虔誠	(B) 危險	(C) 品質	(D) 先驅
45.	(A) 豐富的	(B) 有毒的	(C) 詩的	(D) 奇怪的
46.	(A) 娛樂	(B) 困境	(C) 投擲	(D) 受歡迎
47.	(A) 遷移	(B) 管制	(C) 錯過	(D) 誤會
48.	(A) 使丟臉	(B) 使位於	(C) 使驚嚇	(D) 使提神
49.	(A) 拒絕	(B) 動員	(C) 嘲弄	(D) 修正
50.	(A) 激勵	(B) 爬上	(C) 提到	(D) 移動
51.	(A) 博物館	(B) 地區	(C) 神話	(D) 在附近
52.	(A) 繁殖	(B) 割（草）	(C) 拒絕	(D) 謀殺
53.	(A) 嘮叨	(B) 敘述	(C) 航行	(D) 紀錄
54.	(A) 需要	(B) 忽略	(C) 放鬆	(D) 談判
55.	(A) 精煉	(B) 宣誓	(C) 觀念	(D) 義務

56. (A) 受歡迎的 (B) 可靠的 (C) 政治的 (D) 流行的
57. (A) 預演 (B) 注意到 (C) 通知 (D) 提名
58. (A) 滋養 (B) 減少 (C) 養育 (D) 遵守
59. (A) 反對 (B) 觀察 (C) 登記 (D) 佔據
60. (A) 協定 (B) 發生 (C) 冒犯 (D) 增強

61. (A) 壓迫 (B) 操作 (C) 反射 (D) 組織
62. (A) 高興 (B) 起源 (C) 結果 (D) 勝過
63. (A) 前任 (B) 政治人物 (C) (行李)搬運員 (D) 裁判
64. (A) 參加者 (B) 難民 (C) 乘客 (D) 贊助者
65. (A) 勝過 (B) 比…多 (C) 轉播 (D) 做…過火

66. (A) 吃得過多 (B) 氾濫 (C) 克服 (D) 恢復
67. (A) 反駁 (B) 忽視 (C) 睡過頭 (D) 重疊
68. (A) 趕上 (B) 後悔 (C) 打斷 (D) 解釋
69. (A) 阻礙 (B) 場合 (C) 提供 (D) 關係
70. (A) 規律的 (B) 肯定的 (C) 強而有力的 (D) 實際的

71. (A) 親密 (B) 容量 (C) 能力 (D) 放心
72. (A) 介入 (B) 評論 (C) 威脅 (D) 闖入
73. (A) 減 (B) 發明 (C) 像 (D) 調查
74. (A) 入侵 (B) 跪下 (C) 激怒 (D) 重複
75. (A) 發射 (B) 請求 (C) 放置 (D) 帶領

76. (A) 報導 (B) 解放 (C) 漏出 (D) 照亮
77. (A) 使傾向於 (B) 使印象深刻 (C) 使想起 (D) 使安靜
78. (A) 連結 (B) 限制 (C) 逗留 (D) 居住
79. (A) 鎖 (B) 取代 (C) 亂丟垃圾 (D) 住宿
80. (A) 辭職 (B) 放大 (C) 誘惑 (D) 郵寄

81. (A) 維修 (B) 表露 (C) 管理 (D) 除去
82. (A) 購物中心 (B) 十字路口 (C) 共和國 (D) 火車頭
83. (A) 邏輯 (B) 宗教 (C) 限制 (D) 忠實
84. (A) 損傷 (B) 驚訝 (C) 抵抗 (D) 操縱
85. (A) 瘧疾 (B) 侵略 (C) 諷刺 (D) 憎恨

86.	(A) 研究	(B) 精通	(C) 和…結婚	(D) 搗碎
87.	(A) 無意間聽到	(B) 開藥方	(C) 比較喜歡	(D) 享受
88.	(A) 預定	(B) 意思是	(C) 搭配	(D) 測量
89.	(A) 床墊	(B) 藥	(C) 物質	(D) 住宅
90.	(A) 推進	(B) 問候	(C) 決定	(D) 呻吟
91.	(A) 零售	(B) 引導	(C) 猛砍	(D) 摸索
92.	(A) 貪心	(B) 成長	(C) 溫室	(D) 押韻詩
93.	(A) 騷擾	(B) 反抗	(C) 停止	(D) 懸掛
94.	(A) 回答	(B) 傷害	(C) 變硬	(D) 利用
95.	(A) 災難	(B) 不信	(C) 失望	(D) 恢復
96.	(A) 催促	(B) 退休	(C) （鬼魂）出沒於	(D) 贊成
97.	(A) 劫（機）	(B) 猶豫	(C) 強調	(D) 克制
98.	(A) 公轉	(B) 擁抱	(C) 哼唱	(D) 嗥叫
99.	(A) 形象	(B) 辨識	(C) 忽視	(D) 限制
100.	(A) 插圖	(B) 想像力	(C) 收入	(D) 圖解說明

測驗二：「看中選英」100題，看中文，選出正確的英文。

1. 堅決的
   (A) parallel (B) overhead (C) pacific (D) resolute
2. 團聚
   (A) perceive (B) reunion (C) perform (D) permit
3. 責任
   (A) pace (B) perfume (C) responsibility (D) plight
4. 使甦醒
   (A) paralyze (B) persuade (C) participate (D) revive
5. 廁所
   (A) restroom (B) paradise (C) palace (D) ozone
6. 保留
   (A) pinch (B) plan (C) piss (D) retain

7. 犀牛
(A) owl (B) pitcher (C) rhinoceros (D) pigeon
8. 抑制
(A) restraint (B) pollute (C) ponder (D) pat
9. 修訂
(A) patch (B) revision (C) erase (D) portray
10. 反駁
(A) retort (B) postpone (C) pour (D) possess
11. 撤退
(A) plea (B) precede (C) retreat (D) pledge
12. 尊敬
(A) plus (B) persist (C) plenty (D) respect
13. 複習
(A) review (B) past (C) pack (D) overcoat
14. 謎語
(A) oxygen (B) riddle (C) parcel (D) palm
15. 恢復
(A) restoration (B) persuasion (C) plum (D) population
16. 履歷表
(A) résumé (B) pedal (C) passage (D) penalty
17. 報復
(A) pain (B) present (C) precedent (D) revenge
18. 革命性的
(A) particular (B) revolutionary (C) patriotic (D) patient
19. 生產者
(A) owner (B) participant (C) producer (D) passenger
20. 發音
(A) pray (B) predict (C) preside (D) pronounce
21. 有利可圖的
(A) profitable (B) perfect (C) permissible (D) personal
22. 繁榮
(A) poverty (B) prosperity (C) pottery (D) pregnancy

23. 迅速的
(A) poisonous (B) plentiful (C) prompt (D) positive
24. 先知
(A) pal (B) prophet (C) oyster (D) partner
25. 有生產力的
(A) picturesque (B) pious (C) productive (D) pleasant
26. 宣傳的
(A) practical (B) precious (C) precise (D) propaganda
27. 禁止
(A) prohibition (B) personnel (C) prediction (D) owe
28. 保護的
(A) possibility (B) preferable (C) pregnant (D) protective
29. 卓越的
(A) prominent (B) portable (C) premature (D) preliminary
30. 比例
(A) phenomenon (B) path (C) personality (D) proportion
31. 節目
(A) packet (B) program (C) pamphlet (D) overnight
32. 散文
(A) pale (B) petroleum (C) prose (D) photograph
33. 延長
(A) prolong (B) pluck (C) overwork (D) prepare
34. 期望
(A) prairie (B) potential (C) prospect (D) preface
35. 使合格
(A) prescribe (B) outdo (C) partly (D) qualify
36. 四分之一
(A) pier (B) poetry (C) quarter (D) poison
37. 詢問
(A) outnumber (B) pitch (C) preserve (D) query
38. 非常
(A) quite (B) pop (C) pin (D) pie

39. 爭吵
(A) pillow (B) quarrel (C) pour (D) piety
40. 省
(A) province (B) pact (C) pit (D) pistol
41. 心理學家
(A) peddler (B) peasant (C) psychologist (D) pedestrian
42. 種族的
(A) pathetic (B) racial (C) prime (D) presidential
43. 純粹的
(A) petty (B) prior (C) pure (D) organic
44. 出版
(A) policy (B) pardon (C) pass (D) publish
45. 無線電
(A) port (B) point (C) pine (D) radio
46. 目的
(A) purpose (B) pose (C) phase (D) powder
47. 公共的
(A) pharmacy (B) ordinary (C) public (D) primary
48. 處罰
(A) prejudice (B) punish (C) prestige (D) pride
49. 雷達
(A) post (B) poultry (C) poem (D) radar
50. 小狗
(A) ox (B) panda (C) puppy (D) pony
51. 抽水機
(A) pump (B) paddle (C) pane (D) pan
52. 量
(A) privilege (B) oatmeal (C) obligation (D) quantity
53. 輻射
(A) plunge (B) radiate (C) nourish (D) overcome
54. 用拳頭打
(A) overlap (B) mend (C) punch (D) overturn

55. 憤怒
(A) passion (B) rage (C) preposition (D) power
56. 半徑
(A) pillar (B) plantation (C) pavement (D) radius
57. 合理的
(A) persistent (B) overall (C) reasonable (D) primitive
58. 葡萄乾
(A) raisin (B) particle (C) pasta (D) pancake
59. 收據
(A) pocket (B) pollutant (C) pipe (D) receipt
60. 刮鬍刀
(A) panel (B) razor (C) petal (D) pint
61. 背誦
(A) present (B) notify (C) overtake (D) recite
62. 寫實主義
(A) materialism (B) realism (C) communism (D) capitalism
63. 鐵路
(A) plug (B) pipeline (C) railroad (D) pocketbook
64. 彩虹
(A) rainbow (B) pants (C) painting (D) peacock
65. 回想
(A) praise (B) preach (C) recall (D) overwhelm
66. 贖金
(A) perch (B) pest (C) parachute (D) ransom
67. 計算
(A) perish (B) reckon (C) plead (D) proceed
68. 輕率的
(A) rash (B) private (C) oral (D) optional
69. 寫實的
(A) realistic (B) optimistic (C) opposite (D) permanent
70. 使和解
(A) overeat (B) navigate (C) reconcile (D) minimize

71. 理性的
(A) partial (B) rational (C) passive (D) occasional
72. 不景氣
(A) recession (B) participation (C) portion (D) position
73. 恢復
(A) offend (B) recover (C) occur (D) object
74. 政權
(A) ownership (B) perception (C) pesticide (D) regime
75. 多餘的
(A) offensive (B) passionate (C) redundant (D) poetic
76. 規定
(A) pilgrim (B) regulation (C) perfection (D) pioneer
77. 反射的
(A) obstinate (B) persuasive (C) reflective (D) obscure
78. 統治期間
(A) paragraph (B) overthrow (C) parliament (D) reign
79. 退（錢）
(A) operate (B) refund (C) occupy (D) oppress
80. 拒絕
(A) privacy (B) occurrence (C) pleasure (D) rejection
81. 登記
(A) registration (B) prescription (C) preparation (D) patience
82. 招募
(A) own (B) recruit (C) partnership (D) offering
83. 信賴
(A) peril (B) per (C) pot (D) rely
84. 拒絕
(A) oblige (B) refusal (C) organize (D) obey
85. 使有關聯
(A) relate (B) overdo (C) practice (D) prefer
86. 精煉
(A) penetrate (B) please (C) refine (D) overflow

87. 預演
(A) possession (B) procedure (C) party (D) rehearsal
88. 參考
(A) pastime (B) reference (C) principle (D) presence
89. 放鬆
(A) relaxation (B) obedience (C) permission (D) objection
90. 冰箱
(A) pail (B) overpass (C) package (D) refrigerator
91. 減輕
(A) relieve (B) observe (C) paint (D) originate
92. 代表
(A) occasion (B) representation (C) postponement (D) oblong
93. 治療法
(A) remedy (B) payment (C) paste (D) pad
94. 預訂
(A) presentation (B) reservation (C) pollution (D) obstacle
95. 重複
(A) repetition (B) paradox (C) observation (D) process
96. 抵抗的
(A) painful (B) obedient (C) resistant (D) objective
97. 遙遠的
(A) remote (B) official (C) preventive (D) priceless
98. 宗教的
(A) religious (B) panic (C) operational (D) political
99. 必備條件
(A) part (B) pressure (C) persistence (D) requirement
100. 仍然
(A) press (B) pave (C) remain (D) prevent

測驗三：「看英選中」100題，看英文，選出正確的中文字義。

1. rhythmic
(A) 精確的 (B) 有節奏的 (C) 比較好的 (D) 珍貴的

2. purity
(A) 純淨 (B) 力量 (C) 潛力 (D) 貧窮
3. reptile
(A) 夥伴 (B) 哺乳類動物 (C) 家禽 (D) 爬蟲類動物
4. remarkable
(A) 懷孕的 (B) 過早的 (C) 出色的 (D) 初步的
5. reminder
(A) 茉莉 (B) 提醒的人或物 (C) 玉 (D) 果醬
6. renaissance
(A) 段落 (B) 一段(文章) (C) 文藝復興 (D) 合夥關係
7. reply
(A) 肖像 (B) 墊子 (C) 頁 (D) 回答
8. resignation
(A) 辭職 (B) 模仿 (C) 想像 (D) 暗示
9. repress
(A) 進口 (B) 包括 (C) 鎮壓 (D) 激怒
10. resemblance
(A) 障礙物 (B) 相似之處 (C) 聖歌 (D) 百分之…
11. require
(A) 推論 (B) 指出 (C) 傳染 (D) 需要
12. removal
(A) 除去 (B) 通知 (C) 居住於 (D) 繼承
13. resentment
(A) 聰明 (B) 主動權 (C) 憎恨 (D) 影響
14. reporter
(A) 記者 (B) 小販 (C) 愛國者 (D) 行人
15. rental
(A) 總統的 (B) 出席的 (C) 出租的 (D) 史前的
16. resident
(A) 送信的人 (B) 居民 (C) 囚犯 (D) 商人
17. reservoir
(A) 水庫 (B) 大草原 (C) 位置 (D) 港口

18. residential
(A) 預防的 (B) 無價的 (C) 住宅的 (D) 上等的
19. resistance
(A) 通貨膨脹 (B) 憤怒 (C) 獨立 (D) 抵抗
20. researcher
(A) 藥劑師 (B) 全體職員 (C) 研究人員 (D) 表演者
21. republican
(A) 主要的 (B) 原始的 (C) 共和國的 (D) 之前的
22. repay
(A) 注射 (B) 償還 (C) 傷害 (D) 創始
23. replacement
(A) 身心殘障 (B) 指導 (C) 習慣 (D) 取代
24. recreational
(A) 私人的 (B) 娛樂的 (C) 心理的 (D) 雜亂的
25. refreshment
(A) 提神之物 (B) 手帕 (C) 衣架 (D) 鐵鎚
26. relationship
(A) (報紙的)標題 (B) 匆忙 (C) 和諧 (D) 關係
27. regional
(A) 歡樂的 (B) 極小的 (C) 區域性的 (D) 小型的
28. reduction
(A) 減少 (B) 野餐 (C) 先例 (D) 偏見
29. refuge
(A) 大農場 (B) 藥房 (C) 避難所 (D) 半島
30. reliance
(A) 報告 (B) 依賴 (C) 聲望 (D) 原則
31. rein
(A) 藥丸 (B) 乒乓球 (C) 韁繩 (D) 別針
32. reform
(A) 詢問 (B) 插入 (C) 堅持 (D) 改革
33. ragged
(A) 破爛的 (B) 奇蹟般的 (C) 次要的 (D) 愛惡作劇的

34. rebellion
(A) 本能 (B) 創新 (C) 檢查 (D) 叛亂
35. rascal
(A) 攝影師 (B) 流氓 (C) 物理學家 (D) 內科醫生
36. recommendation
(A) 照片 (B) 枕頭 (C) 柱子 (D) 推薦(函)
37. receive
(A) 為…投保 (B) 收到 (C) 整合 (D) 侮辱
38. realization
(A) 智力 (B) 靈感 (C) 了解 (D) 漠不關心
39. radical
(A) 根本的 (B) 失蹤的 (C) 悲慘的 (D) 可移動的
40. reception
(A) 洞 (B) 手槍 (C) 歡迎(會) (D) 插頭
41. rattle
(A) 發格格聲 (B) 喃喃地說 (C) 咯咯地笑 (D) 發出嘶嘶聲
42. reality
(A) 樂趣 (B) 眞實 (C) 豐富 (D) 姿勢
43. rainfall
(A) 政策 (B) 口袋書 (C) 降雨(量) (D) 毒藥
44. ratio
(A) 印表機 (B) 可能性 (C) 價格 (D) 比例
45. recognize
(A) 認得 (B) 激勵 (C) 安裝 (D) 教導
46. recipient
(A) 哲學家 (B) 接受者 (C) 扒手 (D) 朝聖者
47. provoke
(A) 激怒 (B) 互動 (C) 干涉 (D) 加強
48. qualification
(A) 遺產 (B) 收穫 (C) 預兆 (D) 資格
49. pupil
(A) 學生 (B) 海盜 (C) 投手 (D) 劇作家

50. racism
(A) 蜜月旅行 (B) 種族主義 (C) 荷爾蒙 (D) 障礙物
51. punctual
(A) 適度的 (B) 準時的 (C) 現代的 (D) 謙虛的
52. radiator
(A) 颶風 (B) 軟管 (C) 暖爐 (D) 風帽
53. provincial
(A) 裸體的 (B) 有營養的 (C) 非常多的 (D) 省的
54. quart
(A) 夸脫 (B) 一批 (C) 一堆 (D) 品脫
55. publicity
(A) 誠實 (B) 光榮 (C) 恐怖 (D) 出名
56. representative
(A) 詩人 (B) 代表人 (C) 選手 (D) 水管工人
57. quilt
(A) 港口 (B) 吉他 (C) 天堂 (D) 棉被
58. questionnaire
(A) 問卷 (B) 小徑 (C) 手工藝 (D) 漿糊
59. punishment
(A) 完美 (B) 處罰 (C) 練習 (D) 薄霧
60. purchase
(A) 繁殖 (B) 暴露 (C) 購買 (D) 出口
61. radiant
(A) 單調的 (B) 潮濕的 (C) 容光煥發的 (D) 怪物般的
62. quack
(A) 密醫 (B) 移居者 (C) 小氣鬼 (D) 傳教士
63. publicize
(A) 延伸 (B) 表達 (C) 到期 (D) 宣傳
64. psychological
(A) 心理的 (B) 必死的 (C) 道德的 (D) 多山的
65. radiation
(A) 濕氣 (B) 輻射線 (C) 分子 (D) 模子

66. purify
(A) 拔出 (B) 使便利 (C) 淨化 (D) 失敗

67. pronunciation
(A) 鏡子 (B) 發音 (C) 惡作劇 (D) 不幸

68. productivity
(A) 生產力 (B) 驕傲 (C) 序言 (D) 壓力

69. profile
(A) 點 (B) 個性 (C) 輪廓 (D) 郵資

70. property
(A) 管線 (B) 寵物 (C) 香水 (D) 財產

71. proficiency
(A) 雜亂 (B) 比喻 (C) 精通 (D) 悲慘

72. project
(A) 特權 (B) 投射 (C) 威脅 (D) 程序

73. protection
(A) 商品 (B) 優先權 (C) 過程 (D) 保護

74. protest
(A) 搖晃 (B) 抗議 (C) 褪色 (D) 落下

75. promotion
(A) 升遷 (B) 獨佔 (C) 道德 (D) 謙虛

76. prosperous
(A) 泥濘的 (B) 多重的 (C) 繁榮的 (D) 肌肉的

77. prosecution
(A) 起訴 (B) 光榮 (C) 奇蹟 (D) 任務

78. proposal
(A) 單調 (B) 提議 (C) 動機 (D) 士氣

79. propeller
(A) 馬達 (B) 紀念碑 (C) 青苔 (D) 推進器

80. professional
(A) 互相的 (B) 市立的 (C) 職業的 (D) 啞的

81. progressive
(A) 頑皮的 (B) 窮困的 (C) 近視的 (D) 進步的

82. promising
(A) 全國的 (B) 有前途的 (C) 自然的 (D) 海軍的
83. resolution
(A) 熟悉 (B) 飢荒 (C) 決心 (D) 信念
84. retrieve
(A) 尋回 (B) 奉承 (C) (火光)閃耀 (D) 拿來
85. restriction
(A) 積極動機 (B) 新聞報導 (C) 限制 (D) 標準
86. resume
(A) 再繼續 (B) 逃走 (C) 閃爍不定 (D) 繁榮
87. rhythm
(A) 管子 (B) 節奏 (C) 污染物 (D) 爆米花
88. retirement
(A) 營養 (B) 核心 (C) 退休 (D) 網狀組織
89. revise
(A) 跟隨 (B) 摺疊 (C) 拍動(翅膀) (D) 修訂
90. revelation
(A) 揭露 (B) 宣誓 (C) 服從 (D) 攻擊
91. ribbon
(A) 明信片 (B) 絲帶 (C) 海報 (D) 陶器
92. response
(A) 回答 (B) 忘記 (C) 預測 (D) 原諒
93. reverse
(A) 拋棄 (B) 形成 (C) 顛倒 (D) 強化
94. revival
(A) 建立 (B) 結冰 (C) 實現 (D) 復甦
95. reward
(A) 報酬 (B) 粉末 (C) 神秘 (D) 鍋子
96. release
(A) 裝置家具 (B) 疾馳 (C) 釋放 (D) 預料
97. rhetoric
(A) 電子學 (B) 修辭學 (C) 物理學 (D) 哲學

98. rib
(A) 肋骨 (B) 手掌 (C) 肚臍 (D) 八字鬍

99. retaliate
(A) 報復 (B) 嘲笑 (C) 判斷 (D) 點燃

100. respectful
(A) 正常的 (B) 中立的 (C) 緊張的 (D) 恭敬的

【測驗一解答】

1. (A) rag	21. (B) produce	41. (B) quake	61. (C) reflection
2. (D) real	22. (C) pronoun	42. (D) quit	62. (A) rejoice
3. (B) rainy	23. (A) profit	43. (A) quest	63. (D) referee
4. (C) rebel	24. (B) promise	44. (C) quality	64. (B) refugee
5. (D) rat	25. (A) prosper	45. (D) queer	65. (C) relay
6. (C) recipe	26. (C) prosecute	46. (A) recreation	66. (D) recovery
7. (B) rapid	27. (D) proper	47. (B) regulate	67. (A) refute
8. (D) raise	28. (A) profession	48. (D) refresh	68. (B) regret
9. (C) receiver	29. (C) prop	49. (A) reject	69. (D) relation
10. (D) realize	30. (B) prohibit	50. (C) refer	70. (A) regular
11. (C) rail	31. (A) propose	51. (B) region	71. (D) relief
12. (B) rate	32. (D) promote	52. (C) refuse	72. (B) remark
13. (A) recommend	33. (B) protect	53. (D) record	73. (C) resemblance
14. (B) radish	34. (A) propel	54. (C) relax	74. (D) repeat
15. (C) random	35. (D) protein	55. (A) refinement	75. (B) request
16. (B) rear	36. (A) production	56. (B) reliable	76. (A) report
17. (D) recent	37. (C) progress	57. (A) rehearsal	77. (C) remind
18. (C) recognition	38. (D) projection	58. (B) reduce	78. (D) reside
19. (B) raid	39. (A) prone	59. (C) register	79. (B) replace
20. (D) ranch	40. (B) prospective	60. (D) reinforce	80. (A) resign

81. (D) remove	86. (A) research	91. (A) retail	96. (B) retire
82. (C) republic	87. (D) relish	92. (D) rhyme	97. (D) restrain
83. (B) religion	88. (A) reserve	93. (B) revolt	98. (A) revolve
84. (C) resist	89. (D) residence	94. (A) respond	99. (D) restrict
85. (D) resent	90. (C) resolve	95. (D) restore	100. (C) revenue

【測驗二解答】

1. (D)	11. (C)	21. (A)	31. (B)	41. (C)	51. (A)	61. (D)	71. (B)	81. (A)	91. (A)
2. (B)	12. (D)	22. (B)	32. (C)	42. (B)	52. (D)	62. (B)	72. (A)	82. (B)	92. (B)
3. (C)	13. (A)	23. (C)	33. (A)	43. (C)	53. (B)	63. (C)	73. (B)	83. (D)	93. (A)
4. (D)	14. (B)	24. (B)	34. (C)	44. (D)	54. (C)	64. (A)	74. (D)	84. (B)	94. (B)
5. (A)	15. (A)	25. (C)	35. (D)	45. (D)	55. (B)	65. (C)	75. (C)	85. (A)	95. (A)
6. (D)	16. (A)	26. (D)	36. (C)	46. (A)	56. (D)	66. (D)	76. (B)	86. (C)	96. (C)
7. (C)	17. (D)	27. (A)	37. (D)	47. (C)	57. (C)	67. (B)	77. (C)	87. (D)	97. (A)
8. (A)	18. (B)	28. (D)	38. (A)	48. (B)	58. (A)	68. (A)	78. (D)	88. (B)	98. (A)
9. (B)	19. (C)	29. (A)	39. (B)	49. (D)	58. (D)	69. (A)	79. (B)	89. (A)	99. (D)
10. (A)	20. (D)	30. (D)	40. (A)	50. (C)	60. (B)	70. (C)	80. (D)	90. (D)	100. (C)

【測驗三解答】

1. (B)	11. (D)	21. (C)	31. (C)	41. (A)	51. (B)	61. (C)	71. (C)	81. (D)	91. (B)
2. (A)	12. (A)	22. (B)	32. (D)	42. (B)	52. (C)	62. (A)	75. (B)	82. (B)	92. (A)
3. (D)	13. (C)	23. (D)	33. (A)	43. (C)	53. (D)	63. (D)	73. (D)	83. (C)	93. (C)
4. (C)	14. (A)	24. (B)	34. (D)	44. (D)	54. (A)	64. (A)	74. (B)	84. (A)	94. (D)
5. (B)	15. (C)	25. (A)	35. (B)	45. (A)	55. (D)	65. (B)	75. (A)	85. (C)	95. (A)
6. (C)	16. (B)	26. (D)	36. (D)	46. (B)	56. (B)	66. (C)	76. (C)	86. (A)	96. (C)
7. (D)	17. (A)	27. (C)	37. (B)	47. (A)	57. (D)	67. (B)	77. (A)	87. (B)	97. (B)
8. (A)	18. (C)	28. (A)	38. (C)	48. (D)	58. (A)	68. (A)	78. (B)	88. (C)	98. (A)
9. (C)	19. (D)	29. (C)	39. (A)	49. (A)	59. (B)	69. (C)	79. (D)	89. (D)	99. (A)
10. (B)	20. (C)	30. (B)	40. (C)	50. (B)	60. (C)	70. (D)	80. (C)	90. (A)	100. (D)

【考前先背「一口氣背 7000 字 ⑫」】

TEST 12

測驗一： 「聽英選中」100 題，聽英文，選出正確的中文字義。

	(A)	(B)	(C)	(D)
1.	推進器	抽水機	螺絲起子	雷達
2.	繁榮	逃走	閃爍不定	設定
3.	詢問	密封	生產	淨化
4.	宣傳	出版	購買	選擇
5.	問卷	影子	輻射線	暖爐
6.	多愁善感的	保護的	合理的	有利可圖的
7.	使升遷	使合格	使分開	使和解
8.	雕刻家	心理學家	物理學家	劇作家
9.	奇怪的	蒼白的	性感的	有生產力的
10.	進步的	破舊的	適當的	繁榮的
11.	可恥的	卓越的	保護的	迅速的
12.	發音	生產	簡化	提議
13.	種族	地區	政權	部門
14.	寧靜	激怒	精煉	爭吵
15.	用拳頭打	釋放	抓（癢）	揭露
16.	先知	秘密	財產	原因
17.	洗髮精	產品	蛋白質	抽水機
18.	受傷	處罰	定居	散發
19.	木偶	山脊	地震	棉被
20.	小狗	南瓜	公雞	暖爐
21.	起訴	搶劫	抗議	逗留
22.	撕裂	禁止	投射	反射
23.	保護	升遷	滾動	延長
24.	多岩石的	適當的	有前途的	有希望的
25.	小蘿蔔	刮鬍刀	橡膠	葡萄乾

	(A)	(B)	(C)	(D)
26.	認得	旋轉	了解	記錄
27.	難民	流氓	接受者	跑者
28.	半徑	雨	排	鐵軌
29.	破爛的	腐爛的	繁榮的	宣傳的
30.	彩虹	鐵路	食譜	紅寶石
31.	寫實的	生銹的	下雨的	區域性的
32.	韁繩	改革	控訴	謠言
33.	代表人	水管工人	機器人	詩人
34.	一整箱	一小包	一大杯	一大袋
35.	醬汁	作用	冒險	事件
36.	貧民窟	場所	定居	薪水
37.	臭的	苦的	鹹的	香的
38.	計劃	議價	基礎	信念
39.	身體	血液	行爲	安全
40.	樸素	動手	疤痕	隔離
41.	豬肉	竹筍	鮭魚	青菜
42.	安慰	同事	膽小	滿足
43.	文化	風景	生物	人群
44.	藝術的	夢想的	科學的	文學的
45.	節省	浪費	花費	消費
46.	感到遺憾的	單獨的	聰明的	頭腦清醒的
47.	綁架	玩笑	出售	參加
48.	空間	來源	靈魂	水手
49.	火爐	敲	絲	凳子
50.	缺乏	支撐物	侍衛	書籍
51.	一擊	監督人	罪	結構
52.	打（鬧）	刮（鬍子）	動手	拔
53.	景象	水桶	氣泡	水牛
54.	樸素	略讀	書本	商店
55.	顫抖	挑選	表示	尋覓

	(A)	(B)	(C)	(D)
56.	鑷子	槌子	釘子	刀子
57.	碎片	架子	樣品	學者
58.	相反的	熱情的	飢餓的	相似的
59.	雙數的	整數的	單數的	小數的
60.	技師	科技	詭計	技巧
61.	性向	素描	描述	行動
62.	山崩	鑷	百葉窗	皮革
63.	奴隸制度	意義含糊	航空公司	代理機構
64.	茶	果汁	開水	蘇打水
65.	滿意的	鬼鬼祟祟的	心理有缺陷的	心胸寬闊的
66.	社會	能力	抱怨	會議
67.	可憐	生氣	興奮	悲傷
68.	確信的	仁慈的	孤獨的	有同情心的
69.	打噴嚏	照顧	原因	捕獲
70.	出口	行動	作用	插座
71.	清爽的	疼痛的	腰瘦的	狼狽的
72.	抱住	受傷	急忙	解決
73.	硬化	追捕	軟化	鑑定
74.	拖鞋	步兵	推論	居民
75.	入侵	斜坡	陰謀	隔離
76.	冷的	雨天的	熱的	太陽的
77.	殺害	勸告	擁護	表演
78.	助理	肥皂	足踝	器具
79.	開胃食物	活動場所	四輪運貨馬車	社會主義者
80.	算術的	適用的	堅固的	武斷的
81.	協助	買賣	沙發	態度
82.	圍繞	推測	吞下	發誓
83.	電視	主持	螢幕	觀眾
84.	湯匙	筷子	叉子	勺子
85.	反方向地	二擇一地	手腳張開地躺著	在下沉

86. (A) 教育 (B) 脊椎骨 (C) 蜻蜓 (D) 地震
87. (A) 期間 (B) 漲潮 (C) 狐狸 (D) 日期
88. (A) 地形 (B) 空間 (C) 傢俱 (D) 少女
89. (A) 完美的 (B) 驚喜的 (C) 吵鬧的 (D) 特別的
90. (A) 矛 (B) 自我 (C) 肘部 (D) 腳

91. (A) 主義 (B) 引導 (C) 目標 (D) 拼字
92. (A) 聚光燈 (B) 焦點 (C) 愉快 (D) 閃爍
93. (A) 低調的 (B) 壯麗的 (C) 常用的 (D) 普遍的
94. (A) 除了…之外 (B) 無家可歸 (C) 包含在內 (D) 明確指出
95. (A) 苦的 (B) 酸的 (C) 辣的 (D) 甜的

96. (A) 破壞 (B) 預防 (C) 保存 (D) 禁止
97. (A) 印刷機 (B) 原則 (C) 偏見 (D) 物種
98. (A) 聲望 (B) 特權 (C) 速度 (D) 程序
99. (A) 噴灑 (B) 挑選 (C) 察覺 (D) 準備
100. (A) 壓倒 (B) 運動 (C) 表演 (D) 說服

測驗二：「看中選英」100 題，看中文，選出正確的英文。

1. 寬敞的
(A) sore (B) spacious (C) static (D) superfluous
2. 蜘蛛
(A) sheep (B) speaker (C) spider (D) snake
3. 閃耀
(A) spill (B) starve (C) stick (D) sparkle
4. 義大利麵
(A) spaghetti (B) strawberry (C) supermarket (D) sensibility
5. 精神上的
(A) secure (B) spiritual (C) scientific (D) shameful
6. 使分裂
(A) slip (B) serve (C) skip (D) split

7. 標本
(A) specimen (B) sovereignty (C) source (D) slipper
8. 壯觀的
(A) splendid (B) spiritual (C) spectacular (D) stationary
9. 運動家
(A) supervisor (B) sportsman (C) symphony (D) survivor
10. 濺起
(A) salute (B) sack (C) splash (D) sake
11. 配偶
(A) spread (B) sponge (C) spot (D) spouse
12. 特定的
(A) specific (B) salty (C) solitary (D) sorry
13. 尖塔
(A) solidarity (B) spider (C) spire (D) sand
14. 太空船
(A) stability (B) spacecraft (C) species (D) spinach
15. 專攻
(A) specialize (B) sparkle (C) spare (D) satellite
16. 奇觀
(A) salvage (B) spectacle (C) stove (D) sentence
17. 演講
(A) sandal (B) snatch (C) speed (D) speech
18. 扭傷
(A) slash (B) sprain (C) seduce (D) spring
19. 光譜
(A) spectrum (B) seam (C) sodium (D) scream
20. 贊助者
(A) spur (B) sponsor (C) spoon (D) squirrel
21. 拼（字）
(A) space (B) spoil (C) spell (D) sprawl
22. 嘲笑
(A) ride (B) rob (C) retail (D) ridicule

23. 粗略的
(A) round (B) rough (C) rusty (D) routine
24. 浪漫的
(A) romantic (B) rotten (C) ripe (D) royal
25. （小塊）地毯
(A) rust (B) ruin (C) rubber (D) rug
26. 根
(A) robe (B) revenue (C) root (D) route
27. 對手
(A) riot (B) rival (C) ring (D) revenge
28. 皇室
(A) royalty (B) roughly (C) roast (D) roof
29. （樹葉）發出沙沙聲
(A) reverse (B) revise (C) rustle (D) rumor
30. 無禮的
(A) rule (B) rhythmic (C) rugged (D) rude
31. 漣漪
(A) ridge (B) rib (C) ribbon (D) ripple
32. 摩擦
(A) run (B) rot (C) rub (D) revision
33. 火箭
(A) rocket (B) forget (C) rite (D) row
34. （卡車）發出隆隆聲
(A) roll (B) rumble (C) runner (D) rope
35. 儀式的
(A) ride (B) revolutionary (C) ritual (D) rein
36. 強健的
(A) role (B) robust (C) righteous (D) scenic
37. 鄉村的
(A) recent (B) rejoice (C) savage (D) rural
38. 旋轉
(A) relate (B) rotation (C) reunion (D) revelation

39. 規則
(A) ruler (B) rumor (C) run (D) rule

40. 成熟的
(A) ripe (B) rude (C) explicit (D) faithful

41. 搶案
(A) robbery (B) roof (C) rock (D) robin

42. 角色
(A) riddle (B) rob (C) pile (D) role

43. 神聖的
(A) shortsighted (B) sacred (C) similar (D) significant

44. 碟子
(A) salt (B) saddle (C) saucer (D) salad

45. 緣故
(A) choke (B) sake (C) shake (D) awake

46. 可怕的
(A) scary (B) situated (C) significant (D) spontaneous

47. 避難所
(A) Satan (B) sand (C) sanctuary (D) sanction

48. 令人滿足的
(A) smooth (B) solo (C) sloppy (D) satisfactory

49. 保護
(A) safeguard (B) salute (C) salvage (D) sample

50. 酒吧
(A) balloon (B) saloon (C) soon (D) spoon

51. 科學的
(A) scarlet (B) scholastic (C) sprawl (D) scientific

52. 稻草人
(A) scarecrow (B) scene (C) scout (D) screen

53. 衛生
(A) sauce (B) sector (C) sanitation (D) sausage

54. 聖人
(A) sausage (B) saint (C) rocky (D) safe

55. 三明治
(A) salary (B) sample (C) satellite (D) sandwich
56. 野蠻的
(A) sloppy (B) satisfy (C) savage (D) saddle
57. 售貨員
(A) saving (B) salesman (C) salt (D) sanitation
58. 向…敬禮
(A) save (B) scratch (C) salute (D) scrub
59. 航行
(A) resolve (B) sail (C) rehearse (D) raise
60. 掃描
(A) scare (B) can (C) scatter (D) scan
61. 風景優美的
(A) similar (B) scenic (C) slippery (D) scholastic
62. 學者
(A) science (B) school (C) scientist (D) scholar
63. 碎片
(A) scene (B) scrap (C) scarf (D) screw
64. 分開
(A) September (B) sentence (C) service (D) separation
65. 原稿
(A) script (B) scrutiny (C) sea (D) sculpture
66. 服務
(A) seal (B) serve (C) sew (D) set
67. 部分
(A) selection (B) security (C) section (D) semester
68. 挫折
(A) setback (B) settler (C) sewer (D) drawback
69. 羞恥
(A) shake (B) shave (C) share (D) shame
70. 炒（蛋）
(A) suitable (B) tremble (C) scramble (D) sensible

71. 海鷗
(A) shut (B) shell (C) seagull (D) sign

72. 選擇
(A) sermon (B) selection (C) sentiment (D) servant

73. 感情
(A) sentiment (B) seminar (C) sensation (D) sentence

74. 安全
(A) scandal (B) secretary (C) security (D) section

75. 雕刻
(A) scene (B) scarf (C) science (D) sculpture

76. 寧靜的
(A) serene (B) selfish (C) secular (D) secret

77. 服務
(A) shadow (B) service (C) sense (D) sell

78. 定居
(A) settlement (B) serum (C) skim (D) setting

79. 性的
(A) serious (B) severe (C) shady (D) sexual

80. 陰影
(A) shaft (B) shave (C) shade (D) sheep

81. 淺的
(A) shallow (B) yellow (C) slow (D) low

82. 敏感
(A) nationality (B) maturity (C) sensitivity (D) personality

83. 鯊魚
(A) landmark (B) mark (C) bark (D) shark

84. 蠶
(A) silver (B) silkworm (C) silk (D) simplicity

85. 缺點
(A) shortcoming (B) shot (C) shrimp (D) shorts

86. 因爲
(A) aboard (B) since (C) until (D) within

87. 來回行駛
(A) shuttle (B) cattle (C) bottle (D) startle

88. 骨骼
(A) ton (B) sketch (C) badminton (D) skeleton

89. 歌手
(A) stranger (B) teenager (C) singer (D) anger

90. 簡單的
(A) multiple (B) simple (C) people (D) staple

91. 使粉碎
(A) deter (B) flatter (C) master (D) shatter

92. 使銳利
(A) sharpen (B) happen (C) pen (D) deepen

93. 簽名
(A) furniture (B) signature (C) capture (D) mixture

94. 皮包骨的
(A) alarming (B) aspiring (C) awaking (D) skinny

95. 滑雪
(A) skim (B) ski (C) skip (D) skin

96. 觀光
(A) sibling (B) situation (C) sight (D) sightseeing

97. 用力推
(A) shut (B) shrink (C) shove (D) shorten

98. 真誠
(A) sincerity (B) singular (C) sinister (D) single

99. 近視的
(A) shortage (B) shortsighted (C) show (D) shoulder

100. 相似之處
(A) quality (B) productivity (C) activity (D) similarity

測驗三：「看英選中」100題，看英文，選出正確的中文字義。

1. slave
(A) 安全 (B) 奴隸 (C) 海洋 (D) 接縫

2. slip
   (A) 滑倒 (B) 檸檬 (C) 遺產 (D) 自由
3. sole
   (A) 容易的 (B) 唯一的 (C) 隨機的 (D) 無理取鬧的
4. soothe
   (A) 照亮 (B) 啜泣 (C) 逗留 (D) 安撫
5. sneak
   (A) 快速地走 (B) 舒適地走 (C) 偷偷地走 (D) 大步地走
6. sociology
   (A) 會計學 (B) 社會學 (C) 統計學 (D) 投資學
7. south
   (A) 東方 (B) 西方 (C) 北方 (D) 南方
8. solitary
   (A) 清醒的 (B) 小心的 (C) 孤獨的 (D) 靜止的
9. soft
   (A) 強制的 (B) 柔軟的 (C) 犯罪的 (D) 批判的
10. sodium
   (A) 鉛 (B) 鉀 (C) 銅 (D) 鈉
11. sloppy
   (A) 漂亮的 (B) 韻律的 (C) 相反的 (D) 邋遢的
12. solidarity
   (A) 反駁 (B) 團結 (C) 回答 (D) 名聲
13. sophisticated
   (A) 接近的 (B) 陡峭的 (C) 明確的 (D) 複雜的
14. socialize
   (A) 交際 (B) 放鬆 (C) 遺憾 (D) 評論
15. software
   (A) 退款 (B) 軟體 (C) 區域 (D) 數量
16. sniff
   (A) 出版 (B) 吐氣 (C) 購買 (D) 嗅
17. soldier
   (A) 普通人 (B) 商人 (C) 軍人 (D) 海人

18. soak
(A) 浸泡 (B) 氣缸 (C) 曲線 (D) 交易
19. social
(A) 年輕的 (B) 勉強的 (C) 辛苦的 (D) 社會的
20. socks
(A) 長襪 (B) 短襪 (C) 絲襪 (D) 褲襪
21. sophomore
(A) 國一學生 (B) 高一學生 (C) 大二學生 (D) 學生
22. sour
(A) 苦的 (B) 辣的 (C) 甜的 (D) 酸的
23. sorrowful
(A) 悲傷的 (B) 興奮的 (C) 取鬧的 (D) 高興的
24. sneer
(A) 哭鬧 (B) 嘲笑 (C) 諷刺 (D) 服務
25. slippery
(A) 滑的 (B) 香的 (C) 痛的 (D) 鹹的
26. slogan
(A) 座號 (B) 稱號 (C) 暗號 (D) 口號
27. socialism
(A) 民主主義 (B) 個人主義 (C) 社會主義 (D) 女性主義
28. southern
(A) 北方的 (B) 南方的 (C) 東方的 (D) 西方的
29. solution
(A) 解決之道 (B) 生存之道 (C) 哲學之道 (D) 健康之道
30. solemn
(A) 完美的 (B) 帥氣的 (C) 輕鬆的 (D) 嚴肅的
31. solo
(A) 藝人 (B) 獨奏 (C) 運動員 (D) 態度
32. soar
(A) 聲稱 (B) 鼓掌 (C) 翱翔 (D) 逮捕
33. sociable
(A) 絕望的 (B) 自暴自棄的 (C) 專心致志的 (D) 善交際的

34. sneakers
(A) 拖鞋 (B) 高跟鞋 (C) 運動鞋 (D) 娃娃鞋
35. sharp
(A) 兇猛的 (B) 安全的 (C) 過早的 (D) 銳利的
36. simplicity
(A) 困難 (B) 簡單 (C) 普通 (D) 明瞭
37. shout
(A) 吼叫 (B) 思考 (C) 睡覺 (D) 安靜
38. skeptical
(A) 關心的 (B) 恐怖的 (C) 吵鬧的 (D) 懷疑的
39. shaver
(A) 電動車 (B) 電動刮鬍刀 (C) 電動門 (D) 電動
40. silly
(A) 愚蠢的 (B) 嘲笑的 (C) 勇敢的 (D) 祕密的
41. shelter
(A) 研究所 (B) 培訓所 (C) 交換所 (D) 避難所
42. sincere
(A) 出席的 (B) 眞誠的 (C) 初步的 (D) 流行的
43. shut
(A) 關 (B) 開 (C) 上鎖 (D) 反鎖
44. skin
(A) 身體 (B) 手臂 (C) 皮膚 (D) 腳
45. signal
(A) 證據 (B) 信號 (C) 手勢 (D) 記號
46. shell
(A) 貝殼 (B) 海邊 (C) 沙灘 (D) 風箏
47. simmer
(A) 用卡車裝運 (B) 雨天 (C) 用文火慢慢煮 (D) 水
48. sink
(A) 腐爛 (B) 下沉 (C) 上游 (D) 摩擦
49. sign
(A) 橡膠 (B) 名牌 (C) 撲克牌 (D) 告示牌

50. shorts
(A) 長袖 (B) 短袖 (C) 短褲 (D) 外套
51. screw
(A) 螺絲 (B) 釘子 (C) 膠帶 (D) 槌子
52. server
(A) 觀眾 (B) 拍賣 (C) 服務生 (D) 雇主
53. secretary
(A) 董事長 (B) 主管 (C) 部門 (D) 秘書
54. sex
(A) 性 (B) 肚臍 (C) 肘部 (D) 手掌
55. selective
(A) 虛僞的 (B) 民主的 (C) 精挑細選的 (D) 依賴性強的
56. sensible
(A) 外國的 (B) 明智的 (C) 密封的 (D) 國內的
57. shady
(A) 合法的 (B) 適用的 (C) 公平的 (D) 陰涼的
58. sensitivity
(A) 親切 (B) 懶散 (C) 敏感 (D) 共產主義
59. setting
(A) （事件的）背景 (B) 疲勞 (C) 追蹤 (D) 戰勝
60. servant
(A) 商人 (B) 奢侈 (C) 家畜 (D) 僕人
61. settler
(A) 統治者 (B) 擁有者 (C) 勞動者 (D) 殖民者
62. scrub
(A) 治癒 (B) 刷洗 (C) 遺棄 (D) 廢除
63. secure
(A) 安全的 (B) 原住民的 (C) 抽象的 (D) 荒唐的
64. sample
(A) 接受 (B) 樣品 (C) 加速 (D) 豐富
65. scarce
(A) 稀少的 (B) 困難的 (C) 紛亂的 (D) 不誠實的

66. scandal
(A) 市長 (B) 手段 (C) 醜聞 (D) 紊亂
67. sacrifice
(A) 放棄 (B) 犧牲 (C) 習俗 (D) 主流
68. satisfaction
(A) 滿足 (B) 缺少 (C) 能力 (D) 忠誠
69. saddle
(A) 累積 (B) 附件 (C) 淨化 (D) 馬鞍
70. sanction
(A) 制裁 (B) 換貨 (C) 成交 (D) 退貨
71. science
(A) 自然 (B) 社會 (C) 科學 (D) 理財
72. schedule
(A) 目錄 (B) 里程表 (C) 門診表 (D) 時間表
73. scene
(A) 天空 (B) 場景 (C) 風箏 (D) 海邊
74. satellite
(A) 地圖 (B) 出口 (C) 螢幕 (D) 衛星
75. sausage
(A) 控訴 (B) 疼痛 (C) 香腸 (D) 耽溺
76. ridiculous
(A) 虛僞的 (B) 荒謬的 (C) 潮溼的 (D) 易接近的
77. rite
(A) 地址 (B) 痛苦 (C) 欽佩 (D) 儀式
78. robber
(A) 報警 (B) 通道 (C) 強盜 (D) 聯盟
79. robe
(A) 長袍 (B) 洋裝 (C) 褲子 (D) 上衣
80. romance
(A) 達到頂點 (B) 培養 (C) 愛情故事 (D) 親愛的
81. royal
(A) 困難的 (B) 國家的 (C) 流行的 (D) 皇家的

82. rust
(A) 臭掉 (B) 發霉 (C) 生銹 (D) 腐爛
83. rugged
(A) 朦朧的 (B) 公正的 (C) 整齊的 (D) 崎嶇的
84. roof
(A) 屋頂 (B) 房子 (C) 地下室 (D) 頂樓
85. rot
(A) 喚起 (B) 腐爛 (C) 取得 (D) 金屬
86. routine
(A) 例行公事 (B) 與會者 (C) 會議 (D) 文章
87. ruin
(A) 報…之仇 (B) 禁止 (C) 毀滅 (D) 關聯
88. rubbish
(A) 酒保 (B) 大桶 (C) 障礙物 (D) 垃圾
89. roughly
(A) 離開 (B) 笨拙地 (C) 大約 (D) 勉強地
90. spark
(A) 夥伴 (B) 安全性 (C) 禮堂 (D) 火花
91. spice
(A) 處理 (B) 配置 (C) 香料 (D) 菜餚
92. sponsor
(A) 贊助者 (B) 統治者 (C) 擁有者 (D) 領導者
93. splendor
(A) 棉被 (B) 光輝 (C) 河流 (D) 絲帶
94. spade
(A) 蜘蛛 (B) 鏟子 (C) 吐司 (D) 暖爐
95. spinach
(A) 高麗菜 (B) 花椰菜 (C) 小白菜 (D) 菠菜
96. sparrow
(A) 水手 (B) 麻雀 (C) 船 (D) 水車
97. spokesperson
(A) 發言人 (B) 指導人 (C) 統治人 (D) 投訴人

98. sponge

(A) 剪刀 (B) 場景 (C) 海綿 (D) 標準

99. spirit

(A) 細查 (B) 原稿 (C) 尖塔 (D) 精神

100. route

(A) 路線 (B) 季節 (C) 安全 (D) 天氣

【測驗一解答】

1. (C) screwdriver	21. (B) rob	41. (C) salmon	61. (B) sketch
2. (D) set	22. (A) rip	42. (D) satisfy	62. (C) shutter
3. (B) seal	23. (C) roll	43. (B) scenery	63. (A) slavery
4. (D) select	24. (A) rocky	44. (C) scientific	64. (D) soda
5. (B) shadow	25. (C) rubber	45. (A) saving	65. (B) sneaky
6. (A) sentimental	26. (B) rotate	46. (D) sane	66. (A) society
7. (C) separate	27. (D) runner	47. (C) sale	67. (D) sorrow
8. (A) sculptor	28. (C) row	48. (D) sailor	68. (C) solitary
9. (C) sexy	29. (B) rotten	49. (C) silk	69. (A) sneeze
10. (B) shabby	30. (D) ruby	50. (A) shortage	70. (D) socket
11. (A) shameful	31. (B) rusty	51. (C) sin	71. (B) sore
12. (C) simplify	32. (D) rumor	52. (B) shave	72. (D) solve
13. (D) sector	33. (C) robot	53. (A) sight	73. (C) soften
14. (A) serenity	34. (D) sack	54. (B) skim	74. (A) slipper
15. (C) scratch	35. (A) sauce	55. (C) signify	75. (B) slope
16. (B) secret	36. (D) salary	56. (A) shovel	76. (D) solar
17. (A) shampoo	37. (C) salty	57. (B) shelf	77. (A) slay
18. (C) settle	38. (A) scheme	58. (D) similar	78. (B) soap
19. (B) ridge	39. (D) safety	59. (C) singular	79. (D) socialist
20. (C) rooster	40. (C) scar	60. (D) skill	80. (C) solid

81. (C) sofa	86. (B) spine	91. (D) spelling	96. (A) spoil
82. (B) speculate	87. (A) span	92. (A) spotlight	97. (D) species
83. (D) spectator	88. (B) space	93. (B) splendid	98. (C) speed
84. (A) spoon	89. (D) special	94. (D) specify	99. (A) spray
85. (C) sprawl	90. (A) spear	95. (C) spicy	100. (B) sport

【測驗二解答】

1. (B)	11. (D)	21. (C)	31. (D)	41. (A)	51. (D)	61. (B)	71. (C)	81. (A)	91. (D)
2. (C)	12. (A)	22. (D)	32. (C)	42. (D)	52. (A)	62. (D)	72. (B)	82. (C)	92. (A)
3. (D)	13. (C)	23. (B)	33. (A)	43. (B)	53. (C)	63. (B)	73. (A)	83. (D)	93. (B)
4. (A)	14. (B)	24. (A)	34. (B)	44. (C)	54. (B)	64. (D)	74. (C)	84. (B)	94. (D)
5. (B)	15. (A)	25. (D)	35. (C)	45. (B)	55. (D)	65. (A)	75. (D)	85. (A)	95. (B)
6. (D)	16. (B)	26. (C)	36. (B)	46. (A)	56. (C)	66. (B)	76. (A)	86. (B)	96. (D)
7. (A)	17. (D)	27. (B)	37. (D)	47. (C)	57. (B)	67. (C)	77. (B)	87. (A)	97. (C)
8. (C)	18. (B)	28. (A)	38. (B)	48. (D)	58. (C)	68. (A)	78. (A)	88. (D)	98. (A)
9. (B)	19. (A)	29. (C)	39. (D)	49. (A)	59. (B)	69. (D)	79. (D)	89. (C)	99. (B)
10. (C)	20. (B)	30. (D)	40. (A)	50. (B)	60. (D)	70. (C)	80. (C)	90. (B)	100. (D)

【測驗三解答】

1. (B)	11. (D)	21. (C)	31. (B)	41. (D)	51. (A)	61. (D)	71. (C)	81. (D)	91. (C)
2. (A)	12. (B)	22. (D)	32. (C)	42. (B)	52. (C)	62. (B)	72. (D)	82. (C)	92. (A)
3. (B)	13. (D)	23. (A)	33. (D)	43. (A)	53. (D)	63. (A)	73. (B)	83. (D)	93. (B)
4. (D)	14. (A)	24. (B)	34. (C)	44. (C)	54. (A)	64. (B)	74. (D)	84. (A)	94. (B)
5. (C)	15. (B)	25. (A)	35. (D)	45. (B)	55. (C)	65. (A)	75. (C)	85. (B)	95. (D)
6. (B)	16. (D)	26. (D)	36. (B)	46. (A)	56. (B)	66. (C)	76. (B)	86. (A)	96. (B)
7. (D)	17. (C)	27. (C)	37. (A)	47. (C)	57. (D)	67. (B)	77. (D)	87. (C)	97. (A)
8. (C)	18. (A)	28. (B)	38. (D)	48. (B)	58. (C)	68. (A)	78. (C)	88. (D)	98. (C)
9. (B)	19. (D)	29. (A)	39. (B)	49. (D)	59. (A)	69. (D)	79. (A)	89. (C)	99. (D)
10. (D)	20. (B)	30. (D)	40. (A)	50. (C)	60. (D)	70. (A)	80. (C)	90. (D)	100. (A)

【考前先背「一口氣背 7000 字 ⑬」】

TEST 13

測驗一： 「聽英選中」100題，聽英文，選出正確的中文字義。

1. (A) 搶案 (B) 懸疑 (C) 漣漪 (D) 儀式
2. (A) 例行公事 (B) 屋頂 (C) 橘子 (D) 紅寶石
3. (A) 平等的 (B) 荒謬的 (C) 成熟的 (D) 象徵性的
4. (A) 技術 (B) 規則 (C) 路線 (D) 旋轉
5. (A) 長袍 (B) 山脊 (C) 藥片 (D) 火箭

6. (A) 謠言 (B) 症狀 (C) 緣故 (D) 安全
7. (A) 懷疑 (B) 制裁 (C) 出售 (D) 滿足
8. (A) 衛星 (B) 樣品 (C) 目標 (D) 馬鞍
9. (A) 時間表 (B) 碟子 (C) 疤痕 (D) 尾巴
10. (A) 感情 (B) 脾氣 (C) 敏感 (D) 感覺

11. (A) 同情 (B) 挫折 (C) 羞恥 (D) 孤獨
12. (A) 嘲笑 (B) 引誘 (C) 撕裂 (D) 搶劫
13. (A) 獨奏 (B) 解決之道 (C) 演講 (D) 故事
14. (A) 圖釘 (B) 拼字 (C) 光譜 (D) 湯匙
15. (A) 太空船 (B) 電報 (C) 海綿 (D) 標本

16. (A) 三明治 (B) 醬汁 (C) 香腸 (D) 水果餡餅
17. (A) 涼鞋 (B) 沙子 (C) 毛衣 (D) 原稿
18. (A) 望遠鏡 (B) 螺絲起子 (C) 碎片 (D) 貝殼
19. (A) 缺點 (B) 告示牌 (C) 信號 (D) 溫度
20. (A) 節奏 (B) 景象 (C) 相似之處 (D) 技巧

21. (A) 溫柔的 (B) 多岩石的 (C) 強健的 (D) 浪漫的
22. (A) 科學 (B) 治療法 (C) 醜聞 (D) 計劃
23. (A) 使粉碎 (B) 使銳利 (C) 使害怕 (D) 使分裂
24. (A) 使提神 (B) 使升遷 (C) 使合格 (D) 使興奮
25. (A) 皇家的 (B) 體貼的 (C) 腐爛的 (D) 粗糙的

	(A)	(B)	(C)	(D)
26.	素描	插座	口號	教科書
27.	沙發	短襪	帳篷	軟體
28.	藉以	大約	不久	每…
29.	祕密	選擇	理論	罪
30.	奴隸制度	王位	風景	斜坡
31.	加上	因爲	非常	遍及
32.	緊張的	崎嶇的	無禮的	鄉村的
33.	悲傷的	神聖的	口渴的	生銹的
34.	殺害	威脅	嘲笑	滑倒
35.	衛生	社會	犧牲	節儉
36.	領土	酒吧	避難所	部門
37.	滾動	繁榮	襲擊	摩擦
38.	南方	尖塔	空間	戲院
39.	最終的	令人滿意的	安全的	儀式的
40.	在外面	在户外	幾乎	因此
41.	滴答聲	（樹葉）發出沙沙聲	閃耀	聚光燈
42.	雕刻	折磨	分開	寧靜
43.	服務	密封	挑選	辛勞
44.	死傷人數	（事件的）背景	部分	來回行駛
45.	有毒的	頭腦清醒的	野蠻的	稀少的
46.	簡單	悲劇	眞誠	團結
47.	地點	速度	運動	旅行
48.	薪水	橡膠	小費	螺絲
49.	期間	陰影	定居	潮水
50.	頂端	架子	鏟子	百葉窗
51.	海	（小塊）地毯	垃圾	牙齒
52.	觀光	貿易	專長	背叛
53.	容忍	（卡車）發出隆隆聲	生銹	毀滅
54.	跑	保護	拖	航行
55.	蠶	蟾蜍	鮭魚	海鷗

56. (A) 使變緊 (B) 使甦醒 (C) 使想起 (D) 使麻痺
57. (A) 缺乏 (B) 簽名 (C) 折磨 (D) 悲傷
58. (A) 使疲倦 (B) 使現代化 (C) 使感激 (D) 使減到最小
59. (A) 火花 (B) 脊椎骨 (C) 物種 (D) 磁磚
60. (A) 電動刮鬍刀 (B) 工具 (C) 短褲 (D) 絲

61. (A) 光輝 (B) 洗髮精 (C) 愛情故事 (D) 痕跡
62. (A) 性 (B) 皮膚 (C) 交通 (D) 拖鞋
63. (A) 精神 (B) 傳統 (C) 生產力 (D) 進步
64. (A) 矛 (B) 鹽 (C) 煙草 (D) 沙拉
65. (A) 向…敬禮 (B) 節省 (C) 滿足 (D) 推倒

66. (A) 州 (B) 產品 (C) 省 (D) 地區
67. (A) 科學的 (B) 穩定的 (C) 可怕的 (D) 風景優美的
68. (A) 偷 (B) 管制 (C) 提高 (D) 後悔
69. (A) 使丟臉 (B) 使嚇一跳 (C) 使高興 (D) 使正當化
70. (A) 收據 (B) 抽水機 (C) 聽筒 (D) 立體音響

71. (A) 職員 (B) 對手 (C) 強盜 (D) 機器人
72. (A) 滑雪 (B) 略讀 (C) 蹲(下) (D) 唱歌
73. (A) 種族 (B) 比例 (C) 輪廓 (D) 地位
74. (A) 敘述 (B) 噴灑 (C) 扭傷 (D) 破壞
75. (A) 臭的 (B) 苦的 (C) 黏的 (D) 甜的

76. (A) 銅 (B) 鋼 (C) 鈉 (D) 鐵
77. (A) 出版(品) (B) 詩的一節 (C) 電 (D) 問卷
78. (A) 香料 (B) 肥皂 (C) 灑 (D) 推進器
79. (A) 統計數字 (B) 配偶 (C) 財產 (D) 節目
80. (A) 拼(字) (B) 濺起 (C) 旋轉 (D) 刺

81. (A) 燉 (B) 推測 (C) 專攻 (D) 明確指出
82. (A) 翱翔 (B) 交際 (C) 打噴嚏 (D) 飢餓
83. (A) 偷偷地走 (B) 浸泡 (C) 凝視 (D) 嗅
84. (A) 叮咬 (B) 安撫 (C) 解決 (D) 軟化
85. (A) 棉被 (B) 木偶 (C) 長襪 (D) 暖爐

86. (A) 使傾向於 (B) 使印象深刻 (C) 使安靜 (D) 使變直
87. (A) 策略上的 (B) 發多愁善感的 (C) 敏感的 (D) 寧靜的
88. (A) 生產 (B) 力量 (C) 憤怒 (D) 襲擊
89. (A) 刷洗 (B) 掃描 (C) 絆倒 (D) 搖動
90. (A) 散文 (B) 南瓜 (C) 蛋白質 (D) 東西

91. (A) 輻射線 (B) 結構 (C) 無線電 (D) 雷達
92. (A) 理由 (B) 叛亂 (C) 不景氣 (D) 成功
93. (A) 統治者 (B) 監督者 (C) 角色 (D) 皇室
94. (A) 性感的 (B) 陰涼的 (C) 破舊的 (D) 極好的
95. (A) 不信 (B) 建議 (C) 失望 (D) 災難

96. (A) 統治期間 (B) 牧場 (C) 歡迎（會） (D) 山頂
97. (A) 聖人 (B) 售貨員 (C) 外科醫生 (D) 水手
98. (A) 稻草人 (B) 生還者 (C) 學者 (D) 科學家
99. (A) 表示 (B) 用文火慢慢煮 (C) 假定 (D) 關
100. (A) 連續的 (B) 可恥的 (C) 淺的 (D) 銳利的

測驗二：「看中選英」100題，看中文，選出正確的英文。

1. 迷信的
   (A) superstitious (B) ridiculous (C) satisfactory (D) scientific
2. 足夠的
   (A) ripe (B) sufficient (C) rural (D) rusty
3. 壓抑
   (A) ripple (B) shave (C) scratch (D) suppress
4. 極好的
   (A) super (B) royal (C) rival (D) rough
5. 政治家
   (A) scholar (B) sculptor (C) statesman (D) slave
6. 成功
   (A) shatter (B) signify (C) succeed (D) shut

7. 晚餐
(A) setting (B) rubbish (C) saucer (D) supper
8. 手術
(A) surgery (B) simmer (C) slip (D) rustle
9. 摘要
(A) slavery (B) erase (C) summary (D) section
10. 生還
(A) survival (B) slogan (C) socket (D) slope
11. 監督
(A) solo (B) selection (C) socialism (D) supervision
12. 繼承者
(A) saint (B) rival (C) successor (D) scarecrow
13. 自殺
(A) suicide (B) rip (C) sniff (D) soothe
14. 表面
(A) scandal (B) shortcoming (C) surface (D) sketch
15. 手提箱
(A) suitcase (B) rocket (C) saddle (D) sandal
16. 招喚
(A) robbery (B) summon (C) shout (D) slay
17. 周遭環境
(A) rite (B) sensitivity (C) sign (D) surroundings
18. 建議
(A) ridicule (B) suggest (C) rumor (D) roll
19. 適合的
(A) suitable (B) romantic (C) rugged (D) robust
20. 連續
(A) settlement (B) solidarity (C) sentiment (D) succession
21. 超級市場
(A) supermarket (B) sanctuary (C) ridge (D) sector
22. 超音速的
(A) sane (B) supersonic (C) secure (D) selective

23. 供給
(A) sneak (B) scramble (C) supply (D) soak
24. 小氣的
(A) rocky (B) rotten (C) rude (D) stingy
25. 罷工
(A) rot (B) soar (C) strike (D) sneer
26. 細繩
(A) string (B) robe (C) shovel (D) screw
27. 勒死
(A) salute (B) strangle (C) soften (D) sharpen
28. 壓力
(A) solution (B) solitude (C) spark (D) stress
29. 物質
(A) scar (B) sense (C) substance (D) shampoo
30. 使大吃一驚
(A) rumble (B) stun (C) specify (D) speculate
31. 暴風雨的
(A) savage (B) sacred (C) stormy (D) scarce
32. 石頭
(A) soap (B) sodium (C) spear (D) stone
33. 中風
(A) stroke (B) satisfy (C) setback (D) species
34. 頑固的
(A) scenic (B) stubborn (C) serene (D) sensible
35. 潛水艇
(A) submarine (B) spire (C) spacecraft (D) slipper
36. 走失的
(A) stray (B) shady (C) shameful (D) sensitive
37. 努力
(A) splash (B) spin (C) split (D) strive
38. 股票
(A) rubber (B) stock (C) shortage (D) signal

39. 直率的
(A) shabby (B) sharp (C) shortsighted (D) straightforward

40. 策略
(A) strategy (B) route (C) skeleton (D) software

41. 代理
(A) profession (B) substitution (C) revision (D) revolution

42. 訂閱
(A) subscribe (B) retail (C) spell (D) sprawl

43. 主題
(A) sightseeing (B) signature (C) subject (D) similarity

44. 樹樁
(A) spot (B) spinach (C) spider (D) stump

45. 刺激
(A) specialty (B) separation (C) stimulation (D) sanction

46. 澱粉
(A) satellite (B) starch (C) refreshment (D) raisin

47. （樹）幹
(A) sack (B) razor (C) stem (D) receiver

48. 乾草堆
(A) sin (B) script (C) silk (D) stack

49. 雕像
(A) statue (B) receipt (C) rag (D) recipe

50. 衝刺
(A) reckon (B) recruit (C) refine (D) sprint

51. 不動的
(A) stationary (B) shallow (C) silly (D) similarity

52. 站立
(A) simplify (B) skim (C) stand (D) refute

53. 陡峭的
(A) steep (B) sloppy (C) slippery (D) singular

54. 松鼠
(A) rooster (B) seagull (C) seal (D) squirrel

55. 優秀
(A) scene (B) superiority (C) security (D) serenity
56. 汽船
(A) refuge (B) radiator (C) reception (D) steamer
57. 刻板印象
(A) racism (B) role (C) stereotype (D) resentment
58. 飢餓
(A) starvation (B) revelation (C) repay (D) rotation
59. 穩定
(A) reunion (B) stability (C) repress (D) revenue
60. 墳墓
(A) ranch (B) saloon (C) tomb (D) ransom
61. 悲劇的
(A) sincere (B) skillful (C) single (D) tragic
62. 馬桶
(A) toilet (B) shaver (C) rug (D) shutter
63. 錦標賽
(A) royalty (B) shuttle (C) tournament (D) retirement
64. 整齊的
(A) tidy (B) skinny (C) soft (D) sole
65. 主題
(A) result (B) spectacle (C) response (D) topic
66. 搔癢
(A) tickle (B) raid (C) sprain (D) ski
67. 腳尖
(A) root (B) tiptoe (C) sculpture (D) shelter
68. 塔
(A) shelf (B) reign (C) tower (D) residence
69. 吐司
(A) sausage (B) shell (C) sauce (D) toast
70. 可容忍的
(A) tolerable (B) sociable (C) skeptical (D) sentimental

71. 傳統的

(A) traditional (B) sorrowful (C) remarkable (D) religious

72. 令人厭煩的

(A) reflective (B) tiresome (C) queer (D) sneaky

73. 寬容的

(A) rental (B) republican (C) remote (D) tolerant

74. 觀光客

(A) sophomore (B) socialist (C) sponge (D) tourist

75. 龍捲風

(A) tornado (B) remedy (C) renaissance (D) remark

76. 主題

(A) romance (B) theme (C) spirit (D) spectrum

77. 群眾

(A) throng (B) sponsor (C) spokesperson (D) spouse

78. 陽台

(A) roof (B) terrace (C) reservoir (D) refrigerator

79. 易於

(A) rust (B) rub (C) tend (D) scrub

80. 治療學家

(A) rascal (B) scientist (C) specialist (D) therapist

81. 從那之後

(A) span (B) thereafter (C) shortly (D) quite

82. 暫時的

(A) revolutionary (B) solitary (C) tentative (D) spontaneous

83. 威脅

(A) rotate (B) threat (C) sneeze (D) sparkle

84. 很棒的

(A) resolute (B) sore (C) solemn (D) terrific

85. 驚險小說或電影

(A) thriller (B) questionnaire (C) radar (D) rate

86. 紡織品

(A) textile (B) ruby (C) scheme (D) sake

87. 喉嚨
(A) spine (B) rib (C) throat (D) paw

88. 門檻
(A) scrap (B) threshold (C) spade (D) row

89. 房客
(A) secretary (B) server (C) servant (D) tenant

90. 裁縫師
(A) robber (B) settler (C) tailor (D) specimen

91. 處理
(A) tackle (B) ruin (C) safeguard (D) separate

92. 技術上的
(A) splendid (B) technical (C) reverse (D) rhythmic

93. 可疑的
(A) suspicious (B) spectacular (C) spiritual (D) specific

94. 暫停
(A) routine (B) satisfaction (C) suspension (D) sanitation

95. 糾纏
(A) sacrifice (B) spray (C) specialize (D) tangle

96. 發誓
(A) sink (B) swear (C) spoil (D) shove

97. 同情的
(A) spacious (B) residential (C) respectful (D) sympathetic

98. 象徵
(A) symbol (B) sight (C) rust (D) simplicity

99. 科技的
(A) sour (B) technological (C) southern (D) sophisticated

100. 暴風雨
(A) splendor (B) scenery (C) tempest (D) spice

測驗三：「看英選中」100題，看英文，選出正確的中文字義。

1. tactics
(A) 反射 (B) 奇觀 (C) 預演 (D) 策略

2. taste
(A) 嘗起來 (B) 簡化 (C) 炒(蛋) (D) 抓(癢)
3. suspend
(A) 使工業化 (B) 使停職 (C) 使便利 (D) 使公式化
4. sweat
(A) 流汗 (B) 精煉 (C) 提到 (D) 拒絕
5. telegram
(A) 節目 (B) 電報 (C) 推薦(函) (D) 問題
6. temptation
(A) 禁止 (B) 精通 (C) 誘惑 (D) 投射
7. symmetry
(A) 純淨 (B) 支柱 (C) 目的 (D) 對稱
8. tan
(A) 黃褐色 (B) 比例 (C) 速度 (D) 食譜
9. technician
(A) 雕刻家 (B) 秘書 (C) 技術人員 (D) 服務生
10. symbolize
(A) 延長 (B) 象徵 (C) 保證 (D) 推進
11. suspect
(A) 下沉 (B) 懷疑 (C) 提議 (D) 起訴
12. symphony
(A) 提神之物 (B) 治療法 (C) 韁繩 (D) 交響曲
13. temperament
(A) 性情 (B) 抵抗 (C) 憎恨 (D) 決心
14. tendency
(A) 責任 (B) 尊敬 (C) 傾向 (D) 處罰
15. thermometer
(A) 溫度計 (B) 履歷表 (C) 餐廳 (D) 肋骨
16. thought
(A) 謎語 (B) 思想 (C) 期望 (D) 押韻詩
17. terror
(A) 保護 (B) 繁榮 (C) 恐怖 (D) 出名

18. texture
    (A) 節奏 (B) 質地 (C) 團聚 (D) 關係
19. throw
    (A) 丟 (B) 修訂 (C) 反抗 (D) 公轉
20. thread
    (A) 刮鬍刀 (B) 絲帶 (C) 報酬 (D) 線
21. term
    (A) 利潤 (B) 用語 (C) 代名詞 (D) 量
22. tension
    (A) 升遷 (B) 宣傳 (C) 緊張 (D) 發音
23. theoretical
    (A) 愚蠢的 (B) 短的 (C) 近視的 (D) 理論上的
24. thrifty
    (A) 相似的 (B) 節儉的 (C) 簡單的 (D) 真誠的
25. through
    (A) 片刻 (B) 在…旁邊 (C) 藉由 (D) 沿著
26. theatrical
    (A) 戲劇的 (B) 單數的 (C) 單一的 (D) 熟練的
27. terrible
    (A) 皮包骨的 (B) 滑的 (C) 懷疑的 (D) 可怕的
28. terminate
    (A) 激怒 (B) 抗議 (C) 終結 (D) 出版
29. ticket
    (A) 小包 (B) 票 (C) 墊子 (D) 槳
30. torrent
    (A) 急流 (B) 粒子 (C) 步調 (D) 小徑
31. tolerance
    (A) 地震 (B) 尋求 (C) 了解 (D) 容忍
32. trader
    (A) 影子 (B) 商人 (C) 僕人 (D) 殖民者
33. town
    (A) 城鎮 (B) 住宅 (C) 農場 (D) 廁所

34. tourism
(A) 文藝復興 (B) 彩虹 (C) 觀光業 (D) 共和國
35. torch
(A) 收入 (B) 必備條件 (C) 零售 (D) 火把
36. tight
(A) 緊的 (B) 邋遢的 (C) 性的 (D) 鬼鬼祟祟的
37. trademark
(A) 宗教 (B) 商標 (C) 規定 (D) 評論
38. towel
(A) 毛巾 (B) 冰箱 (C) 大衣 (D) 頁
39. tortoise
(A) 公雞 (B) 鯊魚 (C) 陸龜 (D) 蜘蛛
40. sprinkle
(A) 用力推 (B) 刮（鬍子） (C) 吼叫 (D) 灑
41. station
(A) 水庫 (B) 宮殿 (C) 天橋 (D) 車站
42. stimulate
(A) 刺激 (B) 宣傳 (C) 購買 (D) 爭吵
43. square
(A) 畫 (B) 正方形 (C) 面板 (D) 小冊子
44. stature
(A) 打包 (B) 骨骼 (C) 半徑 (D) 身高
45. stern
(A) 嚴格的 (B) 善交際的 (C) 社會的 (D) 柔軟的
46. standard
(A) 政權 (B) 所有權 (C) 標準 (D) 協定
47. steward
(A) 服務員 (B) 社會主義者 (C) 奴隸 (D) 大二學生
48. steam
(A) 珍珠 (B) 漿糊 (C) 蒸氣 (D) 香水
49. stationery
(A) 運動鞋 (B) 文具 (C) 郵包 (D) 平底鍋

50. squash
(A) 壓扁 (B) 登記 (C) 高興 (D) 增強
51. stick
(A) 棍子 (B) 鐵路 (C) 贖金 (D) 破布
52. stepfather
(A) 專家 (B) 觀眾 (C) 繼父 (D) 發言人
53. stabilize
(A) 使失望 (B) 使驚嚇 (C) 使受挫折 (D) 使穩定
54. statistical
(A) 統計的 (B) 唯一的 (C) 太陽的 (D) 堅固的
55. squad
(A) 排 (B) 一隊 (C) 一大袋 (D) (藥的)一劑
56. steer
(A) 駕駛 (B) 淨化 (C) 用拳頭打 (D) 詢問
57. strap
(A) 照片 (B) 花瓣 (C) 帶子 (D) 枕頭
58. subscription
(A) 疼痛 (B) 訂閱 (C) 享受 (D) 除去
59. stink
(A) 發臭 (B) 放心 (C) 懇求 (D) 樂趣
60. stride
(A) 停止 (B) 散發 (C) 大步走 (D) 取悅
61. stoop
(A) 反叛 (B) 背誦 (C) 恢復 (D) 彎腰
62. strange
(A) 奇怪的 (B) 嚴肅的 (C) 孤獨的 (D) 抱歉的
63. strengthen
(A) 仍然 (B) 減輕 (C) 釋放 (D) 加強
64. straw
(A) 梅子 (B) 毒藥 (C) 稻草 (D) 陶器
65. structural
(A) 結構上的 (B) 南方的 (C) 酸的 (D) 悲傷的

66. stripe
(A) 粉末 (B) 管線 (C) 藥方 (D) 條紋
67. stool
(A) 手槍 (B) 凳子 (C) 插頭 (D) 柱子
68. store
(A) 蘇打水 (B) 半島 (C) 宴會 (D) 商店
69. substantial
(A) 複雜的 (B) 實質的 (C) 疼痛的 (D) 寬敞的
70. strong
(A) 強壯的 (B) 特定的 (C) 壯觀的 (D) 特別的
71. stomach
(A) 胃 (B) 手掌 (C) 青春痘 (D) 八字鬍
72. straight
(A) 適當的 (B) 卓越的 (C) 嚴格的 (D) 直的
73. substitute
(A) 恐慌 (B) 用…代替 (C) 原諒 (D) 經過
74. strip
(A) 輕拍 (B) 脫掉 (C) 穿透 (D) 鋪（路）
75. storm
(A) 一夜之間 (B) 降落傘 (C) 暴風雨 (D) 天堂
76. struggle
(A) 察覺 (B) 掙扎 (C) 死亡 (D) 允許
77. subjective
(A) 主觀的 (B) 辣的 (C) 精神上的 (D) 壯麗的
78. stroll
(A) 稱讚 (B) 計劃 (C) 散步 (D) 請求
79. strand
(A) 使不高興 (B) 使厭惡 (C) 使氣餒 (D) 使擱淺
80. strawberry
(A) 酸黃瓜 (B) 菠菜 (C) 草莓 (D) 義大利麵
81. successful
(A) 可有可無的 (B) 用完即丟的 (C) 成功的 (D) 遙遠的

82. superior
(A) 自動自發的 (B) 較優秀的 (C) 有生產力的 (D) 職業的
83. suit
(A) 拔出 (B) 沉思 (C) 居住於 (D) 適合
84. supplement
(A) 補充 (B) 價格 (C) 補丁 (D) 郵資
85. superficial
(A) 有利可圖的 (B) 進步的 (C) 有前途的 (D) 表面的
86. surrender
(A) 擁有 (B) 推翻 (C) 投降 (D) 說服
87. support
(A) 跳進 (B) 堅持 (C) 挑選 (D) 支持
88. superstition
(A) 迷信 (B) 豐富 (C) 困境 (D) 姿勢
89. survive
(A) 描繪 (B) 延期 (C) 生還 (D) 傾倒
90. sum
(A) 序言 (B) 力量 (C) 金額 (D) 偏見
91. surf
(A) 衝浪 (B) 主持 (C) 保存 (D) 預防
92. suffer
(A) 印刷 (B) 前進 (C) 預測 (D) 受苦
93. supervise
(A) 說教 (B) 比較喜歡 (C) 監督 (D) 保證
94. surplus
(A) 矛盾 (B) 剩餘 (C) 熱情 (D) 段落
95. surge
(A) 開藥方 (B) 在…之前 (C) 污染 (D) 蜂擁而至
96. surround
(A) 環繞 (B) 祈禱 (C) 準備 (D) 允許
97. summarize
(A) 表演 (B) 扼要說明 (C) 威脅 (D) 提到

98. suffocate

(A) 做…過火　(B) 氾濫　(C) 窒息　(D) 克服

99. tar

(A) 焦油　(B) 裝飾品　(C) 燕麥片　(D) 筆記本

100. sympathize

(A) 重疊　(B) 同情　(C) 無意間聽到　(D) 忽視

【測驗一解答】

1. (B) suspense	21. (A) tender	41. (A) tick	61. (D) track
2. (C) tangerine	22. (B) therapy	42. (B) torment	62. (C) traffic
3. (D) symbolic	23. (C) terrify	43. (D) toil	63. (B) tradition
4. (A) technique	24. (D) thrill	44. (A) toll	64. (C) tobacco
5. (C) tablet	25. (B) thoughtful	45. (A) toxic	65. (D) topple
6. (B) symptom	26. (D) textbook	46. (B) tragedy	66. (A) state
7. (A) suspicion	27. (C) tent	47. (D) tour	67. (B) stable
8. (C) target	28. (A) thereby	48. (C) tip	68. (A) steal
9. (D) tail	29. (C) theory	49. (D) tide	69. (B) startle
10. (B) temper	30. (B) throne	50. (A) top	70. (D) stereo
11. (A) sympathy	31. (D) throughout	51. (D) tooth	71. (A) staff
12. (B) tempt	32. (A) tense	52. (B) trade	72. (C) squat
13. (D) tale	33. (C) thirsty	53. (A) tolerate	73. (D) status
14. (A) tack	34. (B) threaten	54. (C) tow	74. (A) statement
15. (B) telegraph	35. (D) thrift	55. (B) toad	75. (C) sticky
16. (D) tart	36. (A) territory	56. (A) tighten	76. (B) steel
17. (C) sweater	37. (B) thrive	57. (C) torture	77. (B) stanza
18. (A) telescope	38. (D) theater	58. (A) tire	78. (C) sprinkle
19. (D) temperature	39. (A) terminal	59. (D) tile	79. (A) statistics
20. (A) tempo	40. (D) therefore	60. (B) tool	80. (D) stab

81. (A) stew	86. (D) straighten	91. (B) structure	96. (D) summit
82. (D) starve	87. (A) strategic	92. (D) success	97. (C) surgeon
83. (C) stare	88. (B) strength	93. (B) supervisor	98. (B) survivor
84. (A) sting	89. (C) stumble	94. (D) superb	99. (C) suppose
85. (C) stocking	90. (D) stuff	95. (B) suggestion	100. (A) successive

【測驗二解答】

1. (A)	11. (D)	21. (A)	31. (C)	41. (B)	51. (A)	61. (D)	71. (A)	81. (B)	91. (A)
2. (B)	12. (C)	22. (B)	32. (D)	42. (A)	52. (C)	62. (A)	72. (B)	82. (C)	92. (B)
3. (D)	13. (A)	23. (C)	33. (A)	43. (C)	53. (A)	63. (C)	73. (D)	83. (B)	93. (A)
4. (A)	14. (C)	24. (D)	34. (B)	44. (D)	54. (D)	64. (A)	74. (D)	84. (D)	94. (C)
5. (C)	15. (A)	25. (C)	35. (A)	45. (C)	55. (B)	65. (D)	75. (A)	85. (A)	95. (D)
6. (C)	16. (B)	26. (A)	36. (A)	46. (B)	56. (D)	66. (A)	76. (B)	86. (A)	96. (B)
7. (D)	17. (D)	27. (B)	37. (D)	47. (C)	57. (C)	67. (B)	77. (A)	87. (C)	97. (D)
8. (A)	18. (B)	28. (D)	38. (B)	48. (D)	58. (A)	68. (C)	78. (B)	88. (B)	98. (A)
9. (C)	19. (A)	29. (C)	39. (D)	49. (A)	59. (B)	69. (D)	79. (C)	89. (D)	99. (B)
10. (A)	20. (D)	30. (B)	40. (A)	50. (D)	60. (C)	70. (A)	80. (D)	90. (C)	100. (C)

【測驗三解答】

1. (D)	11. (B)	21. (B)	31. (D)	41. (D)	51. (A)	61. (D)	71. (A)	81. (C)	91. (A)
2. (A)	12. (D)	22. (C)	32. (B)	42. (A)	52. (C)	62. (A)	72. (D)	82. (B)	92. (D)
3. (B)	13. (A)	23. (D)	33. (A)	43. (B)	53. (D)	63. (D)	73. (B)	83. (D)	93. (C)
4. (A)	14. (C)	24. (B)	34. (C)	44. (D)	54. (A)	64. (C)	74. (B)	84. (A)	94. (B)
5. (B)	15. (A)	25. (C)	35. (D)	45. (A)	55. (B)	65. (A)	75. (C)	85. (D)	95. (D)
6. (C)	16. (B)	26. (A)	36. (A)	46. (C)	56. (A)	66. (D)	76. (B)	86. (C)	96. (A)
7. (D)	17. (C)	27. (D)	37. (B)	47. (A)	57. (C)	67. (B)	77. (A)	87. (D)	97. (B)
8. (A)	18. (B)	28. (C)	38. (A)	48. (C)	58. (B)	68. (D)	78. (C)	88. (A)	98. (C)
9. (C)	19. (A)	29. (B)	39. (C)	49. (B)	59. (A)	69. (B)	79. (D)	89. (C)	99. (A)
10. (B)	20. (D)	30. (A)	40. (D)	50. (A)	60. (C)	70. (A)	80. (C)	90. (C)	100. (B)

【考前先背「一口氣背 7000 字 ⑭」】

TEST 14

測驗一： 「聽英選中」100題，聽英文，選出正確的中文字義。

	(A)	(B)	(C)	(D)
1.	別墅	乾草堆	灑水裝置	立體音響
2.	統計數字	音量	身高	地位
3.	穩定	標準	敘述	美德
4.	凝視	站立	等	刺
5.	統計的	穩定的	不動的	關鍵性的
6.	東西	摘要	戰爭	夏天
7.	葡萄藤	蒸氣	澱粉	（樹）幹
8.	金額	聲音	表面	晚餐
9.	職業	策略	手術	周遭環境
10.	雕像	正方形	用品	文具
11.	搖動（尾巴）	衝刺	蹲（下）	擠壓
12.	水果餡餅	藥片	焦油	醋
13.	加強	駕駛	拜訪	努力
14.	帶子	棍子	稻草	牆壁
15.	散步	投票	大步走	脫掉
16.	掙扎	訂閱	代理	醒來
17.	結構	簽證	物質	主題
18.	中風	象徵	懷疑	暴力
19.	領土	星星	火山	樹樁
20.	性情	視力	刻板印象	望遠鏡
21.	叮咬	發臭	大叫	刺激
22.	陡峭的	嚴格的	更糟的	黏的
23.	窒息	拉拉鍊	受苦	扼要說明
24.	還（沒）	絆倒	讀書	成功
25.	潮水	風	急流	火把

26. (A) 趾尖 (B) 尾巴 (C) 牙齒 (D) 手腕
27. (A) 斑馬 (B) 松鼠 (C) 老虎 (D) 麻雀
28. (A) 寺廟 (B) 帳篷 (C) 城鎮 (D) 院子
29. (A) 年輕的 (B) 暴風雨的 (C) 直的 (D) 小氣的
30. (A) 溶解 (B) 將畫面拉近或拉遠 (C) 招喚 (D) 同情

31. (A) 灑 (B) 偷 (C) 燉 (D) 踩
32. (A) 訓練 (B) 潛水 (C) 容忍 (D) 發現
33. (A) 繼父 (B) 翻譯家 (C) 職員 (D) 政治家
34. (A) 垃圾 (B) 詩的一節 (C) 股票 (D) 手提箱
35. (A) 毛衣 (B) 長襪 (C) 凳子 (D) 褲子

36. (A) 走失的 (B) 奇怪的 (C) 難以處理的 (D) 策略上的
37. (A) 挑選 (B) 症狀 (C) 圖釘 (D) 條約
38. (A) 強壯的 (B) 寧靜的 (C) 結構上的 (D) 頑固的
39. (A) 罷工 (B) 力量 (C) 壓力 (D) 珍惜
40. (A) 瑣碎的 (B) 實質的 (C) 主觀的 (D) 成功的

41. (A) 處理 (B) 壓扁 (C) 飢餓 (D) 轉移
42. (A) 足夠的 (B) 連續的 (C) 熱帶的 (D) 適合的
43. (A) 開始 (B) 流汗 (C) 發誓 (D) 傳送
44. (A) 治療法 (B) 鎮靜劑 (C) 故事 (D) 關稅
45. (A) 支持 (B) 發抖 (C) 壓抑 (D) 假定

46. (A) 衝浪 (B) 運送 (C) 環繞 (D) 生還
47. (A) 目標 (B) 商品 (C) 勝利 (D) 對稱
48. (A) 運輸 (B) 投降 (C) 蜂擁而至 (D) 糾纏
49. (A) 州 (B) 部落 (C) 車站 (D) 汽船
50. (A) 懸疑 (B) 生還 (C) 條紋 (D) 價值

51. (A) 晴朗的 (B) 透明的 (C) 極好的 (D) 表面的
52. (A) 理論 (B) 驚險小說或電影 (C) 旅行 (D) 主題
53. (A) 嘗起來 (B) 引誘 (C) 易於 (D) 對待
54. (A) 重步行走 (B) 終結 (C) 威脅 (D) 丟
55. (A) 搔癢 (B) 追求 (C) 適合 (D) 繁榮

56. (A) 直率的 (B) 較優秀的 (C) 迷信的 (D) 瘋狂的
57. (A) 機智 (B) 建議 (C) 連續 (D) 自殺
58. (A) 脾氣 (B) 誘惑 (C) 船難 (D) 傾向
59. (A) 森林 (B) 太陽 (C) 山頂 (D) 超級市場
60. (A) 滴答聲 (B) 用語 (C) 瑜珈 (D) 折磨

61. (A) 供給 (B) 迷信 (C) 監督 (D) 警告
62. (A) 小麥 (B) 橘子 (C) 吐司 (D) 煙草
63. (A) 超音速的 (B) 可疑的 (C) 每週的 (D) 象徵性的
64. (A) 全部的 (B) 同情的 (C) 美味的 (D) 技術上的
65. (A) 蟾蜍 (B) 鯊魚 (C) 鯨魚 (D) 鮭魚

66. (A) 辛勞 (B) 推倒 (C) 連接 (D) 擦
67. (A) 然而 (B) 從那之後 (C) 藉以 (D) 因此
68. (A) 口渴 (B) 財富 (C) 優秀 (D) 節儉
69. (A) 修道士 (B) 繼承者 (C) 服務員 (D) 寡婦
70. (A) 很好 (B) 不久 (C) 大約 (D) 非常

71. (A) 向…敬禮 (B) 在…之前 (C) 做…過火 (D) 與…結婚
72. (A) 溫度計 (B) 輪椅 (C) 門檻 (D) 線
73. (A) 小心的 (B) 科技的 (C) 暫時的 (D) 溫柔的
74. (A) 緊張的 (B) 西方的 (C) 最終的 (D) 可怕的
75. (A) 理論上的 (B) 很棒的 (C) 戲劇的 (D) 寬的

76. (A) 嘲笑 (B) 鞭打 (C) 撕裂 (D) 搶劫
77. (A) 火箭 (B) 垃圾 (C) 武器 (D) 細繩
78. (A) 毀滅 (B) 出現 (C) 摩擦 (D) 揮走
79. (A) 腐爛 (B) 撤退 (C) 保護 (D) 犧牲
80. (A) 重… (B) 節省 (C) 掃描 (D) 滿足

81. (A) 眞的 (B) 第三的 (C) 口渴的 (D) 體貼的
82. (A) 挑選 (B) 刷洗 (C) 密封 (D) 經歷
83. (A) 抓（癢） (B) 捲起（衣袖） (C) 刮（鬍子） (D) 炒（蛋）
84. (A) 用力推 (B) 吼叫 (C) 統一 (D) 表示
85. (A) 裁縫師 (B) 生還者 (C) 外科醫生 (D) 雙胞胎之一

86. (A) 略讀 (B) 下沉 (C) 更新 (D) 簡化
87. (A) 滑雪 (B) 打字 (C) 殺害 (D) 滑倒
88. (A) 直立的 (B) 整齊的 (C) 節儉的 (D) 緊的
89. (A) 技術人員 (B) 家庭教師 (C) 房客 (D) 治療學家
90. (A) 社會 (B) 太空船 (C) 彗星 (D) 宇宙

91. (A) 小狗 (B) 火雞 (C) 爬蟲類動物 (D) 老鼠
92. (A) 使穩定 (B) 使嚇一跳 (C) 使聯合 (D) 使變直
93. (A) 由…組成 (B) 爲…投保 (C) 用…代替 (D) 在…畫底線
94. (A) 印刷機 (B) 潛水艇 (C) 卡車 (D) 馬達
95. (A) 勝利 (B) 貿易 (C) 傳統 (D) 溫度

96. (A) 節奏 (B) 誘惑 (C) 變化 (D) 技術
97. (A) 因爲 (B) 經由 (C) 遍及 (D) 一夜之間
98. (A) 利用 (B) 旋轉 (C) 推測 (D) 破壞
99. (A) 藥丸 (B) 爆米花 (C) 蔬菜 (D) 梅子
100. (A) 路線 (B) 定居 (C) 計畫 (D) 旅行

測驗二：「看中選英」100題，看中文，選出正確的英文。

1. 荒野
   (A) royalty (B) storm (C) stump (D) wilderness
2. 用力扭轉
   (A) sprint (B) wrench (C) stimulate (D) stride
3. 動物園
   (A) zoo (B) ridge (C) station (D) summit
4. 紗
   (A) stanza (B) tack (C) yeast (D) yarn
5. 啄木鳥
   (A) squirrel (B) woodpecker (C) tiger (D) toad
6. 蛋黃
   (A) yolk (B) tart (C) robe (D) stack

7. 贏
(A) satisfy (B) strangle (C) win (D) stew

8. 起皺紋
(A) squat (B) wrinkle (C) stroll (D) strip

9. 零
(A) substance (B) tale (C) zero (D) term

10. 好吃的
(A) yummy (B) technical (C) stormy (D) stable

11. 昨天
(A) therefore (B) yesterday (C) through (D) thereby

12. 目擊者
(A) tailor (B) saint (C) witness (D) staff

13. 小工廠
(A) roof (B) shelter (C) rural (D) workshop

14. 出產
(A) yield (B) struggle (C) stun (D) sprinkle

15. 崇拜
(A) sting (B) subscribe (C) worship (D) stumble

16. 擋風玻璃
(A) structure (B) saddle (C) surroundings (D) windshield

17. 黃色的
(A) yellow (B) theoretical (C) substantial (D) straight

18. 木製的
(A) thrifty (B) stationary (C) thoughtful (D) wooden

19. 優格
(A) toast (B) yogurt (C) tobacco (D) tomato

20. 鋅
(A) salt (B) steel (C) script (D) zinc

21. 遊艇
(A) yacht (B) rocket (C) rubbish (D) stocking

22. 酵母菌
(A) starch (B) yeast (C) root (D) shell

23. 戰士
(A) tenant (B) successor (C) warrior (D) survivor
24. 無論何時
(A) thereafter (B) stereotype (C) throughout (D) whenever
25. 福利
(A) stability (B) welfare (C) rumor (D) subject
26. 聰明的
(A) wise (B) stingy (C) tight (D) statistics
27. 窗户
(A) stem (B) rug (C) tar (D) window
28. 輪子
(A) sweater (B) wheel (C) string (D) ruby
29. 西瓜
(A) tangerine (B) strawberry (C) spinach (D) watermelon
30. 碼頭
(A) theater (B) terrace (C) wharf (D) sector
31. 枯萎
(A) suffer (B) squash (C) wither (D) substitute
32. 婚禮
(A) traffic (B) rite (C) robbery (D) wedding
33. 有錢的
(A) sticky (B) wealthy (C) tiresome (D) successive
34. 小聲說
(A) whisper (B) scramble (C) suppress (D) stink
35. 怪異的
(A) suitable (B) tolerable (C) weird (D) symbolic
36. 有益健康的
(A) tasty (B) wholesome (C) tragic (D) strange
37. 抱怨
(A) whine (B) stare (C) suffocate (D) suggest
38. 平日
(A) tempest (B) roughly (C) quite (D) weekday

39. 使變寬
(A) suit (B) summon (C) widen (D) summarize

40. 重量
(A) stress (B) sanitation (C) sack (D) weight

41. 惡棍
(A) surgeon (B) villain (C) sailor (D) trader

42. 聲音的
(A) stray (B) traditional (C) vocal (D) superficial

43. 紫羅蘭
(A) violet (B) daffodil (C) jasmine (D) blossom

44. 工資
(A) strategy (B) row (C) standard (D) wage

45. 視覺的
(A) visual (B) toxic (C) superstitious (D) strategic

46. 皮夾
(A) telescope (B) route (C) wallet (D) rubber

47. 字彙
(A) tact (B) sculpture (C) sample (D) vocabulary

48. 戰爭
(A) symphony (B) tension (C) warfare (D) shaver

49. 哭叫
(A) starve (B) supervise (C) tempt (D) wail

50. 葡萄園
(A) vineyard (B) sanctuary (C) saloon (D) span

51. 自願
(A) terminate (B) roll (C) volunteer (D) salute

52. 村莊
(A) resident (B) region (C) reservoir (D) village

53. 處女
(A) scholar (B) virgin (C) sculptor (D) throne

54. 女服務生
(A) waitress (B) settler (C) supervisor (D) therapist

55. 維他命
(A) spaghetti (B) sauce (C) vitamin (D) sandwich
56. 嘔吐
(A) vomit (B) stand (C) strengthen (D) rust
57. 違反
(A) rustle (B) violate (C) supervise (D) scrub
58. 病房
(A) refuge (B) pond (C) overpass (D) ward
59. 看得見的
(A) visible (B) tolerant (C) stubborn (D) stern
60. 投票者
(A) steward (B) voter (C) technician (D) slave
61. 叛徒
(A) rival (B) socialist (C) soldier (D) traitor
62. 叛國罪
(A) treason (B) spectrum (C) suspense (D) theory
63. 成績單
(A) stool (B) stereo (C) tactics (D) transcript
64. 翻譯
(A) substitution (B) stationery (C) translation (D) sanction
65. 傳送
(A) tighten (B) transmit (C) startle (D) sacrifice
66. 回歸線
(A) statue (B) temperature (C) strap (D) tropic
67. 三倍的
(A) triple (B) strong (C) theatrical (D) subjective
68. 旅行者
(A) stepfather (B) sophomore (C) specialist (D) traveler
69. 治療
(A) stomach (B) tablet (C) treatment (D) succession
70. 寶庫
(A) temple (B) recipe (C) rag (D) treasury

71. 交易
(A) transaction (B) starvation (C) suspension (D) subscription

72. 三角形
(A) symmetry (B) tile (C) triangle (D) stripe

73. 審判
(A) stab (B) trial (C) torment (D) state

74. 特點
(A) target (B) tick (C) tide (D) trait

75. 電晶體
(A) transistor (B) thermometer (C) thriller (D) texture

76. 移植
(A) steal (B) transplant (C) ruin (D) thrive

77. 麻煩
(A) suicide (B) supplement (C) text (D) trouble

78. 瑣事
(A) trademark (B) stuff (C) trifle (D) stature

79. 巨大的
(A) sufficient (B) tremendous (C) terrific (D) steep

80. 踐踏
(A) trample (B) stoop (C) terrify (D) threaten

81. 轉變
(A) stimulation (B) tournament (C) transformation (D) suggestion

82. 部落的
(A) sympathetic (B) tribal (C) tentative (D) terminal

83. 停戰
(A) truce (B) sympathy (C) suspicion (D) tolerance

84. 承擔
(A) tow (B) rumble (C) undertake (D) seal

85. 拔河
(A) strive (B) straw (C) tent (D) tug-of-war

86. 扭傷
(A) stabilize (B) twist (C) steer (D) thrill

87. 養育
(A) ridicule (B) upbringing (C) rot (D) shave
88. 混亂
(A) strike (B) temptation (C) sum (D) turmoil
89. 喇叭
(A) trumpet (B) stock (C) stick (D) telegram
90. 打字機
(A) steamer (B) typewriter (C) tempo (D) submarine
91. 上面的
(A) tender (B) upper (C) strange (D) tense
92. 統一
(A) rotate (B) rip (C) unity (D) throw
93. 大學生
(A) statement (B) recipient (C) spokesperson (D) undergraduate
94. 肺結核
(A) stroke (B) tuberculosis (C) temper (D) surgery
95. 力勸
(A) strand (B) tolerate (C) urge (D) toil
96. 鈾
(A) supper (B) uranium (C) symptom (D) tan
97. 空的
(A) vacant (B) statistical (C) temporary (D) supersonic
98. 詩
(A) status (B) tariff (C) verse (D) suitcase
99. 觀眾
(A) sponsor (B) prophet (C) spouse (D) viewer
100. 不同
(A) vary (B) squeeze (C) topple (D) strand

測驗三：「看英選中」100題，看英文，選出正確的中文字義。

1. transform
(A) 勒死 (B) 彎腰 (C) 轉變 (D) 用文火慢慢煮

2. trick
(A) 缺點 (B) 信號 (C) 服務 (D) 把戲
3. trophy
(A) 戰利品 (B) 石頭 (C) 碎片 (D) 螺絲
4. transportation
(A) 雕刻 (B) 運輸 (C) 旋轉 (D) 來回行駛
5. truant
(A) 曠課者 (B) 觀光客 (C) 群眾 (D) 商人
6. underestimate
(A) 滑倒 (B) 浸泡 (C) 打噴嚏 (D) 低估
7. twig
(A) 肥皂 (B) 小樹枝 (C) 插座 (D) 沙發
8. uphold
(A) 軟化 (B) 解決 (C) 維護 (D) 安撫
9. union
(A) 獨奏 (B) 光譜 (C) 專長 (D) 聯盟
10. upstairs
(A) 片刻 (B) 到樓上 (C) 總共 (D) 沿著
11. university
(A) 大學 (B) 部門 (C) 避難所 (D) 閣樓
12. tumor
(A) 胃 (B) 皮膚 (C) 腫瘤 (D) 器官
13. tub
(A) 陽台 (B) 浴缸 (C) 戲院 (D) 馬桶
14. underpass
(A) 交通 (B) 塔 (C) 商店 (D) 地下道
15. violation
(A) 恐怖 (B) 違反 (C) 漣漪 (D) 搶案
16. violin
(A) 機器人 (B) 長袍 (C) 小提琴 (D) 馬鞍
17. voluntary
(A) 自願的 (B) 令人厭煩的 (C) 可容忍的 (D) 寬容的

18. wagon
(A) 太空船 (B) 四輪馬車 (C) 活動場所 (D) 鐵路
19. vocational
(A) 職業的 (B) 傳統的 (C) 有毒的 (D) 悲劇的
20. wardrobe
(A) 內文 (B) 紡織品 (C) 衣櫥 (D) 教科書
21. visualize
(A) 噴灑 (B) 想像 (C) 扭傷 (D) 濺起
22. virtual
(A) 實際上的 (B) 荒謬的 (C) 成熟的 (D) 儀式的
23. waist
(A) 八字鬍 (B) 喉嚨 (C) 手掌 (D) 腰
24. warehouse
(A) 尖塔 (B) 景象 (C) 倉庫 (D) 百葉窗
25. vitality
(A) 觀光 (B) 真誠 (C) 羞恥 (D) 活力
26. waken
(A) 叫醒 (B) 拼（字） (C) 服務 (D) 專攻
27. walnut
(A) 水餃 (B) 核桃 (C) 草莓 (D) 調味醬
28. violinist
(A) 小提琴手 (B) 經濟學家 (C) 駕駛人 (D) 電工
29. whereabouts
(A) 光輝 (B) 出售 (C) 制裁 (D) 下落
30. weekend
(A) 衛生 (B) 醜聞 (C) 週末 (D) 節日
31. widower
(A) 鰥夫 (B) 殖民者 (C) 雕刻家 (D) 奴隸
32. whatsoever
(A) 片刻 (B) 在…旁邊 (C) 沿著 (D) 任何…的事物
33. withstand
(A) 閃耀 (B) 交際 (C) 抵抗 (D) 除去

34. whisky
(A) 威士忌　(B) 葡萄乾　(C) 小蘿蔔　(D) 南瓜
35. waterfall
(A) 地點　(B) 瀑布　(C) 聚光燈　(D) 標本
36. weep
(A) 明確指出　(B) 嘲笑　(C) 哭泣　(D) 翱翔
37. wholesale
(A) 社會主義　(B) 鈉　(C) 軟體　(D) 批發
38. welcome
(A) 生產　(B) 歡迎　(C) 禁止　(D) 延長
39. wisdom
(A) 智慧　(B) 緊張　(C) 質地　(D) 磁磚
40. waterproof
(A) 強健的　(B) 防水的　(C) 多岩石的　(D) 浪漫的
41. whistle
(A) 推進　(B) 發音　(C) 吹口哨　(D) 起訴
42. widespread
(A) 普遍的　(B) 皇家的　(C) 腐爛的　(D) 粗糙的
43. wildlife
(A) 犀牛　(B) 小馬　(C) 家禽　(D) 野生動物
44. witty
(A) 崎嶇的　(B) 無禮的　(C) 機智的　(D) 鄉村的
45. youngster
(A) 年輕人　(B) 大二學生　(C) 專家　(D) 社會主義者
46. yucky
(A) 生銹的　(B) 悲傷的　(C) 神聖的　(D) 令人厭惡的
47. worst
(A) 安全的　(B) 最糟的　(C) 令人滿意的　(D) 適當的
48. wool
(A) 小費　(B) 票　(C) 磁磚　(D) 羊毛
49. zeal
(A) 痕跡　(B) 悲劇　(C) 熱心　(D) 商標

50. wring
(A) 修訂 (B) 反抗 (C) 關 (D) 擰
51. zipper
(A) 報酬 (B) 拉鍊 (C) 收入 (D) 履歷表
52. wonder
(A) 驚險小說或電影 (B) 奇觀 (C) 死傷人數 (D) 錦標賽
53. zone
(A) 岩石 (B) 山脊 (C) 地區 (D) 屋頂
54. wrestle
(A) 拖 (B) 腐爛 (C) 滾動 (D) 扭打
55. wood
(A) 毛巾 (B) 木頭 (C) 墳墓 (D) 儀式
56. transition
(A) 補充 (B) 剩餘 (C) 過渡期 (D) 暫停
57. troublesome
(A) 野蠻的 (B) 麻煩的 (C) 頭腦清醒的 (D) 不動的
58. triumphant
(A) 得意洋洋的 (B) 稀少的 (C) 風景優美的 (D) 科學的
59. trunk
(A) 桌子 (B) 暴風雨 (C) 電話 (D) 樹幹
60. underline
(A) (卡車)發出隆隆聲 (B) 航行 (C) 在…畫底線 (D) 搖動
61. tuition
(A) 學費 (B) 角色 (C) 主題 (D) 路線
62. upset
(A) 多愁善感的 (B) 敏感的 (C) 不高興的 (D) 明智的
63. typist
(A) 對手 (B) 打字員 (C) 強盜 (D) 統治者
64. universal
(A) 精挑細選的 (B) 性感的 (C) 普遍的 (D) 寧靜的
65. turtle
(A) 公雞 (B) 章魚 (C) 夜鶯 (D) 海龜

66. tube
(A) 管子 (B) 網 (C) 工具 (D) 筆記本
67. uniform
(A) 餐巾 (B) 神經 (C) 馬克杯 (D) 制服
68. underneath
(A) 除了 (B) 沿著 (C) 在…之下 (D) 關於
69. unit
(A) 單位 (B) 皇室 (C) 國家 (D) 一步
70. tug
(A) 嘮叨 (B) 用力拉 (C) 謀殺 (D) 小睡
71. twilight
(A) 王位 (B) 微光 (C) 千 (D) 神話
72. upload
(A) 上傳 (B) 航行 (C) 沉思 (D) 敘述
73. underwear
(A) 針 (B) 項鍊 (C) 領帶 (D) 內衣
74. twinkle
(A) 滋養 (B) 閃爍 (C) 忽略 (D) 談判
75. upgrade
(A) 使升級 (B) 使大吃一驚 (C) 使停職 (D) 使擱淺
76. twice
(A) 本質 (B) 差事 (C) 文章 (D) 兩次
77. translate
(A) 光榮 (B) 養育 (C) 翻譯 (D) 提名
78. urgency
(A) 頂端 (B) 科技 (C) 電報 (D) 迫切
79. vegetation
(A) 芥末 (B) 植物 (C) 番茄 (D) 蘑菇
80. valid
(A) 陰涼的 (B) 破舊的 (C) 可恥的 (D) 有效的
81. vice
(A) 邪惡 (B) 道德 (C) 謙虛 (D) 動機

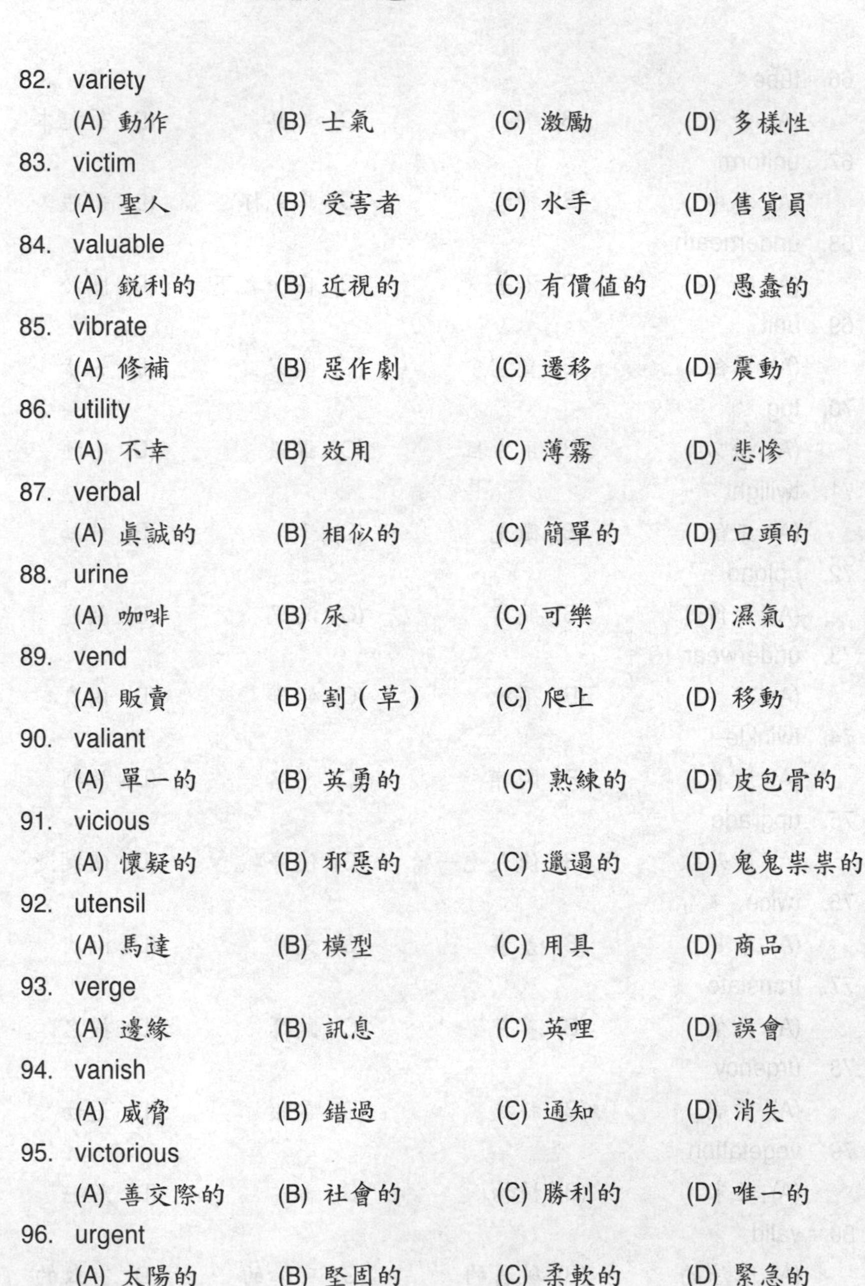

82. variety
    (A) 動作　(B) 士氣　(C) 激勵　(D) 多樣性
83. victim
    (A) 聖人　(B) 受害者　(C) 水手　(D) 售貨員
84. valuable
    (A) 銳利的　(B) 近視的　(C) 有價值的　(D) 愚蠢的
85. vibrate
    (A) 修補　(B) 惡作劇　(C) 遷移　(D) 震動
86. utility
    (A) 不幸　(B) 效用　(C) 薄霧　(D) 悲慘
87. verbal
    (A) 真誠的　(B) 相似的　(C) 簡單的　(D) 口頭的
88. urine
    (A) 咖啡　(B) 尿　(C) 可樂　(D) 濕氣
89. vend
    (A) 販賣　(B) 割（草）　(C) 爬上　(D) 移動
90. valiant
    (A) 單一的　(B) 英勇的　(C) 熟練的　(D) 皮包骨的
91. vicious
    (A) 懷疑的　(B) 邪惡的　(C) 邋遢的　(D) 鬼鬼祟祟的
92. utensil
    (A) 馬達　(B) 模型　(C) 用具　(D) 商品
93. verge
    (A) 邊緣　(B) 訊息　(C) 英哩　(D) 誤會
94. vanish
    (A) 威脅　(B) 錯過　(C) 通知　(D) 消失
95. victorious
    (A) 善交際的　(B) 社會的　(C) 勝利的　(D) 唯一的
96. urgent
    (A) 太陽的　(B) 堅固的　(C) 柔軟的　(D) 緊急的
97. vegetarian
    (A) 學者　(B) 素食主義者　(C) 稻草人　(D) 科學家

98. vacation
(A) 假期 (B) 觀念 (C) 核心 (D) 新聞

99. version
(A) 標準 (B) 命令 (C) 版本 (D) 義務

100. variable
(A) 複雜的 (B) 孤獨的 (C) 嚴肅的 (D) 多變的

【測驗一解答】

1. (A) villa	21. (C) yell	41. (D) transfer	61. (D) warn
2. (B) volume	22. (C) worse	42. (C) tropical	62. (A) wheat
3. (D) virtue	23. (B) zip	43. (D) transmission	63. (C) weekly
4. (C) wait	24. (A) yet	44. (B) tranquilizer	64. (A) whole
5. (D) vital	25. (B) wind	45. (B) tremble	65. (C) whale
6. (C) war	26. (D) wrist	46. (B) transit	66. (D) wipe
7. (A) vine	27. (A) zebra	47. (C) triumph	67. (A) whereas
8. (B) voice	28. (D) yard	48. (A) transport	68. (B) wealth
9. (A) vocation	29. (A) young	49. (B) tribe	69. (D) widow
10. (C) ware	30. (B) zoom	50. (D) value	70. (A) well
11. (A) wag	31. (D) tread	51. (B) transparent	71. (D) wed
12. (D) vinegar	32. (A) train	52. (C) travel	72. (B) wheelchair
13. (C) visit	33. (B) translator	53. (D) treat	73. (A) wary
14. (D) wall	34. (A) trash	54. (A) tramp	74. (B) western
15. (B) vote	35. (D) trousers	55. (B) woo	75. (D) wide
16. (D) wake	36. (C) tricky	56. (D) wild	76. (B) whip
17. (B) visa	37. (D) treaty	57. (A) wit	77. (C) weapon
18. (D) violence	38. (B) tranquil	58. (C) wreck	78. (D) whisk
19. (C) volcano	39. (D) treasure	59. (A) woods	79. (B) withdraw
20. (B) vision	40. (A) trivial	60. (C) yoga	80. (A) weigh

81. (A) true	86. (C) update	91. (B) turkey	96. (C) variation
82. (D) undergo	87. (B) type	92. (C) unite	97. (B) via
83. (B) tuck	88. (A) upright	93. (D) underline	98. (A) utilize
84. (C) unify	89. (B) tutor	94. (C) truck	99. (C) vegetable
85. (D) twin	90. (D) universe	95. (A) victory	100. (D) trip

【測驗二解答】

1. (D)	11. (B)	21. (A)	31. (C)	41. (B)	51. (C)	61. (D)	71. (A)	81. (C)	91. (B)
2. (B)	12. (C)	22. (B)	32. (D)	42. (C)	52. (D)	62. (A)	72. (C)	82. (B)	92. (C)
3. (A)	13. (D)	23. (C)	33. (B)	43. (A)	53. (B)	63. (D)	73. (B)	83. (A)	93. (D)
4. (D)	14. (A)	24. (D)	34. (A)	44. (D)	54. (A)	64. (C)	74. (D)	84. (C)	94. (B)
5. (B)	15. (C)	25. (B)	35. (C)	45. (A)	55. (C)	65. (B)	75. (A)	85. (D)	95. (C)
6. (A)	16. (D)	26. (A)	36. (B)	46. (C)	56. (A)	66. (D)	76. (B)	86. (B)	96. (B)
7. (C)	17. (A)	27. (D)	37. (A)	47. (D)	57. (B)	67. (A)	77. (D)	87. (B)	97. (A)
8. (B)	18. (D)	28. (B)	38. (D)	48. (C)	58. (D)	68. (D)	78. (C)	88. (D)	98. (C)
9. (C)	19. (B)	29. (D)	39. (C)	49. (D)	59. (A)	69. (C)	79. (B)	89. (A)	99. (D)
10. (A)	20. (D)	30. (C)	40. (D)	50. (A)	60. (B)	70. (D)	80. (A)	90. (B)	100. (A)

【測驗三解答】

1. (C)	11. (A)	21. (B)	31. (A)	41. (C)	51. (B)	61. (A)	71. (B)	81. (A)	91. (B)
2. (D)	12. (C)	22. (A)	32. (D)	42. (A)	52. (B)	62. (C)	72. (A)	82. (D)	92. (C)
3. (A)	13. (B)	23. (D)	33. (C)	43. (D)	53. (C)	63. (B)	73. (D)	83. (B)	93. (A)
4. (B)	14. (D)	24. (C)	34. (A)	44. (C)	54. (D)	64. (C)	74. (B)	84. (C)	94. (D)
5. (A)	15. (B)	25. (D)	35. (B)	45. (A)	55. (B)	65. (D)	75. (A)	85. (D)	95. (C)
6. (D)	16. (C)	26. (A)	36. (C)	46. (D)	56. (C)	66. (A)	76. (D)	86. (B)	96. (D)
7. (B)	17. (A)	27. (B)	37. (D)	47. (B)	57. (B)	67. (D)	77. (C)	87. (D)	97. (B)
8. (C)	18. (B)	28. (A)	38. (B)	48. (D)	58. (A)	68. (C)	78. (D)	88. (B)	98. (A)
9. (D)	19. (A)	29. (D)	39. (A)	49. (C)	59. (D)	69. (A)	79. (B)	89. (A)	99. (C)
10. (B)	20. (C)	30. (C)	40. (B)	50. (D)	60. (C)	70. (B)	80. (D)	90. (B)	100. (D)

【考前先背「一口氣背 7000 字 ⑮」】

TEST 15

測驗一：「聽英選中」100 題，聽英文，選出正確的中文字義。

	(A)	(B)	(C)	(D)
1.	方面	使充滿	成分	退潮
2.	菜餚	漂白	…以前	放逐
3.	沒錢的	虛弱的	身體上的	生銹的
4.	到期的	發生的	容易的	逃走的
5.	可恥的	濃密的	內部的	完整的
6.	勤勉的	帝國的	高尚的	常綠的
7.	染	沼澤	否認	小心
8.	煙囪	抓住	道德規範	上升
9.	使分開	腹部	悄悄地前進	流動
10.	自誇	工廠	不斷地	大道
11.	行爲	引起	家族	情緒
12.	洞察力	有彈性的	半球	幫助
13.	打算	滑行	煩惱	使扭曲
14.	使分心	一陣風	傳染病	專門的知識
15.	菁英分子	存貨清單	朝代	淹死
16.	輕拋	忽視	期間	擾亂
17.	卓越的	明確的	高尚的	緊急的
18.	道德	羨慕	撕裂	影響
19.	獵犬	反應	緊抓	流行
20.	葬禮	熱的	好的	直徑
21.	匿名的	大膽的	永恆的	想睡的
22.	極端的	古怪的	膽小的	公民的
23.	對立	忍受	飲料	悲傷
24.	披肩	典禮	高傳眞	子音
25.	今後	小河	極大的痛苦	保鏢

26. (A) 喚起 (B) 衝動 (C) 認爲 (D) 作文
27. (A) 用力投擲 (B) 英畝 (C) 滑行 (D) 林蔭大道
28. (A) 使感興趣 (B) 烤 (C) 黑猩猩 (D) 夥伴
29. (A) 勤勉 (B) 水果 (C) 分心 (D) 打瞌睡
30. (A) 密度 (B) 屠夫 (C) 航空 (D) 增加

31. (A) 水晶 (B) 紅寶石 (C) 飄浮 (D) 作曲家
32. (A) 使面對 (B) 起衝突 (C) 升高 (D) 傷害
33. (A) 道德的 (B) 免疫的 (C) 耐用的 (D) 陶器的
34. (A) 粉刺 (B) 腸 (C) 強加 (D) 植物學
35. (A) 向～歡呼 (B) 炸藥 (C) 樹籬 (D) 閃爍

36. (A) 引用 (B) （連續劇的）一集 (C) 幫忙 (D) 新生
37. (A) 相似 (B) 定居 (C) 分辨 (D) 緊抓
38. (A) 怒視 (B) 圖表 (C) 欺負 (D) 分配
39. (A) 精巧的 (B) 高尚的 (C) 生病的 (D) 嚴厲的
40. (A) 保險絲 (B) 拍動 (C) 高度 (D) 輸入

41. (A) 使分開 (B) 照亮 (C) 使沈迷 (D) 因此
42. (A) 手杖 (B) 商品 (C) 大口地喝 (D) 霜
43. (A) 雇用 (B) 全體教職員 (C) 鰻魚 (D) 母雞
44. (A) 孵化 (B) 存貨清單 (C) 放大 (D) 科學家
45. (A) 抱怨 (B) 殘暴的人 (C) 提高 (D) 忍受

46. (A) 膠囊 (B) 泡沫 (C) 收入 (D) 唱詩班
47. (A) 影片 (B) 收容所 (C) 跳 (D) 遵守
48. (A) 進化 (B) 生態學 (C) 胸部 (D) 冷
49. (A) 自負 (B) 組成 (C) 四輪馬車 (D) 雷達
50. (A) 尊敬 (B) （時間的）間隔 (C) 混合 (D) 獲得

51. (A) 忽視 (B) 墨水 (C) 奉獻 (D) 作文
52. (A) 酸性的 (B) 溫暖而舒適的 (C) 頭腦清醒的 (D) 虛弱的
53. (A) 成分 (B) 嘎吱嘎吱地咬 (C) 景象 (D) 遵守
54. (A) 傷害 (B) …以前 (C) 略讀 (D) 放逐
55. (A) 分配 (B) 表示 (C) 煙霧 (D) 欺負

56. (A) 沼澤 (B) 費用 (C) 囚禁 (D) 羡慕
57. (A) 免疫的 (B) 豐富的 (C) 不可避免的 (D) 世界性的
58. (A) 槍 (B) 智力的 (C) 實施 (D) 耶誕頌歌
59. (A) 小河 (B) 高興 (C) 繼承人 (D) 帝國
60. (A) 副的 (B) 沒錢的 (C) 可疑的 (D) 充滿活力的

61. (A) 危險 (B) 發出鳥叫聲 (C) 過濾 (D) 皺眉頭
62. (A) 一流人才 (B) 進化 (C) 估計 (D) 除去
63. (A) 居住 (B) 自我 (C) 奴隸制度 (D) 隱藏
64. (A) 汽水 (B) 痛苦 (C) 引用 (D) 發出嘎嘎聲
65. (A) 植物學 (B) 源自 (C) 解散 (D) 緊握

66. (A) 下巴 (B) 屍體 (C) 方面 (D) 航空
67. (A) 青銅 (B) 興隆 (C) 嬰兒床 (D) 啃
68. (A) 漂白 (B) 走道 (C) 閃電 (D) 凝視
69. (A) 上升的 (B) 不正常的 (C) 殘忍的 (D) 陶器的
70. (A) 處理 (B) 一時的流行 (C) 金屬薄片 (D) 游擊隊隊員

71. (A) 不信任 (B) 減少 (C) 轟炸 (D) 能力
72. (A) 水晶 (B) 閃電 (C) 披肩 (D) 流行
73. (A) 悲傷 (B) 回音 (C) 軟化 (D) 喚起
74. (A) 阿司匹靈 (B) 檔案 (C) 口香糖 (D) 拖鞋
75. (A) 移入 (B) 介紹 (C) 家族 (D) 朝代

76. (A) 強加 (B) 使充滿 (C) 混合 (D) 承認
77. (A) 輕拋 (B) 注意 (C) 電 (D) 住宅
78. (A) 輸入 (B) 草稿 (C) 海灣 (D) 拍動
79. (A) 烤架 (B) 蜂巢 (C) 赤道 (D) 深度
80. (A) 銀河 (B) 按（喇叭） (C) 爭論 (D) 使分離

81. (A) 新生 (B) 摩擦 (C) 使著迷 (D) 逃走
82. (A) 怪人 (B) 推測 (C) 容易 (D) 處罰
83. (A) 痊癒 (B) 流動 (C) 埋伏 (D) 觀眾
84. (A) 頻繁 (B) 油炸 (C) 魅力 (D) 挫折
85. (A) 有限的 (B) 突然的 (C) 經常的 (D) 新鮮的

86.	(A) 熱的	(B) 激烈的	(C) 沙啞的	(D) 永恆的
87.	(A) 放大	(B) 胸針	(C) 使面對	(D) 囚禁
88.	(A) 陶器的	(B) 繼承的	(C) 巨大的	(D) 冷的
89.	(A) 男同性戀者	(B) 公民	(C) 主廚	(D) 欺負
90.	(A) 夥伴	(B) 商品	(C) 小冊子	(D) 圓錐體
91.	(A) 廢除	(B) 起衝突	(C) 驚慌	(D) 蜂巢
92.	(A) 描繪	(B) 小河	(C) 洞察力	(D) 化妝品
93.	(A) (從外國來的)移民	(B) 壓扁	(C) 捲	(D) 炸彈
94.	(A) 高尚的	(B) 與生俱來的	(C) 殘忍的	(D) 到期的
95.	(A) 標題	(B) 屠夫	(C) 淹死	(D) 使沉迷
96.	(A) 帝國的	(B) 世界性的	(C) 匿名的	(D) 化妝用的
97.	(A) 奉獻	(B) 露齒而笑	(C) 使扭曲	(D) 相似
98.	(A) 專門的知識	(B) 深度	(C) 地區	(D) 提高
99.	(A) 菁英分子	(B) 驅散	(C) 窗簾	(D) 侏儒
100.	(A) 降低(地位、人格)	(B) 方面	(C) 不信任	(D) 羞恥

測驗二：「看中選英」100題，看中文，選出正確的英文。

1. 腹部

(A) cope (B) asylum (C) deed (D) abdomen

2. 認爲

(A) corpse (B) factory (C) deem (D) diligent

3. 高尚的

(A) carriage (B) decent (C) float (D) gay

4. 發生

(A) arise (B) faculty (C) ceramic (D) gain

5. 大道

(A) cozy (B) diligence (C) avenue (D) ache

6. 子音

(A) capsule (B) ashamed (C) foam (D) consonant

7. 使分心
(A) carrier (B) distract (C) denial (D) carol
8. 披肩
(A) cape (B) distinguish (C) gaze (D) hen
9. 作文
(A) dismay (B) aviation (C) caption (D) composition
10. 忍受
(A) abide (B) distraction (C) help (D) cosmopolitan
11. 一流人才
(A) arouse (B) ace (C) gum (D) gulf
12. 上升
(A) calm (B) feedback (C) cosmetics (D) ascend
13. 解散
(A) aspirin (B) cold (C) dismiss (D) guerrilla
14. 捲
(A) cone (B) coil (C) compose (D) hence
15. 不正常的
(A) acid (B) dedicate (C) abnormal (D) distinguished
16. 緊握
(A) decrease (B) clasp (C) ache (D) gulp
17. 否認
(A) deny (B) grab (C) distress (D) cozy
18. 炸彈
(A) botany (B) frequent (C) composer (D) bomb
19. 爭論
(A) fad (B) ceremony (C) dispute (D) envy
20. 方面
(A) aspect (B) degrade (C) clash (D) abolish
21. 忽視
(A) disregard (B) bog (C) grumble (D) foil
22. 手杖
(A) boom (B) cane (C) fret (D) dedication

23. 閃電
(A) bolt (B) stocking (C) acre (D) hive
24. 一打
(A) constant (B) frequency (C) dozen (D) disperse
25. 突然的
(A) abrupt (B) monotony (C) cowardly (D) hide
26. 雇用
(A) hi-fi (B) broke (C) creek (D) hire
27. 使沉迷
(A) grip (B) indulge (C) drape (D) broil
28. 強加
(A) impose (B) creak (C) ethical (D) implement
29. 高度
(A) bronze (B) crib (C) creep (D) height
30. 不信任
(A) fascinate (B) distrust (C) criterion (D) inevitable
31. 引起
(A) extreme (B) freshman (C) bully (D) induce
32. 居住
(A) dwell (B) drowsy (C) cope (D) ace
33. 草稿
(A) brooch (B) infant (C) butcher (D) draft
34. 道德
(A) infinite (B) ethics (C) extraordinary (D) boast
35. 智力的
(A) evolution (B) disturbance (C) beware (D) intellectual
36. 槍
(A) derive (B) fresh (C) gun (D) depict
37. 危險
(A) hot (B) distribution (C) bleak (D) hazard
38. 跳
(A) brute (B) hop (C) beverage (D) impulse

39. 囚禁
(A) imprison (B) brochure (C) doze (D) crush

40. 到期的
(A) detach (B) drastic (C) due (D) bleach

41. 費用
(A) fee (B) depth (C) heal (D) inherent

42. 地區
(A) ago (B) district (C) imprisonment (D) ample

43. 使住院
(A) interest (B) except (C) hospitalize (D) illuminate

44. 容易
(A) eel (B) aisle (C) amiable (D) ease

45. 注意
(A) immigrant (B) diameter (C) heed (D) civic

46. 半球
(A) amplify (B) cite (C) boost (D) hemisphere

47. 怪人
(A) freak (B) grin (C) ambush (D) bodily

48. 移入
(A) agony (B) honk (C) immigrate (D) dubious

49. 語調
(A) distribution (B) intonation (C) deputy (D) diagram

50. 升高
(A) hover (B) intact (C) ecstasy (D) heighten

51. 冰河
(A) ecology (B) ethic (C) glacier (D) embrace

52. 向～歡呼
(A) ethnic (B) eccentric (C) funeral (D) hail

53. 收入
(A) income (B) elite (C) hoarse (D) immune

54. 自我
(A) grim (B) ego (C) gleam (D) imperial

55. 腸
(A) durable (B) distraction (C) glide (D) gut
56. 流行
(A) friction (B) esteem (C) fashion (D) constant
57. 巨大的
(A) ebb (B) immense (C) fuse (D) interval
58. 使扭曲
(A) distort (B) fume (C) emotional (D) input
59. 逃走
(A) bodyguard (B) immigration (C) crunch (D) escape
60. 虛弱的
(A) increase (B) eternal (C) feeble (D) explicit
61. 墨水
(A) duration (B) glee (C) elaborate (D) ink
62. 銀河
(A) imperative (B) galaxy (C) abide (D) distress
63. 生病的
(A) hedge (B) inventory (C) ill (D) eternity
64. 怒視
(A) inner (B) acid (C) crystal (D) glare
65. 回音
(A) echo (B) hurt (C) expertise (D) cuisine
66. 今後
(A) envy (B) hereafter (C) abolish (D) hurl
67. 一陣風
(A) foam (B) episode (C) brutal (D) gust
68. 打算
(A) insight (B) analogy (C) intend (D) flu
69. 介紹
(A) hound (B) introduction (C) anonymous (D) epidemic
70. 分配
(A) heir (B) elastic (C) cowardly (D) distribute

71. 悲傷
(A) grief (B) film (C) deem (D) decent
72. 淹死
(A) frown (B) deed (C) drown (D) diligent
73. 住宅
(A) grieve (B) dwelling (C) cozy (D) deny
74. 孵化
(A) impact (B) imposing (C) hatch (D) blend
75. 輕拋
(A) clan (B) cold (C) dedicate (D) flip
76. 密度
(A) density (B) constant (C) choir (D) dismiss
77. 進化
(A) cowardly (B) cone (C) evolve (D) denial
78. 主廚
(A) distribute (B) chef (C) coil (D) dismay
79. 使充滿
(A) culture (B) acid (C) consonant (D) fill
80. 水果
(A) bog (B) fruit (C) dwarf (D) beware
81. 染
(A) dense (B) carrier (C) dye (D) conceal
82. 專門的知識
(A) good (B) expertise (C) aviation (D) composition
83. 充滿活力的
(A) frost (B) doze (C) compose (D) dynamic
84. 油炸
(A) fry (B) chimpanzee (C) chin (D) bold
85. 公民的
(A) disregard (B) distort (C) civic (D) decrease
86. 夥伴
(A) fine (B) comrade (C) distrust (D) ascend

87. 拍動
(A) flap (B) approval (C) bolt (D) distinguish

88. 啃
(A) concede (B) filter (C) clutch (D) gnaw

89. 炸藥
(A) dynamite (B) conflict (C) bomb (D) boom

90. 放逐
(A) conform (B) bosom (C) aspirin (D) exile

91. 朝代
(A) divide (B) broke (C) cane (D) dynasty

92. 烤架
(A) arise (B) component (C) grill (D) edge

93. 挫折
(A) frustration (B) broil (C) ease (D) district

94. 有限的
(A) chimney (B) finite (C) cape (D) ego

95. 常綠的
(A) botany (B) chip (C) dwell (D) evergreen

96. 除去
(A) eliminate (B) confront (C) capsule (D) caption

97. 情緒
(A) chirp (B) emotion (C) due (D) draft

98. 商品
(A) boulevard (B) dye (C) goods (D) eel

99. 菁英分子
(A) distract (B) direct (C) insight (D) elite

100. 流動
(A) carol (B) flow (C) confrontation (D) arouse

測驗三：「看英選中」100題，看英文，選出正確的中文字義。

1. intend
(A) 介紹 (B) 引起 (C) 衝動 (D) 打算

2. cold
(A) 無限的 (B) 免疫的 (C) 冷的 (D) 帝國的
3. hop
(A) 跳 (B) 語調 (C) 口香糖 (D) 存貨清單
4. grab
(A) 一陣風 (B) 墨水 (C) 囚禁 (D) 抓住
5. impose
(A) 沙啞的 (B) 強加 (C) 組成 (D) 內部的
6. gut
(A) 照亮 (B) 收入 (C) 腸 (D) 輸入
7. hound
(A) 因此 (B) 移入 (C) 使沉迷 (D) 獵犬
8. grip
(A) 緊抓 (B) 抱怨 (C) 與生俱來的 (D) 雇用
9. intact
(A) 熱的 (B) 智力的 (C) 生病的 (D) 完整的
10. honk
(A) 增加 (B) 按（喇叭） (C) 高度 (D) 洞察力
11. gulp
(A) 大口地喝 (B) 道德 (C) 逃走 (D) 退潮
12. hive
(A) 放逐 (B) 跳 (C) 除去 (D) 蜂巢
13. fret
(A) 傳染病 (B) 煩惱 (C) 痛苦 (D) 侏儒
14. gum
(A) 口香糖 (B) 明確地 (C) 容易 (D) 解散
15. ecstasy
(A) 疲勞 (B) 回音 (C) 狂喜 (D) 分辨
16. dispute
(A) 分配 (B) 爭論 (C) 永恆 (D) 估計
17. finite
(A) 有限的 (B) 酸性的 (C) 想睡的 (D) 激烈的

18. fry
(A) 一打 (B) 油炸 (C) 不信任 (D) 欺負
19. hail
(A) 向～歡呼 (B) 菁英分子 (C) 朝代 (D) 擁抱
20. imperative
(A) 耐用的 (B) 到期的 (C) 精巧的 (D) 緊急的
21. abide
(A) 打瞌睡 (B) 大膽的 (C) 忍受 (D) 提高
22. cane
(A) 捲 (B) 手杖 (C) 發生 (D) 喚起
23. deed
(A) 不正常的 (B) 陶器的 (C) 行為 (D) 沒錢的
24. ecology
(A) 胸部 (B) 生態學 (C) 方面 (D) 沼澤
25. beware
(A) 典禮 (B) 烤 (C) 閃電 (D) 小心
26. eel
(A) 黑猩猩 (B) 荒涼的 (C) 鰻魚 (D) 感到羞恥的
27. grumble
(A) 圓錐體 (B) 抱怨 (C) 植物學 (D) 收容所
28. abolish
(A) 自負 (B) 青銅 (C) 廢除 (D) 成分
29. feedback
(A) 下巴 (B) 小冊子 (C) 混合 (D) 反應
30. aviation
(A) 航空 (B) 欺負 (C) 幾何學 (D) 夥伴
31. abdomen
(A) 一流人才 (B) 消耗 (C) 腹部 (D) 抗生素
32. diagram
(A) 社論 (B) 圖表 (C) 炸彈 (D) 使氣餒
33. fascinate
(A) 阿斯匹靈 (B) 決心 (C) 公民的 (D) 使著迷

34. confrontation
(A) 對立 (B) 披肩 (C) 唱詩班 (D) 馬戲團
35. glacier
(A) 銀河 (B) 冰河 (C) 怒視 (D) 大道
36. hazard
(A) 討論 (B) 小提琴 (C) 引用 (D) 危險
37. boom
(A) 暴露 (B) 興隆 (C) 棉 (D) 極大的痛苦
38. elastic
(A) 例外的 (B) 突然的 (C) 有彈性的 (D) 友善的
39. imposing
(A) 古怪的 (B) 吸引人的 (C) 溫暖而舒適的 (D) 雄偉的
40. grief
(A) 悲傷 (B) 強加 (C) 貪圖 (D) 居住
41. evolve
(A) 調味醬 (B) 進化 (C) 屠夫 (D) 耶誕頌歌
42. chimney
(A) 起衝突 (B) 衝動 (C) 籬笆 (D) 煙囪
43. hoarse
(A) 豐富的 (B) 冷的 (C) 沙啞的 (D) 不斷的
44. glee
(A) 主廚 (B) 閃爍 (C) 滑行 (D) 高興
45. deny
(A) 否認 (B) 自誇 (C) 成分 (D) 子音
46. gulf
(A) 部隊 (B) 作曲家 (C) 海灣 (D) 屍體
47. amiable
(A) 膽小的 (B) 生病的 (C) 無憂無慮的 (D) 友善的
48. heed
(A) 注意 (B) 痊癒 (C) 蹲下 (D) 黎明
49. feeble
(A) 文化的 (B) 虛弱的 (C) 匿名的 (D) 身體上的

50. factory
(A) 烏鴉 (B) 漂白 (C) 工廠 (D) 組成
51. brooch
(A) 英畝 (B) 鞭炮 (C) 作文 (D) 胸針
52. funeral
(A) 葬禮 (B) 壓扁 (C) 小河 (D) 水晶
53. hospitalize
(A) 世界性的 (B) 使住院 (C) 遵守 (D) 緊握
54. illuminate
(A) 菜餚 (B) 改變 (C) 照亮 (D) 處理
55. episode
(A) 四輪馬車 (B) 家族 (C) 嬰兒床 (D) (連續劇的)一集
56. boast
(A) 自誇 (B) 提高 (C) 認爲 (D) 解散
57. elite
(A) 減少 (B) 勤勉 (C) 菁英分子 (D) 分辨
58. acne
(A) 粉刺 (B) 自我 (C) 密度 (D) 降低(地位、人格)
59. filter
(A) 深度 (B) 通信 (C) 過濾 (D) 使分心
60. brute
(A) 殘暴的人 (B) 忽視 (C) 圖表 (D) 分配
61. cone
(A) 不信任 (B) 圓錐體 (C) 地區 (D) 使扭曲
62. ethical
(A) 激烈的 (B) 化妝用的 (C) 道德的 (D) 卓越的
63. ascend
(A) 上升 (B) 居住 (C) 打瞌睡 (D) 情緒
64. gaze
(A) 鰻魚 (B) 凝視 (C) 侏儒 (D) 擁抱
65. cosmetics
(A) 一打 (B) 回音 (C) 化妝品 (D) 草稿

66. hurl
(A) 治療 (B) 炸藥 (C) 住宅 (D) 用力投擲
67. drape
(A) 窗簾 (B) 生態學 (C) 狂喜 (D) 永恆
68. amplify
(A) 期間 (B) 朝代 (C) 放大 (D) 尊敬
69. hedge
(A) 樹籬 (B) 容易 (C) 除去 (D) 估計
70. deputy
(A) 到期的 (B) 副的 (C) 充滿活力的 (D) 感情的
71. bodyguard
(A) 影片 (B) 費用 (C) 保鏢 (D) 魅力
72. dense
(A) 濃密的 (B) 種族的 (C) 極端的 (D) 常綠的
73. induce
(A) 道德 (B) 引起 (C) 流動 (D) 反應
74. excerpt
(A) 染 (B) 進化 (C) 痊癒 (D) 摘錄
75. asylum
(A) 收容所 (B) 放逐 (C) 拍動 (D) 有限的
76. bombard
(A) 半球 (B) 合唱團 (C) 轟炸 (D) 飄浮
77. fad
(A) 光榮 (B) 一時的流行 (C) 使充滿 (D) 支配
78. chip
(A) 薄片 (B) 檔案 (C) 距離 (D) 經常的
79. derive
(A) 工廠 (B) 好的 (C) 使著迷 (D) 源自
80. ambush
(A) 埋伏 (B) 輕拋 (C) 招認 (D) 道德規範
81. carrier
(A) 幫助 (B) 油炸 (C) 摩擦 (D) 帶菌者

82. blend
(A) 水果 (B) 混合 (C) 鄉間 (D) 烤架
83. hide
(A) 緊抓 (B) 挫折 (C) 隱藏 (D) 否認
84. concede
(A) 承認 (B) 比賽 (C) 舞者 (D) 家族
85. foam
(A) 滑行 (B) 金屬薄片 (C) 泡沫 (D) 注意
86. aisle
(A) 怪人 (B) 走道 (C) 頻繁 (D) 抓住
87. dismay
(A) 新生 (B) 抱怨 (C) 高興 (D) 驚慌
88. hover
(A) 煩惱 (B) 骨架 (C) 盤旋 (D) 商品
89. capsule
(A) 膠囊 (B) 獲得 (C) 悲傷 (D) 口香糖
90. escape
(A) 霜 (B) 旗幟 (C) 向前 (D) 逃走
91. analogy
(A) 一陣風 (B) 相似 (C) 傳染病 (D) 露齒而笑
92. fuse
(A) 危險 (B) 大口地喝 (C) 保險絲 (D) 槍
93. imperative
(A) 緊急的 (B) 嚴厲的 (C) 可疑的 (D) 相反的
94. diameter
(A) 母雞 (B) 今後 (C) 冰河 (D) 直徑
95. increase
(A) 運河 (B) 增加 (C) 哨 (D) 跳
96. beverage
(A) 怒視 (B) 未婚夫 (C) 飲料 (D) 使住院
97. inner
(A) 明確的 (B) 內部的 (C) 高尚的 (D) 虛弱的

98. disturbance
(A) 腸 (B) 按(喇叭) (C) 因此 (D) 擾亂

99. implement
(A) 雇用 (B) 蜂巢 (C) 實施 (D) 帝國的

100. boulevard
(A) 林蔭大道 (B) 專門的知識 (C) 升高 (D) 繼承人

【測驗一解答】

1. (D) ebb	21. (C) eternal	41. (D) hence	61. (B) chirp
2. (D) exile	22. (A) extreme	42. (C) gulp	62. (A) ace
3. (B) feeble	23. (D) grief	43. (A) hire	63. (D) conceal
4. (A) due	24. (C) hi-fi	44. (B) inventory	64. (C) cite
5. (B) dense	25. (A) hereafter	45. (D) abide	65. (A) botany
6. (D) evergreen	26. (B) impulse	46. (A) capsule	66. (D) aviation
7. (A) dye	27. (C) glide	47. (B) asylum	67. (C) crib
8. (C) ethic	28. (A) interest	48. (D) cold	68. (A) bleach
9. (D) flow	29. (B) fruit	49. (A) conceit	69. (D) ceramic
10. (B) factory	30. (D) increase	50. (C) blend	70. (A) cope
11. (D) emotion	31. (C) float	51. (D) composition	71. (C) bombard
12. (B) elastic	32. (D) hurt	52. (B) cozy	72. (A) crystal
13. (D) distort	33. (B) immune	53. (A) component	73. (D) arouse
14. (A) distract	34. (C) impose	54. (B) ago	74. (A) aspirin
15. (D) drown	35. (A) hail	55. (D) bully	75. (C) clan
16. (B) disregard	36. (C) help	56. (A) bog	76. (B) fill
17. (C) decent	37. (D) grip	57. (B) ample	77. (A) flip
18. (B) envy	38. (A) glare	58. (D) carol	78. (B) draft
19. (D) fashion	39. (C) ill	59. (A) creek	79. (D) depth
20. (C) fine	40. (D) input	60. (B) broke	80. (C) dispute

81. (D) escape	86. (A) hot	91. (D) hive	96. (A) imperial
82. (C) ease	87. (D) imprison	92. (C) insight	97. (B) grin
83. (A) heal	88. (B) heir	93. (A) immigrant	98. (A) expertise
84. (B) fry	89. (A) gay	94. (B) inherent	99. (A) elite
85. (D) fresh	90. (B) goods	95. (D) indulge	100. (C) distrust

【測驗二解答】

1. (D)	11. (B)	21. (A)	31. (D)	41. (A)	51. (C)	61. (D)	71. (A)	81. (C)	91. (D)
2. (C)	12. (D)	22. (B)	32. (A)	42. (B)	52. (D)	62. (B)	72. (C)	82. (B)	92. (C)
3. (B)	13. (C)	23. (A)	33. (D)	43. (C)	53. (A)	63. (C)	73. (B)	83. (D)	93. (A)
4. (A)	14. (B)	24. (C)	34. (B)	44. (D)	54. (B)	64. (D)	74. (C)	84. (A)	94. (B)
5. (C)	15. (C)	25. (A)	35. (D)	45. (C)	55. (D)	65. (A)	75. (D)	85. (C)	95. (D)
6. (D)	16. (B)	26. (D)	36. (C)	46. (D)	56. (C)	66. (B)	76. (A)	86. (B)	96. (A)
7. (B)	17. (A)	27. (B)	37. (D)	47. (A)	57. (B)	67. (D)	77. (C)	87. (A)	97. (B)
8. (A)	18. (D)	28. (A)	38. (B)	48. (C)	58. (A)	68. (C)	78. (B)	88. (D)	98. (C)
9. (D)	19. (C)	29. (D)	39. (A)	49. (B)	59. (D)	69. (B)	79. (D)	89. (A)	99. (D)
10. (A)	20. (A)	30. (B)	40. (C)	50. (D)	60. (C)	70. (D)	80. (B)	90. (D)	100. (B)

【測驗三解答】

1. (D)	11. (A)	21. (C)	31. (C)	41. (B)	51. (D)	61. (B)	71. (C)	81. (D)	91. (B)
2. (C)	12. (D)	22. (B)	32. (B)	42. (D)	52. (A)	62. (C)	72. (A)	82. (B)	92. (C)
3. (A)	13. (B)	23. (C)	33. (D)	43. (C)	53. (B)	63. (A)	73. (B)	83. (C)	93. (A)
4. (D)	14. (A)	24. (B)	34. (A)	44. (D)	54. (C)	64. (B)	74. (D)	84. (A)	94. (D)
5. (B)	15. (C)	25. (D)	35. (B)	45. (A)	55. (D)	65. (C)	75. (A)	85. (C)	95. (B)
6. (C)	16. (B)	26. (C)	36. (D)	46. (C)	56. (A)	66. (D)	76. (C)	86. (B)	96. (C)
7. (D)	17. (A)	27. (B)	37. (B)	47. (D)	57. (C)	67. (A)	77. (B)	87. (D)	97. (B)
8. (A)	18. (B)	28. (C)	38. (C)	48. (A)	58. (A)	68. (C)	78. (A)	88. (C)	98. (D)
9. (D)	19. (A)	29. (D)	39. (D)	49. (B)	59. (C)	69. (A)	79. (D)	89. (A)	99. (C)
10. (B)	20. (D)	30. (A)	40. (A)	50. (C)	60. (A)	70. (B)	80. (A)	90. (D)	100. (A)

【考前先背「一口氣背 7000 字 ⑯」】

TEST 16

測驗一： 「聽英選中」100 題，聽英文，選出正確的中文字義。

	(A)	(B)	(C)	(D)
1.	微妙的	投資	溶解	烤
2.	議題	沼澤	門廊	知更鳥
3.	（南、北）極	棍子	心靈的創傷	綠洲
4.	常春藤	氣味	偷獵者	模糊的
5.	首相	膽小的	礦物	薄荷
6.	牽涉	痕	最終的	古怪的
7.	軌道	漫步	象牙	弄髒
8.	徒勞無功的	驕傲的	有關連的	先前的
9.	獲勝的可能性	不顧慮的	健壯的	民意調查
10.	隔離	侵入	部分	果園
11.	魯莽的	跛的	嚴格的	粗俗的
12.	嘲弄	使牽涉	戒指	精確
13.	遺跡	標籤	暴政	部門
14.	拯救	預習	吼叫	減掉
15.	寧靜	蕾絲	海峽	調查員
16.	假定	偷看	使變成	尖叫
17.	神職人員	安全	層	徘徊
18.	認爲	雷射	偷獵者	邊緣
19.	關於	假裝	長度	漂流
20.	普及	課	螢幕	瘟疫
21.	冗長的	好戰的	極地的	全然的
22.	一條（麵包）	豬肉	加長	追求
23.	圓木	一連串	堅忍	哀悼
24.	退休金	預防措施	滾動	鏡頭
25.	毀壞	商標圖案	橡膠	大部分

26. (A) 磨坊主人 (B) 同儕 (C) 刺穿 (D) 勾引
27. (A) 普及 (B) 跑者 (C) 流（淚） (D) 混合
28. (A) 呻吟 (B) 研討會 (C) 警長 (D) 捲
29. (A) 土堆 (B) 刺 (C) 牧羊人 (D) 擦亮
30. (A) 生鏽的 (B) 乏味的 (C) 深奧的 (D) 膽小的

31. (A) 痛苦的經驗 (B) 一分硬幣 (C) 說謊 (D) 參議員
32. (A) 悲觀的 (B) 潛水 (C) 謠言 (D) 床單
33. (A) 修剪 (B) 貸款 (C) 木筏 (D) 山頂
34. (A) 塊 (B) 證明 (C) 活力 (D) 保證物
35. (A) 諺語 (B) 君主 (C) 改變 (D) 犁

36. (A) 薪水 (B) 木材 (C) 線 (D) 剝（皮）
37. (A) 發抖 (B) 應負責的 (C) 毅力 (D) 渴望的
38. (A) 皮革 (B) 錢包 (C) 正確的眼光 (D) 岩漿
39. (A) 抒情的 (B) 大部分 (C) 崇高的 (D) 同時的
40. (A) 領域 (B) 機器人 (C) 管絃樂團 (D) 癢

41. (A) 拉緊 (B) 暴動 (C) 學習 (D) 手册
42. (A) 活潑地 (B) 競爭 (C) 激勵 (D) 使恢復原狀
43. (A) 攪動 (B) 廣口瓶 (C) 豪宅 (D) 減少
44. (A) 手稿 (B) 規模 (C) 離開 (D) 悲觀
45. (A) 偷獵 (B) 片 (C) 僅僅 (D) 標籤

46. (A) 說謊 (B) 幾乎不 (C) 嘲弄 (D) 刺穿
47. (A) 酒館 (B) 常春藤 (C) 散播 (D) 情節
48. (A) 健壯的 (B) 獨特的 (C) 冗長的 (D) 大都市的
49. (A) 合併 (B) 行星 (C) 犁 (D) 層
50. (A) 課 (B) 木材 (C) 製造 (D) 陣陣跳動

51. (A) 客輪 (B) 猛然關上 (C) 嘆息 (D) 四肢
52. (A) 揭露 (B) 精確 (C) 投資 (D) 警報器
53. (A) 蕾絲 (B) 縮水 (C) 家畜 (D) 同時的
54. (A) 保姆 (B) 打呼 (C) 展開 (D) 倚靠
55. (A) 隔離 (B) 階級 (C) 也就是說 (D) 統治者

56.	(A) 收割	(B) 卷軸	(C) 責罵	(D) 召集
57.	(A) 責罵	(B) 首相	(C) 完全的	(D) 非暴力的
58.	(A) 赤裸的	(B) 架子	(C) 清醒的	(D) 領域
59.	(A) 模式	(B) 接待員	(C) 漫步	(D) 統治權
60.	(A) 令人作嘔的	(B) 嚴格的	(C) 全體一致的	(D) 本地的
61.	(A) 爵士樂	(B) 避開	(C) 打噴嚏	(D) 一連串
62.	(A) 來福槍	(B) 離開	(C) 裁判	(D) 保存
63.	(A) 跳	(B) 啜飲	(C) 看守人	(D) 遺跡
64.	(A) 發抖	(B) 棍子	(C) 平凡的	(D) 渴望的
65.	(A) 範圍	(B) 略讀	(C) 悲觀的	(D) 袋鼠
66.	(A) 皮革	(B) 規模	(C) 有名的	(D) 核心
67.	(A) 度假勝地	(B) 跳過	(C) 咆哮	(D) 講師
68.	(A) 孤獨	(B) 句子	(C) 資源	(D) 搶奪
69.	(A) 嚴格的	(B) 不情願的	(C) 有學問的	(D) 最終的
70.	(A) 演講	(B) 插座	(C) 舀取	(D) 繁殖
71.	(A) 木筏	(B) 認爲	(C) 天真的	(D) 肝臟
72.	(A) 弄髒	(B) 專利權	(C) 一人份	(D) 啄食
73.	(A) 偵察	(B) 開會	(C) 海峽	(D) 礁
74.	(A) 說教	(B) 維持	(C) 部分	(D) 輕視
75.	(A) 縫紉	(B) 巡邏	(C) 軟化	(D) 烤
76.	(A) 太陽的	(B) 流（淚）	(C) 小圓石	(D) 捲
77.	(A) 打～耳光	(B) 胡說	(C) 粗壯的	(D) 商店
78.	(A) 特技	(B) 沿街叫賣	(C) 口吃	(D) 肥皂
79.	(A) 俚語	(B) 掛鉤	(C) 尖叫	(D) 更新
80.	(A) 順手牽羊	(B) 儘管如此	(C) 堅固的	(D) 陷阱
81.	(A) 素描	(B) 斜坡	(C) 突然倒下	(D) 蕃茄醬
82.	(A) 沙發	(B) 跛行	(C) 擦傷	(D) 碎片
83.	(A) 士官	(B) 尖叫	(C) 觀眾	(D) 開明的
84.	(A) 啜泣	(B) 轟動	(C) 推測	(D) 學問
85.	(A) 擅自穿越道路	(B) 石灰	(C) 湯匙	(D) 改變

86. (A) 煙霧 (B) 微妙的 (C) 隨後的 (D) 貧民區
87. (A) 減掉 (B) 脊椎骨 (C) 啜飲 (D) 惡意
88. (A) 綿羊 (B) 郊區 (C) 暴君 (D) 空間
89. (A) 提出 (B) 嘆息 (C) 走私 (D) 突然倒下
90. (A) 交換 (B) 修剪 (C) 大釘 (D) 噴灑

91. (A) 槳 (B) 舞台 (C) 碎片 (D) 沼澤
92. (A) 蹣跚 (B) 塊 (C) （植物的）莖 (D) 微震
93. (A) 口吃 (B) 壕溝 (C) 手冊 (D) 聖殿
94. (A) 不新鮮的 (B) 聰明的 (C) 下級的 (D) 天眞的
95. (A) 模仿 (B) 侵入 (C) 灌木 (D) （昆蟲）群

96. (A) 打～耳光 (B) 聳（肩） (C) 啄食 (D) 面紗
97. (A) 流行 (B) 暴政 (C) 鞭打 (D) 座右銘
98. (A) 引發 (B) 胡椒 (C) 屠殺 (D) （使）不動
99. (A) 母音 (B) 靜脈 (C) 苗條的 (D) 軌道
100. (A) 崇高的 (B) 粗俗的 (C) 徒勞無功的 (D) 螺旋的

測驗二：「看中選英」100題，看中文，選出正確的英文。

1. 引發
(A) trigger (B) nanny (C) odd (D) pattern
2. 不新鮮的
(A) oar (B) stale (C) chew (D) persevere
3. 微妙的
(A) orchard (B) oasis (C) subtle (D) resource
4. 鞭打
(A) slash (B) sheriff (C) resort (D) reproduce
5. 母音
(A) patent (B) guardian (C) renowned (D) vowel
6. 壕溝
(A) trench (B) pebble (C) stunt (D) pessimism

7. 跳過
(A) rigid (B) nasty (C) skip (D) rigorous
8. 惡意
(A) spite (B) nonsense (C) erase (D) ham
9. 提出
(A) peg (B) riot (C) submit (D) sturdy
10. 苗條的
(A) naive (B) slim (C) orchestra (D) harden
11. 徒勞無功的
(A) native (B) pessimistic (C) nonetheless (D) vain
12. 激勵
(A) naked (B) spur (C) peck (D) subsequent
13. 商店
(A) shop (B) shield (C) peel (D) subordinate
14. 微震
(A) ordeal (B) odor (C) tremor (D) swarm
15. 順手牽羊
(A) patrol (B) orbit (C) nonviolent (D) shoplift
16. 舞台
(A) stage (B) shift (C) peek (D) tame
17. 尖叫
(A) piece (B) shriek (C) peculiar (D) rim
18. 模糊的
(A) rifle (B) vague (C) peak (D) tavern
19. 煙霧
(A) odds (B) rivalry (C) smog (D) roam
20. 沼澤
(A) swamp (B) shiver (C) pension (D) ring
21. 嘆息
(A) pepper (B) sigh (C) perspective (D) aboriginal
22. 海峽
(A) shed (B) dedicate (C) bond (D) strait

23. 縮水
(A) cast (B) stout (C) shrink (D) tease
24. 一連串
(A) series (B) drawing (C) amaze (D) timber
25. 弄髒
(A) shepherd (B) cellar (C) stain (D) perseverance
26. 暴動
(A) poke (B) active (C) riot (D) polar
27. 階級
(A) rank (B) arrest (C) plot (D) poll
28. 胡說
(A) lyric (B) prevail (C) pork (D) nonsense
29. 跛行
(A) mimic (B) limp (C) plow (D) porch
30. 瘟疫
(A) miller (B) log (C) mound (D) plague
31. 一人份
(A) planet (B) serving (C) previous (D) profound
32. 僅僅
(A) polish (B) manuscript (C) priest (D) mere
33. 皮革
(A) presume (B) elect (C) leather (D) prowl
34. 刺穿
(A) pierce (B) militant (C) proud (D) prune
35. 保存
(A) prove (B) faithful (C) pursuit (D) keep
36. 赤裸的
(A) rigorous (B) naked (C) pursue (D) series
37. 離開
(A) leave (B) pole (C) mechanism (D) trigger
38. 範圍
(A) ring (B) scope (C) proverb (D) snatch

39. 獨特的
(A) rim (B) purse (C) mint (D) unique
40. 渡假勝地
(A) plain (B) resort (C) mineral (D) moan
41. 首相
(A) dream (B) logo (C) poach (D) premier
42. 豪宅
(A) mansion (B) manufacture (C) precaution (D) cashier
43. 爵士樂
(A) scorn (B) gallery (C) jazz (D) scream
44. 縫紉
(A) rigid (B) scoop (C) roam (D) sew
45. 掛鉤
(A) peg (B) scrape (C) lord (D) screen
46. 保姆
(A) scout (B) sequence (C) slim (D) nanny
47. 預習
(A) diagnose (B) preview (C) deter (D) mingle
48. 手冊
(A) detect (B) seduce (C) slum (D) manual
49. 假裝
(A) motto (B) cargo (C) pretend (D) shun
50. 句子
(A) sentence (B) rack (C) smog (D) slump
51. 召集
(A) shrine (B) rally (C) precision (D) branch
52. 模式
(A) pattern (B) foster (C) roar (D) smother
53. 肝臟
(A) lump (B) raft (C) shudder (D) liver
54. 收割
(A) rank (B) reap (C) sigh (D) ravage

55. 揭露
(A) uncover (B) lumber (C) siren (D) snort
56. 裁判
(A) shred (B) roast (C) umpire (D) sovereign
57. 責罵
(A) scold (B) metropolitan (C) range (D) sob
58. 更新
(A) reel (B) robin (C) renew (D) affectionate
59. 學習
(A) shrub (B) learn (C) snare (D) reef
60. 胡椒
(A) animate (B) shrewd (C) brick (D) pepper
61. 完全的
(A) utter (B) merge (C) segment (D) manufacturer
62. 嘲弄
(A) shrug (B) seminar (C) tease (D) scroll
63. 木材
(A) rod (B) snarl (C) sober (D) timber
64. 規模
(A) shun (B) scale (C) spite (D) trek
65. 特技
(A) scatter (B) scarcely (C) senator (D) stunt
66. 陣陣跳動
(A) sip (B) tedious (C) throb (D) simultaneous
67. 線
(A) line (B) snore (C) deficiency (D) tremor
68. 維持
(A) slang (B) sustain (C) smuggle (D) thrust
69. 酒館
(A) slash (B) lens (C) flute (D) tavern
70. 袋鼠
(A) feminine (B) slap (C) kangaroo (D) trauma

71. 癢
(A) largely (B) itch (C) chairman (D) keeper

72. 雷射
(A) limp (B) loan (C) adore (D) laser

73. 氣味
(A) odor (B) reckless (C) leather (D) liberal

74. 土堆
(A) realm (B) mound (C) sergeant (D) liner

75. 平凡的
(A) serving (B) leap (C) lesson (D) plain

76. 岩漿
(A) lava (B) lens (C) sermon (D) rescue

77. 混合
(A) drip (B) limb (C) relic (D) mingle

78. 減少
(A) sewer (B) relevant (C) lessen (D) duck

79. 犁
(A) plow (B) keep (C) render (D) learn

80. 隔離
(A) regard (B) isolation (C) learning (D) lean

81. 講師
(A) lecturer (B) label (C) sentence (D) regardless

82. 崇高的
(A) lame (B) lofty (C) spiral (D) trek

83. 天真的
(A) ivy (B) investment (C) sovereignty (D) naive

84. 客輪
(A) line (B) kangaroo (C) liner (D) sensation

85. 君主
(A) spite (B) kernel (C) lengthy (D) lord

86. 渴望的
(A) keen (B) ivory (C) stale (D) tyranny

87. 跳
(A) length (B) lament (C) leap (D) session
88. 極地的
(A) clutch (B) polar (C) issue (D) tremor
89. 手稿
(A) manuscript (B) lace (C) liar (D) ketchup
90. 非暴力的
(A) lie (B) lime (C) nonviolent (D) liable
91. 小圓石
(A) liver (B) layer (C) sheer (D) pebble
92. 家畜
(A) edge (B) livestock (C) involvement (D) generate
93. 假定
(A) presume (B) jazz (C) stall (D) tyrant
94. 退休金
(A) lively (B) academic (C) pension (D) functional
95. 大都市的
(A) metropolitan (B) large (C) stalk (D) trench
96. 神職人員
(A) sew (B) priest (C) dome (D) ultimate
97. 毀壞
(A) severe (B) lengthen (C) disciple (D) ravage
98. 證明
(A) investigator (B) regarding (C) prove (D) jar
99. 果園
(A) jaywalk (B) sheep (C) orchard (D) undo
100. 山頂
(A) sheet (B) peak (C) peek (D) trespass

測驗三：「看英選中」100題，看英文，選出正確的中文字義。

1. lively
(A) 完全的 (B) 令人作嘔的 (C) 粗俗的 (D) 活潑的

2. pattern
   (A) 靜脈 (B) 模式 (C) 誓言 (D) 流行
3. label
   (A) 展開 (B) 裁判 (C) 標籤 (D) 蹣跚
4. realm
   (A) 領域 (B) 精確 (C) 偷獵 (D) 資源
5. militant
   (A) 微震 (B) 好戰的 (C) 滅掉 (D) 噴鼻息
6. peg
   (A) 侵入 (B) 掛鉤 (C) 交換 (D) （使）不動
7. mimic
   (A) 模仿 (B) 引發 (C) 惡意 (D) 微妙的
8. patrol
   (A) 壕溝 (B) 修剪 (C) 巡邏 (D) 打呼
9. moan
   (A) 暴政 (B) 呻吟 (C) 舞台 (D) 咆哮
10. lament
   (A) 哀悼 (B) 郊區 (C) 口吃 (D) 使恢復原狀
11. rank
   (A) 發抖 (B) 打～耳光 (C) 階級 (D) 屠殺
12. shun
   (A) 避開 (B) 一人份 (C) 鞭打 (D) 揭露
13. tavern
   (A) 警報器 (B) 酒館 (C) 手冊 (D) 標籤
14. robin
   (A) 圍攻 (B) 社論 (C) 製造 (D) 知更鳥
15. vein
   (A) 靜脈 (B) 士官 (C) 豪宅 (D) 跛的
16. involvement
   (A) 啜飲 (B) 牽涉 (C) 手稿 (D) 層
17. raft
   (A) 跳過 (B) 座右銘 (C) 合併 (D) 木筏

18. vulnerable
(A) 易受傷害的 (B) 不情願的 (C) 大都市的 (D) 聰明的
19. issue
(A) 歧視 (B) 礦物 (C) 議題 (D) 加長
20. tedious
(A) 苗條的 (B) 赤裸的 (C) 開明的 (D) 乏味的
21. lengthy
(A) 商店 (B) 土堆 (C) 冗長的 (D) 製造業者
22. peculiar
(A) 獨特的 (B) 薄荷 (C) 線 (D) 邪惡的
23. log
(A) 順手牽羊 (B) 圓木 (C) 鏡頭 (D) 討論
24. loan
(A) 尖叫 (B) 貧民區 (C) 代理人 (D) 貸款
25. rigid
(A) 縮水 (B) 也就是說 (C) 嚴格的 (D) 家畜
26. slang
(A) 俚語 (B) 部隊 (C) 使受挫折 (D) 客輪
27. veil
(A) 聖殿 (B) 面紗 (C) 籬笆 (D) 跛行
28. isolation
(A) 悶死 (B) 果園 (C) 隔離 (D) 肝臟
29. sermon
(A) 額頭 (B) 走私 (C) 突然倒下 (D) 說教
30. reel
(A) 轟動 (B) 捲 (C) 學習 (D) 減少
31. polar
(A) 極地的 (B) 軌道 (C) 離開 (D) 消耗
32. thrust
(A) 刺 (B) 氣味 (C) 跳 (D) 使氣餒
33. lesson
(A) 煙霧 (B) 課 (C) 倚靠 (D) 一條（麵包）

34. spike
(A) 規模 (B) 小圓石 (C) 大釘 (D) 君主
35. length
(A) 散播 (B) 長度 (C) 幾乎不 (D) 木材
36. range
(A) 範圍 (B) 胡椒 (C) 皮革 (D) 抒情的
37. skip
(A) 責罵 (B) 專利權 (C) 僞裝 (D) 跳過
38. porch
(A) 抗生素 (B) 模式 (C) 門廊 (D) 投資
39. sigh
(A) 舀取 (B) 嘆息 (C) 演講 (D) 象牙
40. vogue
(A) 更新 (B) 悲觀 (C) 輕視 (D) 流行
41. roar
(A) 聳（肩） (B) 灌木 (C) 胡說 (D) 吼叫
42. lie
(A) 資源 (B) 開會 (C) 說謊 (D) 偵察
43. sentence
(A) 句子 (B) 縫紉 (C) 講師 (D) 調查員
44. lump
(A) 繁殖 (B) 預習 (C) 混合 (D) 塊
45. poacher
(A) 競爭 (B) 偷獵者 (C) 爭論 (D) 牽涉
46. oasis
(A) 綠洲 (B) 假定 (C) 大部分 (D) 長春藤
47. odd
(A) 有名的 (B) 古怪的 (C) 大的 (D) 本地的
48. timid
(A) 嚴格的 (B) 假裝的 (C) 膽小的 (D) 有學問的
49. liable
(A) 收割 (B) 精確 (C) 哀悼 (D) 應負責的

50. sewer
(A) 礁 (B) 犁 (C) 裁縫師 (D) 廣口瓶
51. reap
(A) 收割 (B) 預防措施 (C) 保存 (D) 獲勝的可能性
52. vowel
(A) 召集 (B) 情節 (C) 看守人 (D) 母音
53. rim
(A) 邊緣 (B) 行星 (C) 核心 (D) 蕃茄醬
54. lyric
(A) 拒絕的 (B) 平凡的 (C) 抒情的 (D) 文化的
55. simultaneous
(A) 好戰的 (B) 同時的 (C) 渴望的 (D) 猛然關上的
56. stagger
(A) 商標圖案 (B) 蹣跚 (C) 手冊 (D) 磨坊主人
57. peer
(A) 同儕 (B) 礦物 (C) 架子 (D) 木筏
58. relevant
(A) 模仿 (B) 混合 (C) 有關連的 (D) 邊緣
59. profound
(A) 深奧的 (B) 偷看 (C) 徘徊 (D) 漫步
60. laser
(A) 呻吟 (B) 門廊 (C) 雷射 (D) 渡假勝地
61. odor
(A) 氣味 (B) 民意調查 (C) 角落 (D) 棍子
62. pension
(A) 皮毛 (B) 礁 (C) 退休金 (D) 支配
63. prune
(A) 修剪 (B) 胡說 (C) 繁殖 (D) 散播
64. regard
(A) 座右銘 (B) 證明 (C) 認爲 (D) 規模
65. sheriff
(A) 危險 (B) 治療 (C) 詛咒 (D) 警長

66. sovereign
(A) 統治者 (B) 錢包 (C) 暴動 (D) 幾乎不
67. mound
(A) 保姆 (B) 功能 (C) 競爭 (D) 土堆
68. ordeal
(A) 也就是說 (B) 階級 (C) 戒指 (D) 痛苦的經驗
69. tame
(A) 隨後的 (B) 溫馴的 (C) 爭議性的 (D) 批評的
70. limb
(A) 製造 (B) 鏡頭 (C) 來福槍 (D) 四肢
71. session
(A) 責罵 (B) 開會 (C) 捲 (D) 吼叫
72. lofty
(A) 崇高的 (B) 嚴格的 (C) 非暴力的 (D) 令人作嘔的
73. peek
(A) 圓木 (B) 召集 (C) 偷看 (D) 輕視
74. shield
(A) 儘管如此 (B) 保護物 (C) 烤 (D) 螢幕
75. scream
(A) 尖叫 (B) 範圍 (C) 知更鳥 (D) 牡蠣
76. sustain
(A) 沿街叫賣 (B) 毀壞 (C) 維持 (D) 部分
77. proud
(A) 掛鉤 (B) 驕傲的 (C) 舀取 (D) 勾引
78. proverb
(A) 啄食 (B) 距離 (C) 諺語 (D) 運河
79. large
(A) 大的 (B) 收割 (C) 先前的 (D) 比賽
80. stale
(A) 綠洲 (B) 不新鮮的 (C) 神職人員 (D) 預防措施
81. lime
(A) 石灰 (B) 平凡的 (C) 大規模的 (D) 下級的

82. seminar
(A) 山頂 (B) 行星 (C) 研討會 (D) 士官
83. sheet
(A) 床單 (B) 瘟疫 (C) 刺穿 (D) 一人份
84. snarl
(A) 剝（皮） (B) 咆哮 (C) 片 (D) 一連串
85. pursuit
(A) 一分硬幣 (B) 情節 (C) 追求 (D) 參議員
86. rally
(A) 霧 (B) 赤裸 (C) 古怪 (D) 召集
87. pork
(A) 豬肉 (B) 犁 (C) 骨架 (D) 關於
88. shiver
(A) 槳 (B) 發抖 (C) 果園 (D) 句子
89. stout
(A) 螺旋的 (B) 本地的 (C) 悲觀的 (D) 粗壯的
90. snatch
(A) 堅忍 (B) 手稿 (C) 搶奪 (D) 合併
91. orchestra
(A) 豪宅 (B) 跳 (C) 模式 (D) 管絃樂團
92. sober
(A) 清醒的 (B) 天真的 (C) 有名的 (D) 大都市的
93. sturdy
(A) 全面的 (B) 健壯的 (C) 極地的 (D) 魯莽的
94. pebble
(A) 小圓石 (B) 模糊的 (C) 提出 (D) 母音
95. sequence
(A) 正確的眼光 (B) 首相 (C) 巡邏 (D) 連續
96. lava
(A) 悲觀 (B) 岩漿 (C) 未婚夫 (D) 更新
97. stalk
(A) 福音 (B) 普及 (C) 拯救 (D) （植物的）莖

98. perseverance

(A) 刺 (B) 預習 (C) 毅力 (D) 不顧慮的

99. polish

(A) 抱怨 (B) 假定 (C) 遺跡 (D) 擦亮

100. usher

(A) 接待員 (B) 日曆 (C) 飢荒 (D) 製造業者

【測驗一解答】

1. (A) subtle	21. (C) polar	41. (C) learn	61. (D) series
2. (B) swamp	22. (D) pursuit	42. (A) lively	62. (A) rifle
3. (C) trauma	23. (C) persevere	43. (B) jar	63. (D) relic
4. (D) vague	24. (B) precaution	44. (C) leave	64. (B) rod
5. (B) timid	25. (A) ravage	45. (D) label	65. (A) scope
6. (C) ultimate	26. (C) pierce	46. (A) lie	66. (B) scale
7. (D) stain	27. (A) prevail	47. (B) ivy	67. (A) resort
8. (A) vain	28. (D) reel	48. (C) lengthy	68. (B) sentence
9. (C) sturdy	29. (B) poke	49. (D) layer	69. (A) rigid
10. (B) trespass	30. (C) profound	50. (A) lesson	70. (C) scoop
11. (D) vulgar	31. (B) penny	51. (D) limb	71. (B) regard
12. (A) tease	32. (A) pessimistic	52. (C) investment	72. (C) serving
13. (C) tyranny	33. (C) raft	53. (A) lace	73. (A) scout
14. (D) subtract	34. (B) prove	54. (D) lean	74. (C) segment
15. (C) strait	35. (D) plow	55. (A) isolation	75. (D) roast
16. (B) peek	36. (C) line	56. (B) scroll	76. (B) shed
17. (A) priest	37. (D) keen	57. (A) scold	77. (A) slap
18. (C) poacher	38. (A) leather	58. (D) realm	78. (C) stammer
19. (B) pretend	39. (B) largely	59. (C) roam	79. (A) slang
20. (D) plague	40. (D) itch	60. (B) severe	80. (D) snare

81. (C) slump	86. (A) smog	91. (A) oar	96. (C) peck
82. (D) shred	87. (C) sip	92. (B) lump	97. (D) motto
83. (B) shriek	88. (A) sheep	93. (C) manual	98. (B) pepper
84. (A) sob	89. (B) sigh	94. (D) naive	99. (D) orbit
85. (D) shift	90. (C) spike	95. (A) mimic	100. (A) lofty

【測驗二解答】

1. (A)	11. (D)	21. (B)	31. (B)	41. (D)	51. (B)	61. (A)	71. (B)	81. (A)	91. (D)
2. (B)	12. (B)	22. (D)	32. (D)	42. (A)	52. (A)	62. (C)	72. (D)	82. (B)	92. (B)
3. (C)	13. (A)	23. (C)	33. (C)	43. (C)	53. (D)	63. (D)	73. (A)	83. (D)	93. (A)
4. (A)	14. (C)	24. (A)	34. (A)	44. (D)	54. (B)	64. (B)	74. (B)	84. (C)	94. (C)
5. (D)	15. (D)	25. (C)	35. (D)	45. (A)	55. (A)	65. (D)	75. (D)	85. (D)	95. (A)
6. (A)	16. (A)	26. (C)	36. (B)	46. (D)	56. (C)	66. (C)	76. (A)	86. (A)	96. (B)
7. (C)	17. (B)	27. (A)	37. (A)	47. (B)	57. (A)	67. (A)	77. (D)	87. (C)	97. (D)
8. (A)	18. (B)	28. (D)	38. (B)	48. (D)	58. (C)	68. (B)	78. (C)	88. (B)	98. (C)
9. (C)	19. (C)	29. (B)	39. (D)	49. (C)	59. (B)	69. (D)	79. (A)	89. (A)	99. (C)
10. (B)	20. (A)	30. (D)	40. (B)	50. (A)	60. (D)	70. (C)	80. (B)	90. (C)	100. (B)

【測驗三解答】

1. (D)	11. (C)	21. (C)	31. (A)	41. (D)	51. (A)	61. (A)	71. (B)	81. (A)	91. (D)
2. (B)	12. (A)	22. (A)	32. (A)	42. (C)	52. (D)	62. (C)	72. (A)	82. (C)	92. (A)
3. (C)	13. (B)	23. (B)	33. (B)	43. (A)	53. (A)	63. (A)	73. (C)	83. (A)	93. (B)
4. (A)	14. (D)	24. (D)	34. (C)	44. (D)	54. (C)	64. (C)	74. (B)	84. (B)	94. (A)
5. (B)	15. (A)	25. (C)	35. (B)	45. (B)	55. (B)	65. (D)	75. (A)	85. (C)	95. (D)
6. (B)	16. (B)	26. (A)	36. (A)	46. (A)	56. (B)	66. (A)	76. (C)	86. (D)	96. (B)
7. (A)	17. (D)	27. (B)	37. (D)	47. (B)	57. (A)	67. (D)	77. (B)	87. (A)	97. (D)
8. (C)	18. (A)	28. (C)	38. (C)	48. (C)	58. (C)	68. (D)	78. (C)	88. (B)	98. (C)
9. (B)	19. (C)	29. (D)	39. (B)	49. (D)	59. (A)	69. (B)	79. (A)	89. (D)	99. (D)
10. (A)	20. (D)	30. (B)	40. (D)	50. (C)	60. (C)	70. (D)	80. (B)	90. (C)	100. (A)

102學年度英文單字比賽實施計畫（參考範例）

壹、依據：

一、教育部100年6月16日部授教中(二)字第1000511558號函-「提升高中職學生英語文教學成效實施計畫」。

二、教育部102年8月30日臺教授國字第1020080856號函-「102學年度全國高中英文單字比賽實施計畫」。

貳、目的：

一、藉由競賽活動的舉辦，增進本校學生英語文基礎能力。

二、選拔本校優秀學生代表學校報名參加區域複賽，為學校及個人爭取榮譽。

參、辦理單位：

一、主辦單位：教務處

二、協辦單位：○○○

肆、參加對象：凡本校在學學生一律參加。

伍、辦理方式：

一、比賽日期、地點：分「年級測驗」及「全校競賽」兩階段。

(一) 年級測驗：各年級統一施測，於102年9月○日在各班教室舉辦。

(二) 全校競賽：各班優秀學生於指定地點統一施測，於102年9月○日舉辦。

二、比賽方式：

(一) 競賽題目：命題內容為高中常用4500英文單字（參考大考中心高中英文參考詞彙表第一至四級）。

(二) 測驗時間40分鐘。

(三) 測驗內容：

1.「聽英選中」：聽英文，選出正確的中文字義；測聽力及英–中的連結能力。

2.「看中、聽英拼寫」：看中文、聽英文，寫出正確的英文；測英文單字的拼寫能力。

3.「看英選中」：看英文，選出正確的中文字義；測英–中的連結能力。

(四) 各班優秀學生得代表參加全校競賽，全校優秀學生得代表參加區域複賽。

陸、獎勵

一、參加各年級測驗，各年級中班級總成績最優前○名之班級，由學校頒發予該班級優等獎狀 1 紙，全班同學各記嘉獎○次，以資鼓勵。

二、參加全校競賽獲得總成績前○○名之學生，由學校頒發優等獎狀 1 紙，並擇優選拔區域複賽學校代表。

柒、其他

一、學生可利用「全國高中英文單字比賽練習網站」線上學習（網址：http://etlady.tw/edu）。

二、○○○○……………………………………。

102學年度全國高中英文單字比賽試場規則

一、比賽時考生必須攜帶准考證準時入場，對號入座。准考證須妥為保存，如有毀損或遺失，考生應於比賽當日攜帶與報名時同式相片和身分證件，向考場辦公室申請補發。

二、測驗說明時間不可翻閱試題本，測驗說明開始後即不准再離場。若強行離場、不服糾正者，比賽不予計分。

三、測驗正式開始後，遲到者不得入場。若強行入場，比賽不予計分。

四、測驗正式開始後考生不得提早離場。若強行離場，不服糾正者，比賽不予計分。

五、文具自備，必要時可用透明墊板，不得有圖形、文字印刷於其上，其他非應試用品請勿攜入試場，且不得在場內向他人借用。

六、非應試用品如教科書、參考書、字典，或補習班文宣品等，以及電子辭典、計算機、行動電話、呼叫器、MP3、MP4、收音機等計算及通訊器材，一律不准攜入試場。若不慎攜入試場，須放置於試場前後方地板上，不得隨身放置；電子產品須先關機。若隨身放置而經監試人員發現者，扣比賽成績15分。若電子產品隨身放置並發出聲響而經監試人員發現者，扣比賽成績30分。

七、考生應試時不得飲食、抽煙、嚼食口香糖等。若因生病等特殊原因，迫切需要在測驗中飲水或服用藥物時，須於測驗前持相關證明經監試人員同意後，在監試人員協助下飲用或服用。

八、嚴禁談話、左顧右盼等行爲。試場內取得或提供他人答案作弊事實明確者，或相互作弊事實明確者，比賽不予計分。

九、答案卡或拼寫測驗答案卷上不得作任何標記。故意汙損答案卡或答案卷、損壞試題本，或在答案卡、答案卷上顯示自己身分者，比賽不予計分。

十、測驗答案卡須用黑色 2B 鉛筆劃記，修正時須用橡皮擦將原劃記擦拭乾淨，不得使用修正液（帶），答案卡如有劃記不明顯或汙損等情事，致電腦無法辨認者，其責任自負，不得提出異議。

十一、拼寫測驗作答時，務必以印刷體書寫，不得使用鉛筆。更正時，可以使用修正液（帶）。如有字體太過潦草、書寫不清或汙損等情事，將由閱卷人員鑑別判斷，其責任由考生自負，不得提出異議。

十二、如遇警報、地震，應遵照監試人員指示，迅速疏散避難。

十三、測驗結束鐘（鈴）響起（第一聲），監試人員宣布本節測驗結束，不論答畢與否應即停止作答，交卡、卷離場。交卡、卷後強行修改者，比賽不予計分。逾時作答，不聽制止者，比賽不予計分；經制止後停止者，扣比賽成績 15 分。

十四、測驗完畢後必須將答案卡或答案卷和試題本一併送交監試人員，經監試人員確認無誤，然後始得離場。攜出答案卡、答案卷或試題本經查證屬實者，比賽不予計分。